Ewald Büchler

The Global Mind

Die totale Kontrolle

Originalausgabe 03/2011

Herzbergstr. 5-7
D-63571 Gelnhausen-Roth
Tel.: 0 60 51/47 47 40
Fax: 0 60 51/47 47 42 9
www.j-k-fischer-verlag.de

Printed in Germany

Lektorat
Firma SAMO s.ro.
firmasamo@googlemail.com

Satz/Umbruch, Bildbearbeitung, Umschlaggestaltung
libergraphix
www.libergraphix.de
info@libergraphix.de

ISBN 978-3-941956-04-9

Ewald Büchler

The Global Mind

Die totale Kontrolle

J.K.Fischer-Verlag

Inhaltsverzeichnis

1. Kapitel – In der Höhle des Löwen

Da saß ich nun, im Vorzimmer des Präsidenten der wahrscheinlich größten Unternehmensgruppe der Welt – der Global Mind Corporation. Ich hatte mich auf eine Ausschreibung für eine Stelle in der Unternehmensleitung beworben, dem so genannten „Mastermind-Team". Der Konzern suchte nach jungen, erfolgshungrigen Wissenschaftlern aus den unterschiedlichsten Bereichen. Als studierter Mediziner, der ein Stipendium in Australien erhielt, war ich offenbar ein interessanter Bewerber für das Unternehmen. In den vergangenen Wochen war ich ausschließlich damit beschäftigt, im Trainingscenter von Global Mind alle gewünschten Einstellungstests zu absolvieren. Man prüfte mein analytisches Denkvermögen, mein Einfühlungsvermögen in psychologische Vorgänge und immer wieder und wieder – meine Loyalität zum Unternehmen. Erfreulicherweise hatte sich die Mühe gelohnt, denn ich erhielt eine Nachricht, in der man mir zu meinen bestandenen Tests gratulierte und mich bat, in der Firmenzentrale zu erscheinen. Der Präsident von Global Mind, Frank Miller, wolle mich persönlich als neuen Mitarbeiter des Mastermind-Teams begrüßen. Daß dieses Gespräch mein Leben für immer verändern würde, konnte ich nicht ahnen.

Ich saß etwa zehn Minuten im Vorzimmer, als plötzlich eine überaus attraktive Assistentin des Präsidenten mit ein paar Akten im Arm herein trat und mich aufforderte, ihr zu folgen, der Präsident sei nun bereit, mich zu empfangen. Mir verschlug es die Sprache, als ich sein Büro betrat. Die Bezeichnung „Büro" kann nicht beschreiben, was hier wirklich zu sehen war: eine Art Halle mit hohen Wänden, an deren Ende ein riesiger Schreibtisch stand. Präsident Frank Miller stand auf und kam mir entgegen. Vom ersten Moment an empfand ich eine nie gekannte Faszination für diesen Mann. Er streckte mir seine Hand entgegen und sagte: „Herzlich willkommen bei Global Mind! Ich bin Frank, sind Sie einverstanden, daß wir uns mit Vornamen ansprechen?" „Selbstverständlich," antworte ich schnell, „ich heiße Aldwin". Nachdem er sich über meinen außergewöhnlichen Namen gewundert hatte, bat er mich, Platz zu nehmen.

Er lehnte sich entspannt in seinen Sessel zurück, betrachtete seinen Computermonitor, auf dem offensichtlich Daten über mich zu lesen waren, und begann das Gespräch: „Sie sind Mediziner, Aldwin, unser Unternehmen ist zwar auch im Pharmabereich tätig, aber unsere Schwerpunkte liegen in anderen Bereichen. Wir sind sozusagen ein kunterbunter Mischwarenladen. Um uns hier hilfreich sein zu können, müssen Sie einiges über das Gesamtkonzept von Global Mind verstehen. Bitte machen Sie sich darauf gefaßt, daß Sie heute von mir Informationen erhalten, die Ihr gesamtes Weltbild verändern werden. Über alles, was hier gesprochen wird, muß strengste Geheimhaltung herrschen. Sie werden in diesem Gespräch aber noch erfahren, daß ich Ihnen diesen Hinweis mehr aus Gründen der Verständigung mache, denn wir sind uns Ihrer Loyalität absolut sicher."

Mein Herz begann zu rasen, denn seine Wörter wirkten auf mich bedrohlich und wenig eindeutig.

Er fuhr fort mit seinen Ausführungen: „Also lassen Sie uns mal ganz am Anfang beginnen. Was würden Sie tun, wenn Sie dafür sorgen wollten, daß eines unserer Produkte von möglichst vielen Menschen konsumiert wird, um nicht sogar zu sagen: von der gesamten Menschheit?" Ich dachte einen Moment lang nach und erwiderte ihm:

„Dazu wären gigantische Werbe- und PR-Maßnahmen notwendig, man müßte weltweit die Medien einschalten. Ein sehr teures Unterfangen!" Er nickte mit dem Kopf und antwortete: „Richtig, aber wie Sie schon sagen, es bedarf einer Menge Geld, und die Wirkung wäre dennoch sehr begrenzt. Ich will Ihnen sagen, wie wir dieses Problem gelöst haben. Man muß, um weltumspannend wirken zu können, die grundlegenden menschlichen Eigenschaften ansprechen, zum Beispiel Angst – Angst vor dem Tod."

Ich war zunächst völlig perplex, wie sollte ein Produkt auf der Basis von Todesangst verkauft werden? Er bemerkte meinen skeptischen Blick und erklärte weiter: „Das Prinzip Angst und Verunsicherung ist eine schon seit langer Zeit bewährte Strategie. AIDS, SARS, Terror, Waldsterben und vieles andere sind nur einige Beispiele. Es lief bisher immer nach dem gleichen Schema ab. Die Medien waren froh, über solch spektakuläre Themen berichten zu können, Experten wurden befragt, Mutmaßungen geäußert, und die Verunsicherung breitete sich aus, bis hin zur Panik. Beständig wurde die Angst ausgebreitet. Von tatsächlichen Todesfällen war meist nur ein Teil der Menschheit betroffen, aber niemals die gesamte Welt. In dem Zusammenhang wird oft als Gegenbeispiel meiner Behauptung die spanische Grippe anfangs des zwanzigsten Jahrhunderts angeführt. Diese sogenannte Pandemie hat tatsächlich vielen Menschen das Leben gekostet. Die Zahlen über Todesopfer durch die spanische Grippe sind leider nicht sehr verläßlich, basieren teilweise nur auf Schätzungen. Man hat dann einen Impfstoff entwickelt und die Bevölkerung gegen die spanische Grippe geimpft. Kaum bekannt ist aber die Tatsache, daß in vielen Gegenden nur gerade die Personen überlebt haben, die eben NICHT geimpft wurden! Diese historischen Tatsachen haben uns bei Global Mind sehr inspiriert.

Wie Sie sicherlich wissen, hat auch das Militär schon seit langer Zeit an der Entwicklung von Viren gearbeitet. Im Vergleich zum Militär wurde die Global Mind-Virenforschung aber mit wesentlich größerem Aufwand und viel höherem Einsatz von Kapital betrieben."

Einen Moment lang herrschte Ruhe in Frank Millers luxuriösem Büro, schließlich stellte ich folgende Frage: „Ich glaube, ich verstehe so langsam Ihren Plan. Aber wie gelang es Ihnen, einen Virus zu erzeugen, der einerseits eine reale Bedrohung darstellt, aber andererseits dennoch völlig unter Ihrer Kontrolle bleibt?“ Seine Augen funkelten, als ich ihm diese Frage stellte. Er antwortete mir: „Ich bin froh, daß wir uns für Sie entschieden haben, Sie stellen die richtigen Fragen. Tatsächlich standen wir vor genau diesem Problem. Ich werde nie vergessen, wie ich eines Tages hier vor dem Fenster stand, nachdachte, und beim Blick in den Himmel den richtigen Einfall bekam. Wir mußten eine Art von Angst erzeugen, die für jedermann erkennbar ist und doch nicht greifbar – so frei wie ein Vogel!“

Mir wurde fast schlecht in dem Moment, denn plötzlich dämmerte mir, was der Global Mind-Präsident mir da gerade versuchte zu erklären. Mehr gehaucht als gesprochen, kam mir das entscheidende Wort über die Lippen: „Vogelgrippe...“ – Frank Miller nickte. Die Frage nach dem tieferen Sinn dieses Projcktes war mir dennoch nicht ganz klar: „Es ging Ihnen bei diesem Projekt darum, mit der Angst der Menschen ein riesiges Geschäft zu machen?“ fragte ich, nach Worten ringend. „Es ging uns überhaupt nicht um die Einnahmen aus dem Impfstoff“, antwortete er lakonisch. Seine Augen kniffen sich zusammen, als er seine Ausführungen fortsetzte: „Wir hätten diese Impfung auch gemacht, wenn dadurch nur Kosten entstanden wären. Tatsächlich ging es uns um etwas ganz anderes. Wir bekamen dadurch nämlich ZUGRIFF auf fast die gesamte Menschheit. Denken Sie doch mal zurück, wie diese Impfungen verlaufen sind: Sie wurden unter strengen Auflagen ausgeführt, durften nur von bestimmten Stellen vorgenommen werden, und vor jeder Impfung wurden die Daten der betreffenden Person erfaßt.“

„Aber was bringt Ihnen nun dieser ganze Aufwand?“ fragte ich ungeduldig. Frank Miller machte es spannend: „Warten Sie erst mal ab, bis ich fertig erzählt habe. Sie wissen ja gar nicht, was genau wir den Menschen da als Impfung verabreicht haben!“ Erneut machte er eine lange Pause und fragte mich dann: „Sagt Ihnen der Begriff Biotelemetrie etwas?“ Mir schien es zunächst, als wolle er mit dieser Frage mein medizinisches Fachwissen auf die Probe stellen. Ich erklärte: „Unter Biotelemetrie versteht man doch eine Art Fernsteuerung von Lebewesen. Es wurden immer wieder Versuche gemacht, bei denen man Menschen Mikrochips in deren Gehirne implantierte. Dadurch konnte man von außerhalb des Körpers Signale an die Chips senden und auch von diesen empfangen. Es war beabsichtigt, die Handlungsweisen dieser Testpersonen zu beeinflußen.“

Er nickte mit dem Kopf und sagte: „Genau so ist es. Allerdings war dies ein sehr blutiges Verfahren, und es war praktisch kaum möglich, freiwillige Versuchspersonen zu bekommen, geschweige denn der ganzen Menschheit Mikrochips ins Gehirn zu operieren. Also mußten wir an etwas ganz anderem arbeiten. Was wissen Sie über Nanotechnologie?“

„Ich weiß einige grundlegende Dinge, aber eigentlich ist das nicht meine wissenschaftliche Disziplin“, antwortete ich ihm wahrheitsgemäß. Frank Miller stand auf und ging nachdenklich hin und her, er war sichtlich bemüht, einfache Worte für seine Erklärung zu finden: „Es besteht für Sie keine Notwendigkeit, sich mit diesem Thema eingehender zu beschäftigen, dafür haben wir unsere Leute. Also: Einfach ausgedrückt, handelt es sich bei dieser Technik um Maschinchen, die so winzig klein sind, daß wir sie überall unbemerkt einschleusen können, zum Beispiel in einem Impfstoff. Diese Maschinchen sind dennoch enorm leistungsfähig, sie können sich beispielsweise selbst zusammenbauen, und sie finden genau die Stelle, wo sie arbeiten müssen. Diese netten kleinen Dinger benutzen genau die gleichen Systeme wie unsere Hirnzellen, auf die sie einwirken, und sind deshalb äußerst effektiv. Außerdem können wir mit ihnen in ständigem Kontakt bleiben.“

Seine Erläuterungen zu Vogelgrippe, Impfstoffen und Nanotechnologie riefen ein Bild vor meinem geistigen Auge hervor, welches auf eine Geschichte meines Bruders Ewald zurückging. Ewald war ein Jahr lang wie ein Vagabund in Afrika unterwegs. Die dortigen Einwohner warnten ihn vor Insekten, die über das Ohr in das menschliche Gehirn eindringen und dann den Betroffenen in den Wahnsinn treiben. Eines Tages geriet mein Bruder tatsächlichen in einen solchen Schwarm, und er spürte, wie ein Insekt in sein Ohr kroch. Er war so verzweifelt, daß er ein Feuerzeug an sein Ohr hielt und es entzündete.

Ich versuchte, mich wieder zu konzentrieren, und zog ein Resümee: „Ich verstehe Sie also richtig: Sie haben das Vogelgrippe-Virus entwickelt, ebenso das Gegenmittel. Sie haben die Impfungen vorgenommen und alle Personen genauestens erfaßt. Mit dem Impfstoff haben Sie Nanogeräte eingespritzt, welche sich im Gehirn der Menschen festsetzen und Ihnen nun die Möglichkeit geben, die Menschen in ihrer Handlungsweise zu beeinflußen, und zwar ferngesteuert?“ Er antwortete: „Sie haben es genau richtig erklärt. Wir haben Empfangs- und Sendeanlagen, die jeden Punkt dieser Erde erreichen. Unsere Zerebral-Server sind sozusagen das weltweite Gehirn, eben das GLOBAL MIND. Von dort aus werden Anweisungen erteilt und auf alle empfangenen Daten entsprechend reagiert.“

Ich hatte allergrößte Schwierigkeiten, mir so etwas vorzustellen, es erschien mir praktisch nicht möglich. Frank Miller bemerkte meinen skeptischen Blick und erklärte: „Wir haben insgeheim Forschungen betrieben, von denen Sie in Ihrer Ausbildung nichts gehört haben. Wir mußten die einzelnen Bereiche des menschlichen Gehirns und deren Zusammenwirken genauestens analysieren. Alle unsere Anstrengungen, gerade in finanzieller Hinsicht, galten nur der Suche nach dem Schlüssel zu den Gefühlen, den Denkarten, den Reaktionen und Gegenreaktionen. Wir mußten wissen, was Menschen antreibt, was sie behindert, welche Triebe was in ihnen bewirken. Durch diese gewonnenen Erkenntnisse wurde ein Punkt erreicht, der es möglich machte, daß wir Menschen per Technik steuern können. Nicht so primitiv wie in früheren Testversuchen. Nein, ich spreche von totaler Kontrolle, die niemand bemerkt, und bei der alle sich wohlfühlen."

So gespenstisch diese Erklärungen auch klangen, ich mußte ihm einfach glauben. Doch wie konnte ein so gewaltiges System technisch umgesetzt werden? Mit stotternder Stimme versuchte ich, der Sache auf den Grund zu gehen: „Wie ist es aber möglich, daß Sie Milliarden Menschen kontrollieren, wie können Sie so viele Schicksale überwachen, und ist es da überhaupt noch möglich, einzelne Personen zu erfassen und auf diese zu reagieren?"

Seine Antwort war beeindruckend: „Natürlich haben wir eine Basiseinstellung, welche die Zerebral-Server jedem Menschen zunächst einmal zukommen lassen. Somit ist eine Grundsicherheit gewährleistet. Wie Sie wissen, können Computer unzählige Rechenoperationen in kürzester Zeit vollziehen. Wenn es im menschlichen Bewußtsein zu Störungen oder Abweichungen kommt, so meldet die Nanotechnik dies sofort den Servern. Die Server bearbeiten diese Vorgänge selbständig und beheben eventuelle Probleme sofort. Menschen, die eine bestimmte Funktion erfüllen und deshalb einer sehr individuellen Programmierung bedürfen, werden diversen Mastermind-Teams zugeordnet und von dort aus betreut. Damit Sie sich die technische Umsetzung vorstellen können, möchte ich dies am Beispiel eines unserer bedeutendsten Unternehmenszweige veranschaulichen, dem Mobilfunk. Stellen Sie sich einfach einmal vor, wie üblicherweise Mobiltelefone verwendet werden. Wenn ein solches Gerät einmal eingeschaltet ist, dann loggt es sich selbstständig in das Funknetz ein. Egal, wohin Sie sich nun begeben – Sie befinden sich ständig im Netz. Obwohl Milliarden anderer Mobiltelefone auch in diesen Netzen angemeldet sind, so wird doch jedes einzelne für sich identifiziert. Das bedeutet, egal wo Sie sich aufhalten, Sie können angerufen werden und selber anrufen. Daten können in riesiger Vielfalt empfangen und versendet werden. Genauso funktioniert es auch bei uns. Wir sind sozusagen der Gehirn-Provider der Menschheit."

So umwerfend diese Beschreibung auch war, ich hatte ein beklemmendes Gefühl. Den Gedanken, daß auch ich kontrolliert werde, versuchte ich zu unterdrücken. Die Frage, ob mein eigenes Bewußtsein den Gedanken unterdrückt oder ob ein Cerebral-Server eine entsprechende Anweisung an mein Gehirn erteilt hatte, war mir in diesem Moment auch völlig egal. Mit einer etwas resignierten Stimme sagte ich: „Verzeihen Sie, Frank, aber ich muß zugeben, ich stehe ein wenig unter Schock. Gerade fiel mir dieses schöne alte Lied ein, ‚Die Gedanken sind frei'. Bei allem Verständnis für modernes – sagen wir mal – Zerebral-Marketing, aber ist es moralisch nicht doch verwerflich, schließlich wurden die Leute nicht gefragt, ob sie das so wollen?" Er antwortete mit höhnischer Stimme: „Mein lieber Aldwin, tun Sie doch nicht so, als hätte man schon immer die Leute gefragt, was sie wollen. Zwang und Unfreiheit ist und war ein fester Bestandteil aller Staaten, Gesellschaften und Systeme. Wer sich dagegen wehrte, dem wurde erst recht die Freiheit genommen. Glauben Sie, die Leute haben gern ihr Leben für irgendwelche sinnlosen Kriege geopfert? Oder hat man sie gefragt, ob sie sich von totalitären Staatsführungen terrorisieren und ermorden lassen wollen? Glauben Sie wirklich, daß die perverse Bürokratie, die Steuern, die Gesetze usw. wirklich zum Nutzen der Menschen waren, und daß die Leute das auch so haben wollten? Das Volk wurde noch nie gefragt, und Demokratie bestand nur darin, zu wählen, welche Gruppierung an oberster Stelle des Zwangssystems steht. Und was die Moral anbelangt, so empfehle ich Ihnen, sich ganz bewußt anzusehen, wie die von uns kontrollierte Welt heute aussieht. Seit wir das Sagen haben, ist die Kriminalität stark zurückgegangen. Sie brauchen schon seit einiger Zeit keine Angst mehr zu haben, daß Ihre Kinder von irgendwelchen Perversen überfallen und ermordet werden. Die Menschen leiden in den von uns kontrollierten Gegenden nicht unter Hunger. Es wird außerdem keinen Krieg mehr geben, weil Krieg nicht in unser Marketing-Konzept paßt. Viel seelisches Leid haben wir den Leuten genommen. Die Menschen fühlen sich mit Recht wieder sicher. WIR fügen den Menschen keinen körperlichen Schmerz zu, sondern beeinflußen das Denken und Fühlen der Menschen. Wenn Sie all diese Fortschritte betrachten und überlegen, wie sicher und angenehm die Menschen im Vergleich zu früheren Zeiten jetzt leben, dann werden Sie verstehen, daß wir wirklich keinen Grund sehen, über Moral nachzudenken."

Man konnte ihm nur schwer widersprechen. Ich wollte dennoch etwas entgegenbringen: „Nun gut, aber Tatsache bleibt, daß Sie die Menschen täuschen und zu Ihren Zwecken mibrauchen! Sie hindern die Menschen daran, sich frei zu entwickeln!" Er entgegnete mit kräftiger Stimme: „Das ist teilweise richtig, aber führen wir nicht auch hier konsequent fort, was Staatsführungen schon immer getan haben? Die früheren Politiker haben die Menschen zum Narren gehalten. Sie haben die Bevölkerung stets mit nichtssagenden Floskeln über ihre wahren Absichten hinweggetäuscht. In allen Ländern der Erde wurden politische Skandale aufgedeckt. Die Politik hat Terroraktionen durchgeführt, bei denen die eigene Bevölkerung ermordet wurde, nur um Kriege zu rechtfertigen. Und die Medien haben schon damals mitgespielt, Berichte gefälscht und bestimmte Vorfälle selbst inszeniert."

Frank Miller und Global Mind hatten ein derart perfektes Menschheitssystem entwickelt, das tatsächlich die Probleme der Vergangenheit überwinden konnte. Der Preis für diesen Fortschritt war der Verlust der menschlichen Freiheit – wie bei jeder Politik, die nicht auf der freiwilligen Güte und brüderlichen Liebe der Menschen selbst füreinander basiert, ein richtiger Gedanke, der mir aus irgendeinem Grund leider schnell wieder entglitt. Er sah mir ins Gesicht, so, als ob er meine Gedanken lesen könnte, und erklärte mir: „Aldwin, Sie MÜSSEN lernen, Global Mind zu verstehen und zu fördern, deshalb sind Sie hier. Unsere Welt ist der Konsum und der Kommerz – DAMIT haben wir die Welt erobert. Um die Weltherrschaft zu übernehmen, mußten wir nur die Arbeit der Marketingfachleute perfektionieren."

„Wie meinen Sie das?“ fragte ich neugierig. Entspannt lehnte er sich in seinen sündhaft teuren Ledersessel zurück und erklärte: „Marketing-Experten versuchen, die Menschen – also die potentiellen Kunden – zu analysieren. Sie erforschen deren Bedürfnisse, Wünsche, Ängste, Verhalten und vieles andere mehr. Das Ergebnis dieser Analysen führt zur Einteilung der Menschen in bestimmte Zielgruppen. Die Zielgruppen hängen von Dingen wie Alter, sozialer Herkunft, Bildung, sexueller Ausrichtung usw. ab. Wenn man dann weiß, mit wem man es zu tun hat, kann man sehr genau seine Waren und Dienstleistungen anbieten.“

„Aber dann war das bisherige Marketing doch auch schon sehr perfekt“, hielt ich ihm entgegen. Darauf antwortete er: „Nein, das war es nicht! Die Menschen entwickelten trotz eindeutiger Zugehörigkeit zu einer Zielgruppe immer noch sehr individuelle Verhaltensweisen, die unerwünschte Abweichungen hervorbrachten. Die Bedürfnisse der Menschen wurden nur einseitig befriedigt, oft waren die Leute vom reinen Konsumleben enttäuscht und entwickelten eine Art Gegenreaktion dazu. Noch viel bedeutender war aber die Tatsache, daß wir uns ständig mit der Konkurrenz auseinandersetzen mußten. Heute können wir unseren Absatz genau kalkulieren, aber früher machten uns die Mitbewerber einen gehörigen Strich durch die Rechnung. Wenn man da ein schlechteres Produkt oder Angebot hatte, sich mit der Werbung verkalkulierte oder den falschen Zeitpunkt erwischte, dann hatte man oft das Nachsehen. Natürlich gelang es uns schon früher, durch die Macht unseres Kapitals die Konkurrenz in die Knie zu zwingen. Sehr effizient war das aber nicht. Wir sind jetzt in der Lage, auf alle Teile des menschlichen Bewußtseins einzuwirken. WIR erzeugen Bedürfnisse und Stimmungen, die ganz genau und NUR durch unsere Produkte befriedigt werden.“

„Ich kann Ihren Ausführungen folgen und Sie auch gut verstehen, gestatten Sie mir trotzdem einen Einwand. Werden die Menschen jetzt nicht für dumm verkauft, im wahrsten Sinne des Wortes?“

Er sah mir tief in die Augen und antwortete: „Aldwin, glauben Sie wirklich, daß die Menschen, bevor wir sie kontrollierten, nicht schon selber dumm genug waren? Wir haben nur auf das reagiert, was sie sowieso schon taten, obwohl sie auch ganz anders hätten leben können, wenn sie es nur gewollt hätten! Die Masse der Leute ließ ihre Gedanken schon immer vorzugsweise mit totalem Nonsens füttern. Die aufreißerischsten Zeitungen hatten schon immer die größten Auflagen, ebenso waren die primitivsten Talk-Shows und Fernsehsendungen erfolgreich. Die Menschen sind gierig auf nutzlose Informationen über Stars, Tratsch, neueste Moden usw. Sie konsumieren liebend gerne – und zu unserer großen Freude – Dinge, die sie nicht brauchen. Der Wunsch der Menschen, gleichgeschaltet zu werden, war letztendlich für unseren Erfolg ausschlaggebend. Und seltsamerweise fühlen sich die Menschen trotz der Gleichschaltung als individuelle Wesen. Obwohl unzählige andere Leute auch das neueste tolle Auto fahren, die angesagteste Mode tragen, die entsprechenden technischen Geräte verwenden, glauben alle, daß sie gerade deshalb etwas BESONDERES seien und aus der Masse hervorragten. Es ist eine verrückte Eigenart, die wir uns zu Nutze gemacht haben. Man will einerseits aus der Masse herausragen, andererseits aber doch dazu gehören." Ich versuchte, meine Gedanken zu ordnen und zu verstehen, wie dieses Wirtschaftssystem nun funktioniert. Ich fragte: „Wie können andere Unternehmen unter Ihrer totalen Kontrolle noch Erfolg haben?"

„Es zählt nur noch die Größe und das Kapital der Unternehmen. Wer kontrollieren und mitspielen will, muß dafür bezahlen", antwortete er mit forscher Stimme.

Es erschien mir so, als ob er mir die Spielregeln dieses Marktes nicht genauer erklären wollte. Also zog ich mich gedanklich zurück auf mein Fachgebiet und fragte: „Gibt es denn überhaupt noch eine Art Freiraum für die Menschen? Werden wir wirklich total gesteuert, oder bleiben da auch noch Bereiche, in denen man sich frei entwickeln kann?“ Er antwortete mit ungewohnt sanfter Stimme: „Wir lassen den Menschen genügend Freiraum, sonst wären bestimmte Weiterentwicklungen nicht möglich. Die Kreativität der Leute bedarf der Möglichkeit, freie Gedanken zu entfalten. Dennoch setzen wir Grenzen, innerhalb dieser Grenzen ist jedoch einiges möglich. Auch Sie, Aldwin, können doch gerade relativ frei Ihre Gedanken äußern. Wir sollten aber andererseits nicht so tun, als ob die gesamte Menschheit, auch dann, wenn sie unkontrolliert wäre, von selbst ihre Fähigkeit nutzen würde, frei zu denken. Die Freigeister waren und sind Außenseiter. Gefährliche Außenseiter wird es zukünftig immer weniger geben, schließlich werden schon unsere Kinder optimal von den Cerebral-Servern betreut. Kinder sind am lernfähigsten und sehr gut manipulierbar. Unser Name steht für Sicherheit und perfekte Menschenführung!“

„Haben Sie denn gar keine Sicherheitsbedenken? Was ich sagen will: Leben wir wirklich sicher in diesem System?“ fragte ich nachdenklich. „Die umfassende Kontrolle und Beeinflußung der Menschen garantiert eine Sicherheit, wie sie die Menschheit noch nie gekannt hat. Unerwünschte Verbrechen oder Bedrohungen können wir fast völlig ausschließen. Sicherheitsvorkehrungen wie Alarmanlagen oder Überwachungskameras sind eigentlich schon überflüssig. Die politischen Gruppierungen stellen gar kein Risiko mehr dar. Sie sind nur noch verschiedenfarbige Puppen, die wir ganz nach unserer Pfeife tanzen lassen. Wahlen sind ein völlig ungefährliches Unterhaltungs-Event, dessen Ausgang wir kennen, ohne betrügen zu müssen. Wir wissen, wen die Menschen wählen, noch bevor sie es selber wissen. Geheimdienste, Zensur, Spionage, Gefängnisse – ha!, alles überflüssig!“

Wie es sich für ein echtes Mastermind-Mitglied gehört, dachte ich angestrengt darüber nach, welche Gefahren es noch geben könnte. In meinem eigenen Fachgebiet, der Medizin, wurde ich fündig. So fragte ich besorgt:

„Eigentlich klingt das alles sehr ermutigend, aber immer noch leiden Menschen unter furchtbaren Krankheiten. Vielleicht leben wir jetzt sicherer, aber leben wir auch gesund?“ „Unter anderem deshalb haben wir Leute wie Sie eingestellt“, begann er zu erklären. „Früher mußten die Menschen zu Vorsorgeuntersuchungen. Unsere Server wissen heute, was ihnen fehlt, noch bevor sie sich krank fühlen. Wir können schnell und effektiv handeln.“ Er hielt einen Moment inne, ich sah ihm an, daß er dabei ist, mir ein schwieriges Thema zu erklären: „In Anlehnung an das Thema Krankheit möchte ich Ihnen zum Thema Leiden von einer Erfahrung berichten, die Sie wahrscheinlich verwundern wird. Dabei spreche ich jetzt nicht unbedingt von körperlichem Leid. Wir haben nämlich festgestellt, daß wir bestimmte Verhaltensmuster durch gezielte Leidenserfahrungen besser erreichen können. Das Prinzip Leid beinhaltet ein gewaltiges Steuerungspotential, zum Beispiel bei der Steigerung der Leistungsfähigkeit am Arbeitsplatz. Außerdem scheint die richtige Balance zwischen Leid und Freude die Menschen ausgeglichener zu machen. Obwohl ich alles andere als ein Masochist bin, gestatte ich mir manchmal selbst eine kleine Leidenserfahrung, um dann hinterher wieder richtig genießen zu können.“

Sie klang krank in meinen Ohren, diese Geschichte von Leid und Leistung. Dennoch konnte ich sie nachvollziehen. Für mich war klar, daß er sehr genau wußte, von was er sprach. Es traten in regelmäßigen Abständen junge attraktive Damen in sein Büro ein, offenbar delegierte er einiges an Arbeit an diese Damen. Seine Assistentinnen gehörten ausnahmslos zu den attraktivsten Damen, die ich jemals gesehen hatte. Und nicht nur das. Sobald eine der Damen den Raum betrat, betrachtete sie Frank Miller mit derartiger Bewunderung, daß man wirklich neidisch auf ihn werden konnte. Sie schienen völlig verrückt nach ihm zu sein. Er bemerkte, wie meine Blicke auf die Damen fielen. Nachdem wir wieder alleine im Raum waren, sagte er: „Ihnen ist sicher aufgefallen, welch reizende Damen mich umgeben. Das ist eine der angenehmsten Seiten unseres Systems. Was mußten wir früher auf uns nehmen, um die Damenwelt zu erobern, gut aussehen, die Damen zum Essen einladen und viele Dinge tun, um ihr Herz zu erobern. Und oft wurden wir nur schwer enttäuscht. Da bin ich heute in einer sehr privilegierten Position. Die Nanomaschinchen steuern meine Damen genau so, wie ich sie haben will. Aldwin, haben Sie vielleicht Probleme mit Frauen? Ich könnte da einiges für Sie tun!" Ich wußte nicht, ob ich meine Gefühle ihm gegenüber so offen äußern konnte, faßte mir dann aber ein Herz:

„Wissen Sie, ich bin sehr glücklich verheiratet und habe eine Tochter. Meine Frau Franka ist ebenfalls Ärztin. Mein Problem ist eher, daß ich manchmal etwas eifersüchtig bin. Ich habe Angst, Franka vielleicht eines Tages zu verlieren." Er reagierte mit einem sehr ernsten Blick und nickte verständnisvoll. Ohne mir weitere Beachtung zu schenken, betrachtete er seinen Computermonitor eingehend. Es vergingen einige Minuten, in denen er intensiv irgendwelche Informationen von diesem Monitor las. Er machte dann einige Eingaben über seine Tastatur. Schließlich wandte er sich wieder mir zu und sagte: „Eifersucht ist für die meisten Menschen eine unglaubliche Antriebskraft. In Ihrem Falle ist es aber anders.

Eifersucht behindert Sie nur in Ihrer Leistungsfähigkeit für Global Mind. Sie können Ihre Eifersucht jetzt für immer vergessen. Ihre Frau wird ab sofort völlig auf Sie fixiert sein, und wenn ICH Ihnen das sage, dann können Sie mir das glauben!"

Ich bekam eine Gänsehaut. Mir wurde in diesem Moment bewußt, welche Macht von diesem Mann ausging. In meinem Inneren entstand ein Gefühl tiefer Dankbarkeit. „An was denken Sie gerade?" fragte er mich. Ich versuchte, die passende Worte zu finden: „Das, was Sie gerade getan und gesagt haben, hat fast etwas Religiöses an sich, es ist, als ob da jemand vor mir sitzt, der in der Lage ist, Gott zu spielen."

Sein Gesicht wirkte erstaunlich nüchtern, und er erklärte: „Sie sollten das, was Sie gerade erlebt haben, nicht dramatisieren. Was heißt es schon, Gott zu spielen? Wie kann ich etwas nachspielen, was niemand je erlebt hat? Aber was ist auch schon Religion? Da gibt es ein paar uralte Bücher und mehr nicht. Niemand besitzt einen definitiven Beweis für Gottes Existenz, obwohl die Existenz Gottes aus logischer Sicht die wahrscheinlichste aller Möglichkeiten ist. Und dann die Geschichte der Religionen – ein gigantisches System von Lügen, Angstverbreitung und... dem Versuch der Kontrolle. Da gibt es viele Religionen auf der Welt, jede nimmt für sich in Anspruch, die einzig wahre zu sein. Der Gott – welcher Religion auch immer – hat uns die Instrumente gegeben, um Global Mind zu ermöglichen. Und ist es nicht eine Ironie, daß es aufgrund unserer Leistungen, im Gegensatz zu denen der Religionen, in unserer kommerziellen Welt keine Verfolgung, Kriege und Terrorismus mehr gibt? Wir brauchen eben die Menschen."

„Sie haben soeben von Kriegen gesprochen, wie stehen Sie zu diesem Thema? Schließlich war Krieg auch schon immer ein großes Geschäft", fragte ich neugierig.

Er ging zum Fenster, schaute auf die Stadt und redete, ohne mich dabei anzusehen: „Kriege sind nicht wirklich effizient. Sie sind nicht so kalkulierbar, wie wir das gerne haben möchten. In die letzten Kriege, die wir erlebt haben, wurden unfaßbare Summen investiert. Trotzdem blieb die Situation in den Ländern instabil. Letztendlich kann man aber die Sache auf einen Punkt bringen: Funktionierende Infrastrukturen mit lebenden Menschen und sozialer Berechenbarkeit bringen uns bessere Einnahmen. Auf Krieg können wir verzichten, obwohl es zuletzt doch auch ein sehr interessantes Medienspektakel war. Ach, wenn wir schon beim Thema sind: Sie werden sich in Zukunft etwas intensiver mit Fernsehprogrammen beschäftigen müssen." Er drehte sich herum, blickte in mein verständnisloses Gesicht und fuhr fort:

„Fernsehen ist die Freizeitgestaltung Nr. 1 und das Medium, mit dessen Hilfe wir Konsum, Meinungen und Verhaltensweisen am wirksamsten erzeugen und steuern können. Die Menschen sind gerne passiv und lassen sich per TV führen. Dem Diktat der Medien folgen sie willenlos."

Während er so sprach, kam in mir eine Frage auf, und schließlich richtete ich sie an ihn: „Wie sieht es mit der Verschwiegenheit aus? Sie haben mich heute sehr schockiert mit all diesen Informationen. Aber es muß doch eine Vielzahl von Mitwissern geben! Was passiert, wenn all das publik wird? Bei Ihren Investitionen können Sie sich ein solches Risiko doch gar nicht leisten. Was passiert, wenn ich mich verplappere, oder wenn auch nur versehentlich Informationen an die falsche Stelle gelangen?" Man konnte Miller ansehen, daß er auf diese Frage gewartet hatte. Im nüchternen Ton begann er mir zu antworten: „Sie haben nun viele Wochen lang Tests über sich ergehen lassen, Loyalität war dabei stets die oberste Direktive. Ihre Loyalität hat aber nur noch sekundär etwas mit Ihrem Willen zu tun. Sie werden gar nicht mehr anders können, wenn Sie verstehen, was ich meine. Der Schutz unseres Systems gehört zu den entscheidenden Richtlinien. Das System hat ein sehr ausgeklügeltes Selbstschutzprogramm. Ich glaube nicht, daß irgend jemand in der Lage ist, dies zu umgehen. Jeder, der versuchen würde, dagegen vorzugehen, würde sich massivsten Verfolgungsmaßnahmen aussetzen. Bereits nach kürzester Zeit wäre die Gefahr gebannt. Alle Medien, die zur Verbreitung unerwünschter Verhaltensweisen geeignet wären, sind in unserer Hand. Niemand kann hier Gehör finden. Die Leute, welche unser System kennen und an deren Gestaltung mitarbeiten, also die Mastermind-Mitglieder und unsere Geschäftspartner, erhalten so große Vorteile, daß die ohnehin einprogrammierte Loyalität noch zusätzlich gefördert wird. Sie haben im Moment die Möglichkeit, solche Gedanken zu entwickeln, weil wir das so brauchen. Wenn Sie aber nachher mein Büro verlassen, dann stellen Sie keinerlei Gefahr mehr da."

Die von ihm geschilderten Zustände ließen in mir ein Gefühl der Resignation aufkommen. Und so fragte ich ihn mit bescheidener Stimme: „Wünschen Sie sich nicht ab und zu, unsere Welt wieder in nicht kontrolliertem Zustand zu erleben?“ Er lächelte, und sein Gesicht drückte zugleich etwas Melancholie aus. Er sagte: „Wenn ich meine beiden Kinder sehe, dann frage ich mich manchmal, wie sie sich wohl verhalten würden, wenn sie völlig unkontrolliert wären. Dann würde ich gerne erleben, wie sie Dinge tun, die sie eigentlich nicht sollten, und einfach nur sie selbst sein könnten.“

Frank Miller blickte mit einer gewissen Melancholie in den Augen still vor sich hin. Eine ganze Zeit lang wurde nicht mehr gesprochen. Zum ersten Mal zeigte der ansonsten so kontrollierte und berechnende Global Mind-Präsident Gefühle. Die Stille und die eigenartige Atmosphäre verursachten seltsame Gefühle in mir. Dann aber meldete sich mein nüchterner, wissenschaftlicher Verstand zurück. Ich mußte daran denken, daß Frank Miller einer der mächtigsten Menschen überhaupt ist. Wieso vermittelte er mir jetzt das Gefühl, das er und seine Kinder sich der Global Mind-Technologie zu beugen hätten? Ist der Mann, der an der Spitze des gesamten Systems steht, Untertan seiner eigenen Arbeit geworden? Ich fragte ihn deshalb mit vorsichtigen Worten: „Verzeihen Sie mir bitte, wenn ich Sie so direkt frage, aber liegt es nicht alleine an Ihnen, ob Ihre Kinder überhaupt mit der Nanotechnologie leben müssen? Es dürfte doch sicher kein Problem für Sie sein, auf die Impfung der Kinder mit Nanoteilchen zu verzichten.“

Seine Antwort ließ etwas auf sich warten, und erneut zeigte er Emotionen – er war verlegen. Fast konnte man den Eindruck gewinnen, er sei beim Lügen ertappt worden. Oder wollte er mir einfach nur vorspielen, daß auch er emotional sein kann?

Angesichts der gewaltigen Macht, die seine Server auf mein Gehirn ausüben könnten, hätte er solche Spielereien aber gar nicht nötig.

Schließlich antwortete er auf meine Frage mit verlegenem Lächeln: „Sie haben völlig Recht mit dieser Frage. Vielleicht habe ich die Situation ein wenig einseitig dargestellt und nicht die überragenden Vorteile angesprochen, die ich meinen Kindern nicht vorenthalten will. Tatsächlich bestimme ich ganz alleine, ob die Gehirne meiner Kinder mittels Nanotechnologie gesteuert werden oder nicht. Die Global Mind-Server sind aber in der Lage, soviel Großartiges für meine Kinder zu tun, das sich die Frage, ob oder ob nicht, schon gar nicht mehr stellt. Ich will, daß meine Kinder ohne Angst und Leiden aufwachsen können. Ich will, daß sie intelligent und leistungsfähig werden, schließlich sollen sie eines Tages mit mir zusammen den Lauf der Welt bestimmen. Sie sollen sich zu überragenden Persönlichkeiten entwickeln. Dazu müssen ihr Gehirn, ihr Körper und ihre Gedanken ständig überwacht werden. Die völlige Kontrolle verhindert schwere gesundheitliche, seelische und geistige Fehlentwicklungen. Außerdem dürfen Sie mir eines glauben – das Programm, welches ich für meine Kinder bestimmt habe, ist äußerst angenehm!"

Und wieder gelang es ihm, mich zu überzeugen. Auch wenn es sich zunächst wie ein schlechter Witz anhörte, aber Global Mind-Server konnten durchaus als ein Mittel elterlicher Fürsorge verstanden werden.

Frank Miller machte wieder einen viel gefestigteren Eindruck und lächelte mich freundlich an: „Bestimmt haben Sie noch viele weitere Fragen an mich, ich kann Ihnen diese heute aber sicher nicht alle beantworten. Auch ich habe natürlich eine wichtige Frage an Sie zu stellen. Nach dem, was Sie nun schon bereits gehört haben – können Sie sich immer noch vorstellen, ein vollwertiges Mitglied des Global Mind-Masterteams zu werden? Sind Sie bereit dazu, eins zu werden mit der Philosophie von Global Mind?"

Ich rang nach Worten, um auf diese Fragen eine Antwort zu finden. Bevor mir das gelang, unterbrach er mich: „Antworten Sie noch nicht!

Sie sollen Gelegenheit bekommen, sich das alles gut zu überlegen. In der nächsten Stunde haben Sie die Möglichkeit, völlig FREI über all das Gesagte nachzudenken. Und wenn ich ‚frei' sage, dann meine ich auch frei. Sie verstehen was ich meine?" – Ich verstand.

Es ist mir wichtig, daß Sie aus eigener Überzeugung zu Global Mind stehen. Sie werden nämlich in Zukunft ein privilegiertes Leben führen, das sich sehr von dem Leben der anderen Menschen unterscheiden wird. SIE werden nicht nur jetzt frei denken, sondern auch in Zukunft. Ich will Sie deshalb mittels der Server zu etwas zwingen, was sie selber nicht aus vollster Überzeugung wollen. Wir brauchen Ihre geistige Kapazität in größtmöglicher Gedankenfreiheit für die Arbeit an unserem System. Hier also mein Vorschlag. Sie begeben sich jetzt in einen von unseren Entspannungsräumen.

Dort werden Sie absolute Ruhe vorfinden und ideale Voraussetzungen zum geistigen Reflektieren. Niemand wird Sie dort stören. Für diesen Raum ist eine Betreuerin zuständig, die Sie jederzeit anfordern können und Ihre Wünsche äußern. Egal was Sie benötigen, Sie werden es bekommen. Nutzen Sie diese Entspannung, um nachzudenken! In etwa ein bis zwei Stunden können wir uns dann wieder zusammensetzen und uns ein paar Köstlichkeiten aus meiner privaten Küche servieren lassen. Bei der Gelegenheit können Sie mir die Ergebnisse Ihres Nachdenkens mitteilen. Einverstanden?" Ich nickte.

Im gleichen Moment betrat eine Assistentin unaufgefordert den Raum. Woher Sie wußte, daß ihre Anwesenheit genau in dieser Sekunde gewünscht war, blieb mir ein Rätsel.

Der Präsident wandte sich sogleich an sie und sagte: „Begleiten Sie unseren neuen Kollegen in die Relax Lounge". Wir verabschiedeten uns voneinander und ich folgte der jungen Dame.

Die Relax Lounge des Global Mind-Masterteams befand sich in einem anderen Gebäude, ein ebenso gigantisches Hochhaus. Mit einem Aufzug begaben wir uns in schwindelerregender Geschwindigkeit in eine der oberen Etagen. Ich war überrascht, als sich die Tür des Aufzuges schließlich öffnete. Man stand sofort mitten im Entspannungsraum, ohne jede trennende Wand oder Tür. Für mich gab es deshalb keinen Zweifel, daß uns vorher ein Scanner erfaßt hatte, um zu prüfen, ob wir berechtigt sind, diesen Raum zu betreten. Anders konnte ich mir diesen freien Zugang nicht erklären. Die Relax Lounge war absolut fantastisch! Die Außenwände waren komplett verglast, wodurch den Erholungssuchenden ein freier Rundumblick auf die ganze Stadt dargeboten wird. Bemerkenswert war außerdem die totale Stille. Man konnte das rege Treiben und den Verkehr der Stadt beobachten, ohne auch nur das leiseste Geräusch davon zu hören. Neben zahlreichen Sitz- und Liegemöglichkeiten fiel mir besonders ein riesiger Whirlpool auf, der direkt an der Außenwand angebracht und rundum mit Glas versehen war. Meine Betreuerin bemerkte meinen fragenden Blick und sagte: „Ich glaube, Sie werden sich hier bestimmt zurechtfinden; vielleicht sollte ich Ihnen noch den Bewegungsmechanismus des Whirlpools erklären." Sie demonstrierte, wie der gesamte Whirlpool auf Knopfdruck samt Wasser und Abwasserschläuchen in die Höhe fährt und diverse Beleuchtungssysteme sich dazu passend anschalten lassen.

Ich nahm meinen ganzen Mut zusammen und fragte sie, was denn der tiefere Sinn dieser ganzen Konstruktion sei. Sie erklärte mit verständnisvollen Worten: „Einem Mitglied des Mastermind-Teams war es wichtig, während des Bades ständig seine Blickposition auf die Stadt verändern zu können." „Ach so", lächelt ich ihr entgegen und tat so, als ob ich das sehr gut nachvollziehen konnte.

Schließlich ließ sie mich alleine. Ich nahm Platz in einem der unglaublich bequemen Sessel. Der überwältigende Anblick der Stadt aus dieser Höhe und die wunderbare Stille ließen mich schnell ruhig und entspannt werden. Die zuvor gehörten schockierenden Dinge waren für einen Moment vergessen. Es wäre mir ohnehin unmöglich gewesen, die gesamte Tragweite des Global Mind-Systems zu begreifen und gedanklich zu verarbeiten.

Mein Kopf leerte sich vollständig, ich dachte an gar nichts mehr. Das Erreichen eines Zustandes der inneren Leere war notwendig, um überhaupt wieder in der Lage zu sein, eigene Gedanken zu entwikkeln. Schon bald drehte sich in meinem Kopf alles nur noch um die Frage, wie sich eigentlich die ganze Welt in den vergangenen Jahren entwickelt hatte. Wie konnte all das, was ich heute gehört hatte, eigentlich geschehen? Mir erschien ein inneres Bild aus der Zeit meiner medizinischen Ausbildung. Wir arbeiteten damals an menschlichen Leichen und nahmen sie Stück für Stück auseinander, um zu verstehen, wie der menschliche Körper tatsächlich aufgebaut ist. Genauso erschien mir jetzt die ganze Welt wie eine Leiche, die ich erst einmal auseinander nehmen und analysieren mußte, um zu verstehen, was aus ihr geworden ist. Der Unterschied zu einer Leichenobduktion lag darin, daß die Analyse nur durch das Erfassen der Vergangenheit gelingen kann. Was lag also hinter uns? Es gab ein Schlagwort, das für die gesamte Entwicklung auf der ganzen Welt bestimmend war, und zudem noch große Ähnlichkeit mit dem Namen des Konzerns von Frank Miller hatte – Globalisierung.

War die Welt zuvor noch von ideologischen, politischen und kulturellen Blöcken voneinander getrennt, so fand sie unter dem Begriff der Globalisierung zueinander. Mir kam es fast so vor, als hörte ich bei diesen Gedanken wieder die Stimme von Frank Miller in meinem Kopf, denn es gab nur ein Element, das für diese Weltvereinigung verantwortlich war – der Kommerz. Der globale Kommerz schaffte die Voraussetzung für einen einzigen globalen Verstand – den Global Mind. Länder, die sich jahrzehntelang feindselig gegenüberstanden, machten nun plötzlich gemeinsame Sache. Die plumpe alte Weisheit, daß Geld die Welt regiert, hatte sich bewahrheitet.

Was aber hatte diese schöne neue Welt aus den Menschen gemacht? Bei den jungen Menschen zeigte sich die deutlichste Veränderung. Einst gab es eine Zeit, in der junge Menschen sich für Liebe und Frieden einsetzten und für Menschenrechte und eine saubere Umwelt auf den Straßen demonstrierten. Die darauf folgende Generation der Jugendlichen teilte sich in zwei Hälften ein, in eine konsumorientierte, materialistische Oberschicht und in eine Drogen konsumierende, ungebildete und gewaltbereite Unterschicht. Das hätten sich die Love-and-Peace-Hippies bestimmt nicht träumen lassen! Gegen die traumhaften Verheißungen der Welt des Kommerzes können Moral und Ethik nicht ankommen. Doch die Glanzwelt fordert ihren Preis, für die meisten unbemerkt und dennoch folgenschwer. Die geteilte Gesellschaft bedeutete, daß man entweder ganz oben war und in übermäßigem Reichtum lebte, oder man gehörte zur großen Masse ganz unten, ohne jede Chance, der Armut zu entkommen. Der Mittelstand verschwand nach und nach. Frank Miller hatte völlig Recht, als er sagte, daß die Unterschicht konsumiert, ohne zu hinterfragen. Durch die Medien wurde den Menschen eine Weltanschauung verkauft, die den Blick auf die Realität völlig verstellte und so machtvoll war, das kein Raum mehr für eigene Entwicklung blieb. Viele junge Menschen konsumierten zwar, wußten aber auch instinktiv, daß sie keine Perspektiven in dieser Welt haben. Es blieb also nur die Resignation, die Hinwendung zu Gewalt und Verbrechen. Die Musik und der Kommerz schafften zudem ein positives Bild von Verbrechern, so blieb vielen die Hoffnung, auf krumme Art und Weise der Ausweglosigkeit zu entkommen.

Sex und Gewalt, dies war der neue Stoff, mit dem man Geld machen konnte, es waren die Drogen einer verlorenen Generation. Doch worauf wollten die Kommerzunternehmen wirklich hinaus? Bei der

Unterschicht war es eindeutig das Ziel, einen völligen Realitätsverlust bei den Menschen zu erzeugen und damit das individuelle Leben auszuschalten. Unter der Anleitung des Konsums wurde eine Gleichschaltung erreicht. Eine dumme, von Trieben und negativen Gefühlen gesteuerte Masse. Und die Oberschicht? Diese hatte meist den Vorteil, durch höhere Bildung besser differenzieren zu können. Letztendlich hatte aber auch dieser Teil der Bevölkerung hauptsächlich das Materielle im Sinn. Eine wunderbare Symbiose, im Sinne von Global Mind!

2. Kapitel – Unbegrenzte Macht

Die Globalisierung bedeutete aber auch, daß die Unternehmen versuchten, die ganze Welt für sich zu gewinnen. Konzerne wuchsen immer mehr, Firmen wurden aufgekauft oder zu Megakonzernen fusioniert. Es war wirklich nur die Frage, wer zuletzt übrig bleibt.

Seltsam an meinen Überlegungen war allerdings, daß sich diese Phänomene nur auf die Vergangenheit bezogen. Es gab diese Probleme gar nicht mehr! Hatte die große Gedankenmaschine von Global Mind tatsächlich Gewalt, Verbrechen, Arbeitslosigkeit und die Gier der Konzerne gestoppt? Diese Art der Betrachtung ließ in mir die Sympathie für den Teufel aufkommen. Gedanklich kam ich ohnehin an einen Endpunkt. Was nützte mir alle Analyse, wenn ich die Dinge sowieso nicht ändern konnte? Und selbst wenn – was könnte ich tun? Ich erhob mich aus meinem Sessel, nahm zielstrebig eines der bereitgelegten Handtücher und begab mich zum Whirlpool. Was für ein Glück ich doch hatte! Nur wenige konnten sich in diesen Räumen erholen. Es wurde mir klar, daß ich ein Auserwählter war. Ich beschloß es zu genießen. Das Wasser sprudelte bereits in den Pool, als ich die Betreuerin zu mir rief. Sie sollte mir eine Tasse Kaffee, einen Cognac und eine Zigarre bringen. Nur wenige Augenblicke später wurden mir die gewünschten Dinge gereicht. Das Sprudelbad konnte beginnen. Kaum hatte ich in der Wanne Platz genommen, packte mich der Spieltrieb und ich betätigte den Bewegungsmechanismus des Whirlpools. Es war ein aufregendes Gefühl, in einer Wanne zu sitzen und dabei wie in einem langsamen Fahrstuhl in die Höhe zu fahren. Als ich oben angekommen war, konnte ich plötzlich verstehen, warum mein mir noch unbekannter Mastermind-Kollege sich dieses Spielzeug gewünscht hatte. Der Ausblick war wirklich umwerfend! Immer wieder ließ ich die Wanne rauf und runter fahren und genoß dabei die unterschiedlichen Blickrichtungen zur Stadt. Entspannt trank ich meine Tasse Kaffee und gönnte mir dazu den feinen Cognac. Man hatte mir außerdem ein riesiges goldenes Feuerzeug gereicht, mit dem das Anzünden der Zigarre zu einem zusätzlichen Erlebnis wurde. Ich lehnte mich zurück und hatte das Gefühl, der König der Welt zu sein. Immer mehr verschwanden meine kritischen Gedanken, und die Moral des Frank Miller wurde mir immer einleuchtender. Nachdem ich so viel Negatives an diesem System auszusetzen hatte, wurde mir dann aber auch bewußt, welche Möglichkeiten sich mir nun eröffneten. Ich könnte am ganz großen Rad drehen, am größten Rad aller Zeiten! So groß meine Bedenken waren, so schnell war auch mein Entschluß gefaßt, Millers Angebot anzunehmen und mich ganz und gar diesem System zu widmen. Die unerklärliche Sympathie, die ich während des Gesprächs mit Miller die ganze Zeit unterschwellig empfand, spürte ich auch in diesem Moment wieder in mir. Zudem war meine Stimmung so positiv, daß ich am liebsten meine Frau angerufen hätte, um ihr zu erzählen, welche großartigen Dinge ich hier gerade erlebe. Meine Familie würde in Zukunft wohlhabend, glücklich und mächtig sein. Niemand, der uns noch etwas anhaben könnte. Meine Arbeit und meine Ideen würden Auswirkungen auf die ganze Welt haben. In Anbetracht dieser Aussichten konnten mir meine kleinkarierten, moralischen Bedenken gestohlen bleiben!

Den Rest des Badevergnügens verbrachte ich nur noch mit Überlegungen, welche konkreten Fragen zu meiner zukünftigen Arbeit ich Frank Miller stellen wollte. Ich konnte es kaum erwarten, ihn wieder zu sehen. Nachdem ich das Badevergnügen beendet hatte und ich wieder vollständig bekleidet war, betätigte ich das Kommunikationssystem. Meine Betreuerin erschien prompt, und ich erklärte ihr, daß ich nun bereit sei für das Essen mit Herrn Miller. Sie sagte mir daraufhin, daß Herr Miller das Essen auf seinem persönlichen Arbeitsgelände außerhalb der Stadt hat vorbereiten lassen. In der Tiefgarage des Firmengebäudes wartete ein Chauffeur auf mich, um mich zu dem Treffpunkt zu fahren. Der Chauffeur wies mich darauf hin, daß ich mich auf eine längere Fahrt einstellen sollte, denn das

Anwesen von Frank Miller würde weit außerhalb der Stadt liegen. In einer merkwürdig gütigen Art lächelt er mich an und sagte: „Sie werden sich aber bestimmt nicht langweilen, in unserem Firmenfahrzeug stehen Ihnen eine Vielzahl von Kommunikations- und Unterhaltungsmitteln zur Verfügung." In der Tat, ein Fahrzeug wie dieses hatte ich noch nie zuvor gesehen. Es war ganz offensichtlich gepanzert, und ich glaube nicht, daß jemand in der Lage sein könnte, es aufzubrechen. Mir fiel eine Elektronik auf, die wahrscheinlich die gesamte Umwelt scannte. Niemand hätte unerkannt in dieses Fahrzeug einsteigen können, von Dieben schon gar nicht zu reden. Ich nahm in der noblen Limousine Platz, und die Fahrt begann. Der Chauffeur war vom Fahrgastraum völlig abgetrennt, man konnte ihn nicht sehen. Von den vielen Kommunikationsgeräten, die er mir angepriesen hatte, war zunächst nicht viel zu sehen. Auffallend war lediglich ein enorm großer Bildschirm. Ich fixierte diesen Monitor und fragte mich gedanklich, wie dieses Computersystem wohl zu bedienen sei. Noch während ich darüber nachdachte, schaltete sich der Monitor ein, und es war zu lesen: „Willkommen, Aldwin". Und als ob dies nicht überraschend genug gewesen wäre, erschien daraufhin ein Menü, welches mir bestimmte Auswahlmöglichkeiten anbot. Die Menüauswahl war nun wirklich alles andere als willkürlich! Sämtliche Internet- und Unterhaltungsmedien, die ich üblicherweise nutzte, waren darauf zu sehen, außerdem alle Kommunikationsverbindungen zu meiner Familie, Freunden und Bekannten. Und wie konnte es anders sein, ich wurde auch darauf hingewiesen, daß Mails für mich vorhanden seien. Kein einziges Gerät hatte ich eingeschaltet, keine Taste und keinen Knopf gedrückt. Ein Gefühl von Scham stieg in mir auf. Es gab keine Privatsphäre mehr für mich. Ein elektronisches System und deren Macher kannten mein gesamtes Innenleben, wahrscheinlich besser und vollständiger als ich selbst. Angst machte sich in mir breit. Aus meiner medizinischen Berufserfahrung erinnerte ich mich plötzlich an viele Patienten, die massive Schlafstörungen hatten, weil sie unter der Angstvorstellung litten, im Schlaf die

Kontrolle über ihren Körper zu verlieren. Auch Operationen unter Vollnarkose geht eine Angst voraus, die Kontrolle zu verlieren, da man sich vollständig dem Operateur ausliefert. Und nun hatte ich unglaubliche Angst, nicht mehr Herr meiner Selbst zu sein. Genau in diesem Moment wurde mir die Macht des Global Mind-Systems in aller Deutlichkeit demonstriert. Der große Bildschirm kündigte plötzlich in ebenso großen Buchstaben an: „Sie werden jetzt mit Ihrer Familie verbunden." Ohne mein Zutun wurde meine Frau Franka angewählt, ich sah sie auf dem Monitor zusammen mit meinen Kindern. Sie lachte mich mit einem freundlich-frechen „Hallo" an, und meine Kinder winkten mir fröhlich entgegen. Mein Inneres wurde von einem warmen und sanften Gefühl erfaßt, welches so stark war, daß meine Angst sich auflöste. Meine Kinder wollten wissen, in was für einem tollen Auto ich da saß, und Franka erkundigte sich nach meinem Befinden. Meine Familie vermittelte mir ein Gefühl der Freude. Nachdem ich ihnen, ohne Details zu erwähnen, erzählt hatte, was ich so tue, beendeten wir das Gespräch und freuten uns auf das Wiedersehen. Danach schaltete das System sich völlig aus. Es war nichts mehr auf dem Bildschirm zu sehen. Mir wurde klar, daß dieses System eine Form von virtueller Intelligenz darstellte. Es sollte jetzt Ruhe sein. Ich blickte aus dem Auto auf die Straßen und reflektierte das eben Erlebte. Einerseits handelt es sich bei diesem System um Gedankenkontrolle, andererseits bestehen aber auch individuelle Programmierungen, und zumindest in meinem Fall arbeitete das Programm nicht erkennbar gegen mich. Nach dem kurzen Erlebnis mußte ich sogar davon ausgehen, daß es mich sogar schützen will. Mein Verstand sagte mir auch, daß dieses Erlebnis nur möglich war, weil man mir größeren gedanklichen Freiraum ließ als anderen Menschen. Das System arbeitete in meinem Fall also eher reagierend als agierend. Ich betrachtete die vorbeifahrende Landschaft und spürte, wie mich eine tiefe innere Ruhe erfaßte. Entspannt blickte ich wieder auf den Monitor. „Es sind Nachrichten für Sie da", war da zu lesen. Und es war, als wollte das System mir sagen: „Zurück zur Tagesordnung!“ Waren die Nanoteilchen in meinem Kopf und die damit verbundenen Server gute Freunde, die mich sehr gut kennen und nur das Beste für mich wollten? Dem netten Angebot des Bildschirms, meine Mails durchzugehen, folgte ich gerne. Auch hier genügte der bloße Gedanke, um dann tatsächlich die Mails aufzurufen. Während ich so den Bildschirm betrachtete, lernte ich allmählich, mit dem System zu kooperieren. Vor vielen Jahren hatte ich einmal gelesen, daß Militärs seit langer Zeit daran arbeiten, nur durch die Fixierung der Augen auf ein Ziel eine Waffe zu betätigen und zu steuern. Genau so war es mit diesem Computer und der Unterstützung durch die Nanotechnologie. Der intensive Blick auf eine mögliche Verbindung genügte, um sie zu aktivieren. Es war faszinierend zu erleben, wie schnell und effizient man mit diesem System arbeiten konnte. Es war auch praktisch unmöglich, einen Fehler zu begehen, man konnte keine falsche Eingabe machen und keine falsche Taste drücken. Und selbst wenn das einmal geschah, im dem Moment, wo man den Fehler entdeckte, war er auch schon wieder behoben.

Durch diese vielen neuen Erfahrungen hatte ich gar nicht bemerkt, daß wir uns doch auf eine längere Reise begeben hatten. Von der Stadt war schon lange nichts mehr zu sehen, wir befanden uns nunmehr in einer sehr abgelegen Gegend. Es gab hier nur noch wenige Häuser, und man sah viel freie Natur. Daß ausgerechnet hier der Arbeitsplatz einer der bedeutendsten Persönlichkeiten sein sollte, war schwer vorstellbar. Doch der Eindruck änderte sich schlagartig, als wir in eine Seitenstraße abbogen. Am Ende der Straße befand sich eine Toreinfahrt, umgeben von einer Mauer. Überwachungskameras, Elektronikgeräte und viel Security-Personal prägten das Bild. Ich war mir fast sicher, daß es sich bei diesem Anwesen um eine frühere Militärkaserne handelte. Unser Wagen hielt schließlich vor dem Tor an. Von einem freien Zugang, wie er in der Zentrale von Global Mind vorzufinden war, konnte hier nicht die Rede sein. Sehr langsam öffnete sich das Tor.

Wir wurden von einem schwer bewaffneten Security-Mann hereingelotst. Direkt hinter dem Tor gab es ein kleines Gebäude, das wie eine Autowaschstraße aussah und in die wir hineinfahren mußten. Es war natürlich keine Autowaschstraße, denn anstelle der Reinigungsstrahler befanden sich jede Menge elektronische Geräte. Wir blieben in dem Fahrzeug sitzen und warteten auf das, was da kommen würde. Es gab keinen Zweifel: Das Auto und wir wurden elektronisch durchsucht – und zwar mit äußerster Gründlichkeit. Nach einigen Minuten gespannten Wartens öffneten mehrere Security-Leute die Türen des Fahrzeugs und baten uns auszusteigen. Mit strengen Blicken betrachteten sie uns eindringlich. Sie beratschlagten sich kurz und schließlich ging einer von ihnen zum Chauffeur und sagte: „Sie können weiterfahren, so wie immer, Sie wissen Bescheid!"

Wir stiegen in das Auto und fuhren los. Unsere Fahrt führte uns durch eine wunderschöne Parklandschaft. Rechts und links von der Straße befanden sich Fußgängerwege sowie ein gepflegter Rasen und Blumenanlagen. Dicht gepflanzte Bäume und Sträucher begrenzten jedoch das Blickfeld. Obwohl man erstaunlich lange auf diesem Weg fahren mußte, waren kein Mensch, kein Fahrzeug und kein Gebäude zu sehen. So schön es hier auch war, es hatte auch etwas Gespenstisches an sich. Am Ende des Weges verdichteten sich die Bäume und wir fuhren plötzlich auf ein Gebäude zu. Eigentlich hätte man in einer solchen Landschaft eine Art Schloß oder eine alte Villa vermutet, dem war aber nicht so. Es war ein moderner Bau mit viel Glas und strengen Formen. Genau wie bei der Global Mind-Zentrale in der Stadt waren die Fenster von außen verspiegelt, man konnte nicht hineinsehen. Der Chauffeur parkte den Wagen direkt vor dem Gebäude. Ich stieg aus und sah, wie eine umwerfend attraktive junge Dame mir entgegen kam. Sie streckte mir die Hand entgegen, hieß mich herzlich willkommen und erklärte mir, daß sie Frank Millers Assistentin sei. Sie forderte mich auf, ihr zu folgen. Ich fragte mich, wie es wohl in diesem ultramodernen Gebäude aussehen möge, aber zu meiner

Überraschung betraten wir es gar nicht. Neben dem Haus befand sich ein Wintergarten, in dem ich auf Herrn Miller warten sollte. Die junge Dame entfernte sich wieder und ließ mich alleine zurück. Das Warten auf den Präsidenten war von einer starken Nervosität in mir geprägt. Die vielen Eindrücke des Tages waren nur schwer zu verarbeiten und hinterließen ihre Spuren in meiner seelischen Verfassung. Glücklicherweise ließ er mich nicht allzu lange warten. Mit einem erwartungsvollen Lächeln im Gesicht und in legerer Bekleidung betrat er den Wintergarten. „Ich hoffe, es geht Ihnen soweit noch gut, Aldwin, nach all dem, was Sie heute so erlebt haben", sprach er mich mit kessem Ton an. Wir mußten beide lachen. Ohne sich hinzusetzen, fuhr er fort: „Ich würde Ihnen gerne zeigen, wie ich arbeite. Das Büro in der Stadt hat mehr repräsentative Bedeutung und ist außerdem ein sehr guter Treffpunkt für alle möglichen Gelegenheiten. Richtig arbeiten kann ich aber nur hier. Es wäre schön, wenn Sie ein wenig Einblick in diese Atmosphäre und in meine Denkweise bekommen könnten. Es sei denn, Sie sind bereits zu der Erkenntnis gekommen, nicht für Global Mind arbeiten zu wollen?" Sofort entgegnete ich ihm: „Nein Frank, ganz im Gegenteil, ich würde sehr gerne für Sie arbeiten. Es wäre mir nur wichtig, ein paar Details, die mich betreffen, von Ihnen zu erfahren."

Mit gönnerischem Blick antwortete er mir: „Zunächst einmal freue ich mich, daß Sie die richtige Entscheidung getroffen haben. Selbstverständlich werden wir über die Dinge sprechen, die Sie konkret betreffen. Wenn Sie einverstanden sind, werden wir aber zunächst einmal ein Arbeitsgespräch führen, und zwar so, wie ich es gerne tue." Meine Nervosität legte sich, und ich stimmte natürlich seinem Vorschlag zu.

Mit kräftiger Stimme erklärte er dann: „Also gut, dann lassen Sie uns spazieren gehen!" Ich stand auf und folgte ihm. Wir durchschritten eine kleine Allee, bei der die dicht gepflanzten Bäume nicht sehr viel

Licht hindurchließen. Als wir das Ende der Allee erreichten, wurde es plötzlich wieder hell – sehr hell sogar. Ich war wie vom Blitz getroffen, denn plötzlich standen wir vor einer völlig anderen Landschaft. Ein wunderschöner Rasen vermittelte zunächst den Eindruck, wir befänden uns auf einem Golfplatz. Allerdings gab es auch zahlreiche asphaltierte Wege, und ein Fluß führte mitten durch das Gelände. In größeren Abständen waren auch Bäume und Pflanzen zu sehen. Kein Haus, Berg oder Wald, der das Sichtfeld hätte einschränken können.

Wirklich sprachlos machte mich die Tatsache, daß man unglaublich weit blicken konnte, ohne irgendetwas am Horizont zu erkennen. Das Grundstück mußte unfaßbar groß sein.

Es herrschte absolute Stille, nur gelegentlich von Vogelzwitschern unterbrochen. Er sah mich an und begann zu erklären: „Bevor Sie mich nun mit Fragen bombardieren, möchte ich Ihnen zu diesem Gelände, welches der Ort meiner Inspiration ist, etwas erzählen. Lassen Sie uns dabei ein paar Schritte gehen." Ohne weitere Worte zu wechseln, spazierten wir durch das unglaubliche Anwesen. Ich merkte, wie er sich innerlich sammelte und dann zu erklären begann: „Damit ich klar denken kann, muß ich in diese unbegrenzte Weite blicken können. Gebäude oder Landschaften, die den Blick verstellen, und insbesondere Menschen, die in meinem Visier auftauchen, kann ich nicht gebrauchen. Sie lenken mich von meinen Gedanken ab, sie beschneiden im wahrsten Sinne des Wortes meinen Horizont. Deshalb habe ich diese Landschaft als Ort meiner Arbeit, meiner Pläne und Gedanken erschaffen. Ein hohes Maß an Sicherheitsvorkehrungen mit dementsprechendem Personal garantiert mir diesen Freiraum.

Niemand darf sich hier aufhalten, während ich hier bin. Selbst Flugzeuge haben hier keine Überflugerlaubnis. Und sogar um die Satellitenüberwachung aus dem Weltraum habe ich mich gekümmert – was eigentlich nicht nötig gewesen wäre, denn die wird ohnehin von Global Mind kontrolliert. Aber sicher ist sicher. Und so gehe ich Tag für Tag hier spazieren, finde Ruhe und plane die Zukunft der Welt."

Er baut sich seine Welt, wie es ihm gefällt, und die Welt der anderen Menschen bestimmt er ebenso. Auf diesem Areal gab es eine klare Hierarchie: Hier war er – der Schöpfer –, und die anderen hatten hier nichts zu suchen. Daß ich kleiner Mediziner hier mit ihm gehen durfte, kam mir vor wie eine Audienz beim lieben Gott. Je weiter wir voranschritten, desto gewaltiger wirkte das Gelände. Ein Spaziergang, der die UNBEGRENZTE Macht des Global Mind-Präsidenten eindrucksvoll demonstrierte. Wir näherten uns einem kleinen Rondell, welches sternenförmig von allen Seiten her zu begehen war. Inmitten dieses Rondells befand sich ein Tisch mit Stühlen. „Hier habe ich uns einen kleinen Imbiß servieren lassen", erklärte er mir schließlich. Wir nahmen Platz an dem schön gedeckten Tisch, der so völlig überraschend inmitten der gewaltigen Landschaft auftauchte. Es handelte sich nicht, wie er sagte, um einen kleinen Imbiss, denn von allem war reichlich vorhanden, und vom Feinsten war es sowieso. Wir ließen es uns zunächst einmal schmecken, genossen den Wein und die herrliche Ruhe inmitten der Natur. Während des Essens zelebrierte Frank Miller ausschließlich reinsten Smalltalk. Er wollte mir offenbar nicht den Appetit verderben. Oder gönnte er mir noch etwas Ruhe vor dem Sturm? Wir beendeten langsam das Essen, und er fragte mich: „Nun Aldwin, was möchten Sie über Ihre neue Aufgabe bei Global Mind von mir wissen?" Ich suchte nach möglichst genauen Worten, um meine Fragen zu stellen: „Was genau wird meine Aufgabe sein? Wenn ich ehrlich sein soll, so würde mir beispielsweise die Arbeit in der Erforschung von Viren nicht gerade viel Freude bereiten. Es wäre zum einen nicht mein Spezialgebiet, und zum anderen hätte ich doch ein wenig moralische Bedenken, an so etwas Todbringendem zu arbeiten." Miller antwortete mit ernster Mine: „Das Thema Viren interessiert uns derzeit nicht, aber mit dem Wort ‚todbringend' liegen Sie schon richtig." Mir stockte der Atem.

Er fuhr fort mit seinen Ausführungen: „Damit Sie verstehen können, um was es hier geht, muß ich ein wenig ausholen und unsere Sorgen und Bedürfnisse erläutern. Sie haben bereits selber erkannt, wie wichtig es uns ist, das Global Mind-System in alle nur erdenklichen Richtungen abzusichern. Leider können wir immer noch nicht sicher sein, ob wirklich alle Menschen exakt von uns erfaßt sind oder ob es unerwünschte Abweichler gibt. Bestimmte menschliche Entwicklungen sind nicht exakt vorhersehbar. Es können also immer wieder Gefahrenherde entstehen. Außerdem versuchen wir, die Entwicklung der Bevölkerungszahlen besser steuern zu können. Bestimmte ethnische Gruppen machen uns mehr und andere weniger Freude. Sie verstehen, was ich meine?" Mein Herz klopfte stark, als ich ihm entgegnete: „Ich glaube, verstehen zu können, was Sie meinen." Nachdem er mir mit eindringlichem Blick in die Augen sah, fuhr er fort: „Viren sind nicht mehr unser Thema, das Risiko einer unkontrollierten Ausbreitung ist mir mittlerweile zu groß geworden. Wie Sie sicher bemerkt haben, beschäftigen mich besonders die noch existierenden, feindlichen Gedanken gegenüber Global Mind. Und hier setzt Ihre Arbeit an." Ganz bewußt machte er es spannend und trank zunächst einen kräftigen Schluck von dem sicherlich sündhaft teuren Rotwein. Dann begann er zu erklären: „Ich möchte, daß Sie gemeinsam mit einem Team von Experten an der Entwicklung eines Sterbeprogramms arbeiten. Wir sind auf diesem Gebiet zwar schon tätig, wollen es aber perfektionieren. Dabei wird es wichtig sein, daß der Sterbevorgang an sich von den Betroffenen und deren Ärzten als natürlicher Vorgang betrachtet wird. Es soll so aussehen, als hätten diese Menschen Pech gehabt und wären einfach tödlich erkrankt. Es darf keine Möglichkeit geben, hier etwas anderes zu ermitteln.

Außerdem muß dieses Sterbeprogramm zu einem schnellen Tod führen, die Erkrankten sollen keinen langen Todeskampf führen, und wir müssen deren exakten Todeszeitpunkt bestimmen können. Parallel dazu wird an einem sehr ausgefeilten Sicherheitskonzept für den Einsatz des Sterbeprogramms gearbeitet, schließlich wollen wir uns nicht gegenseitig umbringen!“

Er legte eine Pause ein und gab mir ganz bewußt Zeit, um über diese Dinge nachzudenken. Ich fühlte mich sehr schlecht, hatte ich doch einen ärztlichen Eid abgelegt, Menschen ausschließlich zu helfen – und nun so etwas! In mir kamen Gedanken einer dunklen Vergangenheit auf: Massenvernichtungswaffen – ethnische Säuberungen – Kriegsverbrechen – Konzentrationslager. Glaubten wir doch, all das überwunden zu haben und in einer zivilisierteren Welt zu leben. Und jetzt ging es wieder los, womöglich schlimmer und tödlicher als je zuvor – und das Ganze unter meiner Leitung. Der Gedanke war unerträglich. Diese Last konnte ich nicht tragen. Deshalb sprach ich meine Gefühle ihm gegenüber offen aus, obwohl ich befürchtete, seinen Zorn zu erregen. Aber seine Reaktion war eine ganz andere: „Aldwin, es freut mich, das Sie mir gegenüber so ehrlich sind. Ebenso freut es mich, daß Sie eine so ethisch einwandfreie und menschliche Position vertreten. Alles andere hätte mich enttäuscht.“

War das alles nur ein Test? Wollte er meine Reaktion prüfen? Nein, er meinte es genau so, wie er es gesagt hatte. Er relativierte jedoch seinen Standpunkt: „Mir liegt genauso wie Ihnen an der Einhaltung ethischer Werte, aber deshalb ist dieses Konzept auch so wichtig.

Ich habe Ihnen ja schon gesagt, wie bedeutend für uns der Wohlstand, die Lebensfreude und die Gesundheit der Menschen ist. Wir wollen kein tyrannisches System begründen, das auf Angst und Mord aufgebaut ist. Das Sterbeprogramm wird nur bei wenigen, vereinzelten Menschen angewandt, und zwar in einer Art Notwehr. Das Sicherheitssystem wird ein massenhaftes Morden unmöglich machen. Sie müssen sich einfach nur einmal vorstellen, wie viele Gefahren auf uns lauern. Ich sage es Ihnen klar und deutlich – MENSCHEN sind der Virus des Global Mind-Systems. Früher haben die Menschen gejubelt und gefeiert, wenn ein Terrorist, ein Diktator oder andere Verbrecher zur Strecke gebracht worden sind. Moralische Bedenken hatte niemand. Oder stellen Sie sich doch einmal vor, wie in früherer Zeit unschuldige Menschen Opfer von Kriegen oder anderen Gewaltverbrechen wurden. Das wird es bei uns nicht geben. Keine Bomben, keine Angst, kein Tod von Unschuldigen. Sie werden ein Mann sein, der am Wohl und an der Sicherheit der ganzen Weltbevölkerung mitarbeitet."

Ich war einerseits beruhigt, daß hier anscheinend nicht an einer Mordmaschine größeren Ausmaßes gearbeitet wurde, sondern nur an einem – nennen wir es mal – Sicherheitssystem. Ganz logisch klang es dennoch nicht für mich. Mit Hilfe von Gedankenkontrolle hätte man ebenso problemlos unliebsame Menschen ausschalten können, ohne ihnen gleich nach dem Leben zu trachten. Und sagte er nicht etwas von ethnischen Gruppen? Darunter konnte ich nur den gezielten Mord an ganzen Bevölkerungsgruppen verstehen. Ich sprach ihn daraufhin an. Er sagte: „Die Arbeit an dem Sterbeprogramm wird nicht Ihre Haupttätigkeit sein. Es ist wirklich nur ein kleines Element, das nur wenige Menschen betreffen wird. Auch wenn ich von ethnischen Gruppen spreche, so betrifft das Sterbeprogramm wirklich nur die Personen, die sozusagen im Untergrund Stimmung gegen uns machen. Oder Menschen, die wir nicht erfassen konnten und die gegen uns arbeiten. Wir werden nur die Anführer sterben lassen. Warum sollten wir ein ganzes Volk töten? Nachdem wir so lange ihre Kultur und ihre Lebensgewohnheiten studiert haben, um die richtigen Serverprogramme für sie zu entwickeln, wäre das doch Unsinn. Wir können sie frei nach Belieben kontrollieren und steuern. Im übrigen wäre es auch nicht so schlimm, wenn Sie an diesem Projekt nicht teilnehmen. Wir haben – mit Verlaub – viele andere Mediziner, die darauf brennen, für so ein Projekt arbeiten zu dürfen."

Für einen Moment lang mußte ich in mich gehen und über seine Ausführungen nachdenken. Da war irgendetwas in mir, das mir sagte, daß er die Wahrheit spricht, denn es war wirklich nicht sehr logisch, ganze Völker zu ermorden. Für einen effektiv denkenden Menschen, wie er einer ist, würde ein solcher Völkermord ein großes Risiko bedeuten. Bevor ich diese Gedanken weiterverfolgen konnte, fragte er mich, wie denn nun meine Meinung sei. Ich antwortete: „Fragen Sie mich nicht warum, aber ich habe Vertrauen zu Ihnen. Wenn Sie ganze Völker ermorden ließen, würde das wahrscheinlich unberechenbare Folgen haben, womöglich sogar erhebliche Kosten verursachen. Ich möchte mich nicht gänzlich diesem Projekt verweigern, es wäre mir aber wohler, wenn Sie mir Ihr Wort darauf geben, daß nur einzelne Schwerverbrecher diesem Sterbeprogramm ausgesetzt würden." Mit einem Lächeln antwortete er: „Ihre Loyalität ist es, was ich brauche, es freut mich, daß Sie mir vertrauen. Es wird nur ein paar wenige Menschen geben, die einen von uns gesteuerten Tod erfahren werden. Darauf gebe ich Ihnen mein Wort – und auf mein Wort können Sie bauen! Die Sterbekandidaten werden von mir oder dem Mastermind-Team auserwählt, und es muß erst ein gemeinsamer Entschluß ergehen, fast wie vor einem Richter, bevor das Sterbeprogramm ausgelöst wird. Ich will auch hier die absolute Kontrolle haben, eine nicht mehr zu bändigende Todesmaschine wäre wie ein Virus, den wir uns selbst eingepflanzt hätten!"

Ich war überzeugt von dem, was er sagte. Wir prosteten uns zu und genossen den Wein. Er blickte daraufhin eine ganz Weile in die nicht endenwollenden Weiten seines Geländes. Das war offenbar die Art, wie er seine Gedanken faßte. Ich wollte deshalb seinen meditativen Entspannungsprozeß nicht stören. Schließlich wollte nicht ich es sein, der seinen Horizont verkleinert! Aber bald darauf war erkennbar, daß er plötzlich wieder präsent war und er seine kurze Meditation beendet hatte. Mit ernstem und durchdringendem Blick sprach er zu mir: „Ihre Hauptaufgabe, Aldwin, wird eine ganz andere sein. Es wird um wesentlich komplexere und kompliziertere Projekte gehen als das Sterbeprogramm. Der Grundgedanke zu Ihrem Hauptprojekt besteht darin, eine stärkere virtuelle Welt zu entwickeln. Wir wollen also eine Trennung der inneren, subjektiven Welt jedes einzelnen zu der objektiven Außenwelt, wenn Sie so wollen: der Realität, erreichen. Damit wären wir in der Lage, jedem Menschen ein viel höheres Maß an Erlebnissen, Emotionen und Lebensfreude zu vermitteln. Wissen Sie, alle Menschen haben das Bedürfnis, etwas Besonders zu sein und Anerkennung zu finden. Jeder will aus dem Meer der grauen Mäuse als strahlender Stern herausragen. Unsere wirkliche Welt bietet aber nur wenigen die Möglichkeit, ein Star zu werden, etwas Außergewöhnliches zu vollbringen oder aber den absoluten Traumpartner zu finden. Auch die Schönheit und Besonderheiten der vielen Länder auf dieser Welt können nur wenige erleben. Und nun sage ich Ihnen noch etwas, was Sie verwundern wird. Auch die privilegierten Menschen, die durchaus über solche Vorteile verfügen, können sie oft nicht wirklich genießen. Irgendwann werden auch die schönsten Villen, Autos, Reisen und attraktive Lebenspartner zur Gewohnheit und langweilig.

Ohne die sehr schwer zu erlangende Fähigkeit, permanent glücklich zu sein, nützen die ganzen Privilegien nichts. Das bedeutet also, daß wir uns auf die inneren Mechanismen der Menschen konzentrieren müssen, um jedermann das ultimative Glücksgefühl verkaufen zu können. Es wird eine psychische Nanodroge sein, die alles, was die Unterhaltungsindustrie zu bieten hat, in den Schatten stellen wird. Frauen und Männer werden den totalen und nicht zu übertreffenden Orgasmus erleben, und das ganz ohne Partner. Aber selbst Menschen, die etwas eigenartige Bedürfnisse haben, nennen wir es mal DUNKLE Bedürfnisse, werden diesen nachgehen können, ohne in der realen Welt irgendjemanden zu schaden." Während ich ihn völlig perplex anschaute, nahm er einen kräftigen Schluck Wein und fuhr fort: „Bitte stellen Sie sich vor: Wenn uns das gelingen würde, dann würde kein Produkt, keine Dienstleistung, keine Religion oder irgendein Konkurrent mehr gegen uns ankommen. Wir würden die Gedanken kontrollieren und den Lebensinhalt der Menschen gestalten und –

zugegebenermaßen – manchmal über Leben und Tod entscheiden. Aldwin, die Welt gehört dann UNS, uns ganz allein. Wir wären die Alleinherrscher – wir wären der lebendige Gott. An uns müßte man nicht glauben, weil wir reale Götter sind. Ironischerweise wären wir reale Schöpfer einer nicht-realen Welt.“

Der Global Mind-Präsident war euphorisiert. Aber man mußte offen zugeben, daß er den Schritt zur lebenden Gottheit ja schon fast vollzogen hatte. Global Mind war auf diesem Weg bereits so weit fortgeschritten, daß wohl kaum jemand mehr in der Lage wäre, Global Mind der Macht zu berauben. Mir wurde bei diesem Gespräch klar, daß es ihm hauptsächlich um Perfektionierung und um absolute Sicherheit des Systems ging. Er wollte jede Gefahr ausschalten, die für Global Mind entstehen könnte. Auch sein Sterbeprogramm erschien mir in diesem Zusammenhang wirklich nur noch als weiterer Meilenstein zur totalen Absicherung, und nicht als eine Art Massenvernichtungswaffe.

Ich lehnte mich also entspannt zurück. Genau wie er es tat, blickte ich in die faszinierende Weite seines Geländes. Ein betörender Duft stieg plötzlich auf, fast wie eine Art Parfüm, er mußte von einer Pflanze kommen. Der Duft bewirkte ein enorm stimulierendes Gefühl in mir, es war wie die Magie vor dem ersten Rendezvous mit einer bezaubernden Frau. Ich lachte ihn mit schelmischem Blick an. Mir war klar, daß in diesem Moment das Global Mind-Nanosystem bei mir zugeschlagen hatte. Immerhin, im Unterschied zu anderen Menschen hatte ich offenbar das Recht, dies zu wissen. Ob gesteuert oder nicht gesteuert, das Gefühl in diesem Moment war einzigartig – UMWERFEND. Ohne mich zu erklären, sagte ich ihm: „Danke, vielen Dank, es ist wundervoll!“

Mit einem lausbübischen Lächeln im Gesicht sagte er: „Ich hoffe, diese kleine, sehr sanfte Demonstration hat Ihnen ein bißchen von dem zeigen können, was in Zukunft möglich sein wird." Die Euphorie war nun auf mich übergesprungen. Er gestattete mir, die Macht zu spüren. Große Dinge würde ich vollbringen können, und der Welt, zumindest in Teilen, meinen Stempel aufdrücken können. Die schönsten Empfindungen, die Menschen überhaupt nur haben können, würde ich erleben. Wir sahen uns schweigend und völlig entspannt an. Es bedurfte keiner Worte mehr. Jeder Außenstehende hätte sehen können, das da zwei sind, die gemeinsame Sache machen, ja, genau so, wie die oft zitierten Brüder im Geiste.

Mein von Angst geprägter Respekt gegenüber Frank Miller war wie weggeblasen, und stattdessen war da ein freundschaftliches Verhältnis. Genau wie er es tat, versuchte ich, darüber nachzudenken, welche Schwierigkeiten bei den kommenden Projekten auf uns zukommen würden. Ich fragte ihn: „Frank, glauben Sie, daß es wirklich möglich sein wird, virtuelle Gefühle und Erlebnisse zu entwickeln, die mit der Realität vergleichbar sind? Werden die Menschen nicht merken, daß sie es hier mit Secondhand-Gefühlen zu tun haben?" Er antwortete sehr entschieden: „Es wird nicht nur möglich sein, die Realität zu imitieren, sondern wir werden die Realität weit übertreffen! Das, was Global Mind bieten kann, wird es in der wirklichen Welt gar nicht geben. Ich will Ihnen ein Beispiel geben. Haben Sie sich schon mal auf irgendeine Anschaffung gefreut? Ein neues Auto, ein Haus, ein begehrtes Sammlerstück oder irgendetwas anderes, was Ihr Herz erfreut?" Ich nickte.

Er fuhrt fort: „Dann ist Ihnen bestimmt schon aufgefallen, wie fantastisch Ihre Vorfreude war. Sie haben sich das Leben zusammen mit dem begehrten Objekt in den buntesten Farben vorgestellt. Andere Menschen träumen von Berufskarrieren oder von einem Leben voller Zauber und Erotik mit der Traumfrau oder dem Traummann. Wenn dann der Traum wahr wird, freut man sich zwar, aber lange hält diese Freude in der Realität nicht an. Die menschliche Seele sehnt sich zurück nach der Vorfreude, es muß also etwas Neues passieren. Meistens ist es sogar so, daß die Vorfreude wesentlich schöner und faszinierender war als das reale Erlebnis. Die Menschen sind auf der Suche nach Schönheit und Glück. Sie projizieren diesen Wunsch in irgendwelche Situationen, Produkte, Erlebnisse oder Menschen. Der erfüllte Wunsch kann nur sehr kurz die innere Leere der Menschen füllen, doch bald schon verfliegt die Wirkung. Wissen Sie, die Wirklichkeit ist nüchterner als unsere Wunschwelt. Nehmen Sie nur mal als Beispiel die so genannten Traumfrauen, die wir so sehr verehren. Sie sind keine Göttinnen von einem anderen Planeten. Nein, sie sind Menschen, und oft gar nicht so bezaubernd, wie wir es uns ausmalen. Schließlich verlieren diese Ladies irgendwann ihre Schönheit, und dann verlieren auch wir unser Interesse an ihnen. Da Sie ja auch Psychologie studiert haben, wissen Sie bestimmt auch, was der Begründer der Psychoanalyse für grandiose Weisheiten entwickelt hat." Er legte eine Pause ein und trank etwas. „Bitte erklären Sie mir, von welcher Weisheit Sie sprechen", hakte ich sofort nach. „Man ist nie wirklich in einen Menschen verliebt, sondern immer nur in das Bild, das man von ihm hat", so zitierte er. Diese nur schwer zu widerlegende Theorie paßte natürlich exzellent in sein Konzept. Er fuhr fort: „Das, was wirklich zählt, ist das, was in den Menschen passiert. Freude, Lust, Leidenschaft, Angst, Haß, all das passiert nur in unserem Inneren. Unsere Psyche ist so stark, daß sie uns Dinge vorgaukeln kann, die es gar nicht gibt. Als Arzt werden Sie sicher am besten wissen, welche körperlichen Leiden, aber auch Wohlbefinden unsere Psyche erzeugen kann. Wahrscheinlich hat sie auch eine entscheidende Bedeutung für unsere Gesundheit insgesamt. Ach, eigentlich wundert es mich, wie lange die Industrie diese Erkenntnisse nicht genutzt hat. Die kommerzielle Verwertung der menschlichen Psyche – was für ein ultimatives Geschäft! Was sind Tabak-, Alkohol-, Medien- und andere Drogenindustrien doch für Stümper im Vergleich zu dem, was wir jetzt machen werden! Für einen kurzen Moment hielt er inne und fuhr fort: „Sie wollten wissen, ob es uns gelingen wird, so gut wie die

Wirklichkeit zu werden, und ob die Menschen merken werden, daß sie nur etwas Virtuelles erleben. Die Gefühle faszinieren die Menschen, und nicht die graue Wirklichkeit. Natürlich könnte es passieren, daß wir sehr unzureichende Gefühle entwickeln, Gefühle, die niemanden vom Hocker hauen. Deshalb investieren wir so viel in die Erforschung des Gehirns, der Nerven und eben des gesamten Gefühlserlebens. Damit unsere Sinne etwas wahrnehmen können – ich möchte es fast als die Erzeugung von Sinnlichkeit bezeichnen –, bedarf es großer Anstrengung. Die Menschen sollen wirklich etwas fühlen, riechen, spüren und empfinden. Die ganzen Körperfunktionen wie Durchblutung, Herzschlag, Hormonausschüttung und vieles andere müssen der Situation entsprechend gesteuert werden. Wir müssen wissen, wie der Mensch wirklich funktioniert, ich meine, weit über das medizinisch Wissen hinaus. Der Mensch als Ganzes muß weiter erforscht werden. Vieles ist bereits erreicht. Die bisherige Steuerung durch Nanotechnologie hat uns schon weit die Tür geöffnet. Doch wir müssen noch tiefer in den Menschen vordringen. Der Garten Eden liegt in jedem von uns verborgen. Ich möchte, daß Sie eines Tages zu mir kommen und mir den Schlüssel zum Garten Eden übergeben."

Sein Glaube an mich machte mich etwas verlegen. Ich sagte ihm: „Ich fühle mich sehr geschmeichelt, aber diese Aufgabe ist so gewaltig, daß ich Zweifel habe, ob meine Lebenszeit ausreichen wird, Ihnen diesen Schlüssel übergeben zu können." Meine Anmerkung amüsierte ihn, und er erklärte: „Machen Sie sich nicht kleiner, als Sie sind! Daß Sie jetzt nicht in der Lage sind, so etwas zu entwickeln, ist völlig klar. Aber das wird sich sehr bald ändern, glauben Sie mir! Ich hatte heute bereits erwähnt, daß es einiges gibt, was Sie in Ihrem Studium nicht gelernt haben. Wenn wir Ihnen Zugang zu diesem Wissen verschaffen, dann wird Ihr Forscherverstand einen Schub bekommen, der Sie soweit nach vorne bringen wird, wie Sie es sich jetzt nicht erträumen können. Die Forschungsmittel, die wir Ihnen zur Verfügung stellen, übertreffen alles, was Sie sich überhaupt nur vorstellen können." Ich konnte mir eine weitere Frage nicht verkneifen: „Entschuldigen Sie, wenn ich jetzt sehr dumm frage, aber mir scheint es, daß Sie neben den genannten Vorteilen noch ganz andere Vorteile sehen, Vorteile, die hauptsächlich Global Mind betreffen." Miller mußte schallend lachen: „Sie sind gut, Aldwin! Ich weiß, warum ich Sie für diese Aufgabe ausgewählt habe! Der Vorteil für Global Mind bei diesem System ist gewaltig. Wenn es uns gelingt, die Wirklichkeit der Menschen durch unsere Realität zu ersetzen, so bedeutet das einen weiteren Meilenstein in der absoluten Kontrolle. Die Menschen werden irgendwann ohne unsere Traumwelten nicht mehr existieren können, sie werden sie brauchen wie die Luft zum Atmen. Der Mix aus Kontrolle und totaler Abhängigkeit ist die Grundlage für unsere Machtposition. Menschen werden so leben und arbeiten, wie wir es bestimmen. Firmen werden das produzieren – oder gerade NICHT produzieren –, was wir vorgeben.

Wir werden Einfluß auf Dinge nehmen können, die man sich derzeit noch nicht einmal im Traum vorstellen kann. Daraus werden sich Weiterentwicklungen ergeben, die ein völlig neues Weltbild erzeugen."

„Zum Beispiel?" fragte ich ihn frech. Er antwortete: „Zum Beispiel bei der Fortpflanzung. Wir werden die totale Trennung von Sexualität und Fortpflanzung erreichen, etwas, das viele sich insgeheim schon lange wünschen." Mit runzelnder Stirn sagte ich: „Ich kann Ihnen bei dem Gedanken nur teilweise folgen." „Wir werden virtuellen Sex erschaffen, der von der Wirklichkeit nicht übertroffen werden kann. Wir wissen aus unzähligen Forschungen, wie kompliziert und individuell die Sexualität erlebt wird. Nicht immer sind Liebespaare oder irgendwelche Bekanntschaften in der Lage, diese Bedürfnisse zu befriedigen. Es wird hier also ein Standard gesetzt werden, unabhängig von realen Beziehungen, der ganz und gar dem Bereich Genuß und Erlebnis zuzuordnen sein wird." An dieser Stelle mußte ich einhaken:

„Diese Tendenz gibt es doch schon seit langem. Die Medien haben den Menschen Sexualität als reinen Spaß verkauft, als etwas, das man einfach so oberflächlich konsumieren kann, von Fortpflanzung ist da schon lange nicht mehr die Rede. Diese kalte Art des reinen Körperkonsums ohne Beziehung und Gefühle füreinander hat doch den Menschen erst die Probleme gebracht. Man sehnte sich nach Liebe und Zuwendung und erlebte nur Enttäuschungen. Die Angst vor innerer Verletzung und der fehlende Glaube an wirkliche Liebesbeziehungen brachte die Menschen dazu, ihre Gefühle völlig abzuschotten. Somit waren psychischen Fehlentwicklungen Tür und Tor geöffnet."

„Großartig", antwortete Frank Miller zu meiner totalen Überraschung. Er wirkte plötzlich total stimuliert, so als ob ihn die Arbeitswut gepackt hätte: „Sie haben doch die Probleme genau erkannt! In der realen Welt sind alle verseucht von dem sexuellen Bombardement der Medien und der Industrie. Niemand kann das wahre Glück finden. Das ist doch der perfekte Ansatz, um den Leuten etwas zu bieten, was hier Abhilfe schafft. In unseren virtuellen Welten wird es keine Enttäuschungen mehr geben, die Menschen werden genau das erleben, was sie sich wünschen. So perfekt wie unsere Welt sein wird, kann die Realität gar nicht sein. Niemand wird mehr zu häßlich, zu arm oder zu alt sein, um seine Traumpartner zu finden, alles wird möglich sein, und keiner wird die Wirklichkeit vermissen. Die Leute haben doch stets unter solchen Problemen furchtbar gelitten, das Selbstwertgefühl war ständig angekratzt. Selbst Beziehungen, die einigermaßen funktioniert haben, wurden ihnen irgendwann langweilig. Man schenkte sich immer weniger Aufmerksamkeit, ließ sich gehen, man wurde äußerlich immer unattraktiver und der Zauber war vorbei."

Ich stimmte ihm zu: „Ich weiß, was Sie meinen, in der Wissenschaft sprechen wir von dem Phänomen der psychischen Erschöpfung." Frank Miller grinste mich an: „Sie sind auf Ihre zukünftige Arbeit vielleicht schon besser vorbereitet, als Sie glauben. Auch wenn wir es hier mit Steuerung und Kontrolle zu tun haben, den Menschen werden wir unendliches Leid nehmen und durch ein Maximum an Lebensfreude, Glück und Erotik ersetzen. Jeder, der diese Erfahrung einmal gemacht hat, wird nie mehr darauf verzichten wollen." Ich versuchte mir, diese neue Welt vorzustellen, und mußte feststellen, daß ich nicht in der Lage dazu war. Wie konnte man sich etwas vorstellen, was gar nicht existierte? Leben dann alle Menschen in Cyber-Wohnungen, die vollgepackt mit irgendwelchen Reizsimulatoren sind? Und die letzte Frage, die sich mir stellte, richtete ich an ihn direkt: „Wird es dann überhaupt noch tatsächliche Beziehungen unter den Menschen geben?" „Aber sicher", antwortete er und erklärte warum: „Auch wenn die Robotertechnologien immer weiter voranschreiten und uns dadurch immer mehr Arbeit abgenommen wird, wir brauchen immer noch arbeitende Menschen sowie Leute, die an der Weiterentwicklung unseres Wissens und dem Ausbau unserer Möglichkeiten arbeiten. Schon allein aus dieser Tatsache heraus muß es zu sozialem Umgang mit der Realität in mehr oder weniger starkem Umfang kommen. Es geht nicht, daß wir ausschließlich den Leuten etwas bieten, wir müssen im Gegenzug auch etwas von ihnen fordern. Dabei kann es durchaus zu Liebesbeziehungen kommen, ich denke, das wird aber in einem nur sehr geringem Umfang geschehen."

„Jetzt noch mal ganz dumm gefragt," fuhr ich fort, „wie um alles in der Welt pflanzt sich in so einem System die Menschheit überhaupt noch fort?" Er schien diese Frage erwartet zu haben: „Von dem Ziel, Sexualität und Fortpflanzung zu trennen, habe ich ja bereits gesprochen. Die Fortpflanzung kann in Zukunft nicht mehr so unkontrolliert und unüberlegt vor sich gehen, wie das in der Vergangenheit war. Für die zukünftigen Eltern wird der Kinderwunsch auch mehr von eigener Mitgestaltung geprägt sein. Aber grundsätzlich gilt, daß Global Mind entscheiden wird, ob Mädchen oder Junge, wie der Mensch einmal aussehen soll und vor allem, welche Fähigkeiten, Neigungen und intellektuellen Möglichkeiten das Kind mit sich bringen wird. Krankheiten, Gendefekte usw. können völlig ausgeschlossen werden. Das Kind ist von Anfang an ein kreativer Prozeß der Eltern und von Global Mind. Was in der Tierwelt und eigentlich auch bei den Menschen schon immer praktiziert wurde, nämlich Genselektion, wird jetzt zur Perfektion gebracht. Und natürlich entscheidet Global Mind, wer, wann und was für ein Kind bekommt. Die Vergangenheit hat uns schmerzlich gelehrt, wie wichtig die Kontrolle und die positive Entwicklung zukünftiger Generationen ist." „Welche vergangenen Erfahrungen meinen Sie?" fragte ich.

Er aß zunächst noch etwas und zögerte mit der Antwort, ich merkte, hier einen wunden Punkt bei ihm angesprochen zu haben. Schließlich sagte er aber: „In den letzten Jahren haben wir etwas erlebt, was allgemein als Wirtschaftsaufschwung bezeichnet wurde. Vielleicht erinnern Sie sich noch an die Zeit davor. Wir hatten massenhafte Arbeitslosigkeit und erhebliche Probleme mit Kriminalität, terroristischen Auseinandersetzungen und interkulturellen Spannungen. Davon merkt man nun nicht mehr viel, man glaubt, das gute Wirtschaftsklima hat den Wandel herbeigeführt. Und das soll man auch glauben. In Wirklichkeit haben wir uns eines massiven Problems angenommen und sind immer noch dabei, es weiterhin in den Griff zu bekommen. Zum einen hatten wir es in der Vergangenheit mit einer Unterschicht zu tun, die weder Arbeitsleistungen erbringen konnte noch dies überhaupt wollte. Von Fernsehen und Medien verseuchte faule Dummköpfe. Unzählige Alkoholiker befanden sich unter ihnen. Selbst wenn man ihnen Arbeit gegeben hätte, kein Unternehmer hätte solche Leute in seiner Firma wirklich haben wollen.

Und dann gab es den Einfluß von primitiven, fast mittelalterlichen Kulturkreisen, geistig rückständig, unproduktiv und gefährlich. Menschen, die sich von ihren negativen Emotionen treiben ließen, von verstandesmäßigem Denken weit entfernt. Ausgerechnet diese Problemgruppen zeugten die meisten Kinder, Kinder, die später als Erwachsene ebenso wenig positiv die Gesellschaft bereichern wie ihre Eltern. Früher hatte ich mich sehr über solch primitive Wesen geärgert. Doch wir haben uns ihrer angenommen und ihnen den rechten Weg gezeigt. Ich will ehrlich sein – ohne den Zwang der Global Mind-Technik hätten diese Leute niemals von alleine wieder in die Gesellschaft zurückgefunden.

Ist es nicht seltsam? Da werden Leute kontrolliert und gesteuert und auf einen Weg gebracht, der ihnen mehr Verständnis und geistige Fähigkeiten gebracht hat, als es in Freiheit möglich gewesen wäre?" Auch wenn er sich bereits zu diesem Thema erklärt hatte, so schokkierte mich immer noch der stark rassistische und menschenverachtende Ton, den er für bestimmte Menschen gebrauchte. Ich erwähnte das ihm gegenüber auch. Er winkte jedoch ab: „Aldwin, wir haben für diese armen Leute kein Sterbeprogramm entwickelt – sie leben alle, und es geht ihnen besser denn je! Denken Sie doch nur, was passiert wäre, wenn das so weitergegangen wäre. Immer mehr Ghettos hätten sich gebildet, die Spannungen hätten ständig zugenommen. Unser ganzes Wirtschaftssystem wäre auf Dauer ins Wanken geraten. Wer hätte sich denn sonst um das Problem kümmern sollen, und wie? Die früheren Politiker waren Meister im Vertuschen und Verdrehen von Wahrheiten. Sie selbst hatten maßgebliche Schuld an diesen schwierigen Verhältnissen.

Niemand hat sich um das Problem gekümmert. Sie sehen doch selbst, wie wir nun leben, nach dem so genannten – Wirtschaftswunder. Es macht keinen Sinn, um den heißen Brei zu reden, wir bekämpfen die Ursachen und nicht die Symptome, und damit haben wir Erfolg!" Ich ließ seine Worte auf mich wirken. Tatsache war, daß es in den vergangen Jahren eine deutliche Verbesserung der gesamten Weltlage gegeben hatte. Keine Kriege, kein Terrorismus, keine Wirtschaftskrisen. Das Thema Arbeitslosigkeit war fast völlig aus den Medien verschwunden, niemand redete mehr davon. Waren seine aggressiven Worte also nichts anderes, als die Worte eines Zuchtmeisters, der eigentlich nur das Beste will? Hatte er ein Problem, das in der Öffentlichkeit verdrängt wurde, als einziger erkannt und es dann ganz ohne Öffentlichkeit gelöst?

Seine Erfolge sprachen eine eindeutige Sprache. Anscheinend konnte ich noch einiges von ihm lernen. Vor allem würde es in Zukunft für mich wichtig sein, eine Fähigkeit zu entwickeln, mich von meiner vorgefaßten Meinung zu befreien und mich für neue Gedanken zu öffnen. Also sagte ich ihm: „Da liegt wohl noch eine Menge Arbeit in Form geistiger Erweiterung vor mir. Lassen Sie uns doch noch einmal auf die Trennung von innerer und äußerer Welt zurückkommen. Sie sind zwar kein Arzt, aber sicherlich besser informiert als ich, deshalb würde ich gerne von Ihnen wissen, ob Sie bei der Global Mind-Psychodroge keine unangenehmen körperlichen oder seelischen Nebenwirkungen für die Menschen befürchten.“ Darauf antwortete er: „Erstens wird es Ihre Aufgabe sein, genau dafür Sorge zu tragen, daß dies nicht geschieht. Außerdem kann ich mir nicht vorstellen, daß die Menschen bei diesem Feuerwerk der positiven Reize nicht insgesamt in einer guten Verfassung sein werden. Nein, ganz im Gegenteil, so können sich positive Energien entwickeln. Wissen Sie, im Leben geht es um Energie. Bisher verlief doch alles energietechnisch nach einem fatalen Schema. Die jungen Menschen sind zunächst voller Energie. Man kann dies an ihren vielen kreativen und verrückten Ideen erkennen. Sie haben die Kraft, neue Dinge anzupacken und das Leben in vollen Zügen zu genießen. Eine Nacht durchzufeiern – in jungen Jahren kein Problem. Aber was kommt dann? Der Alltag macht sich breit und raubt den Menschen ihre Energie. Von den Enttäuschungen in Beziehungen sprachen wir bereits. Aber auch die Enttäuschungen über all die geplatzten Träume nagt zusätzlich an der Kraft. Der schleichende Energieverlust läßt die Menschen immer nachlässiger werden, Bequemlichkeit hält Einzug. Mit zunehmendem Alter werden deshalb die meisten Menschen immer dicker, weil sie sich nicht mehr ausreichend bewegen und vor lauter Frust sich der Völlerei hingeben. Der Glaube und die Kraft etwas bewegen zu können, wird von Resignation und Enttäuschung abgelöst. Der graue Alltag mit seiner immer wiederkehrenden Routine gibt den Menschen dann den Rest. Und im Alter? Sie werden es wissen, Aldwin. Die Arztpraxen sind voller alter Menschen, die sich mit Begeisterung ihren Beschwerden und Krankheiten widmen. Was bleibt, ist ein ständiges Jammern und Schimpfen über die schlechten Zustände in der Welt. Über dem Leben der alten Leute schwebt eine dunkle Wolke. Das alles hat mit fehlenden positiven Stimulationen zu tun. Wenn alles, von dem man träumt, schief geht und sich nichts davon erfüllt, bleibt den Menschen nur die Selbstaufgabe. Wenn Sie mich also schon so fragen, dann seien Sie doch mal ehrlich – ist das Leben, so wie es bisher war, für die meisten Menschen nicht eine einzige unerwünschte Nebenwirkung? Wenn wir es schaffen würden, die Magie, den Zauber und das Abenteuer, welches das Leben uns doch bieten kann, wieder für alle verfügbar zu machen, und zwar bedingungslos, wäre das nicht großartig?"

Millers Visionen klangen unglaublich verführerisch. Wollte er nicht nur die totale Kontrolle der Menschen, sondern ihnen auch gleichzeitig das Paradies anbieten?

Miller sah mir in mein nachdenkliches Gesicht und setzte dann seine Erklärungen fort: „Es geht bei meinen Überlegungen nicht nur darum, Spaß und Freude zu verbreiten, sondern es ist auch der Versuch, handfeste Probleme unserer Gesellschaft zu lösen. Gerade sprach ich von den alten Menschen, sie bilden mittlerweile die größte Gruppe in unserer Gesellschaft. Daran wird sich trotz unserer intensiven Bemühungen, die Gesellschaft zu steuern, so schnell nichts ändern. Deshalb ist es so wichtig, älteren Menschen auch positive Reize anbieten zu können. Sie müssen aktiver und leistungsfähiger werden. Ich will die Tatsache, alt zu werden und irgendwann sterben zu müssen, nicht länger akzeptieren. Wir müssen also auch Forschungen intensivieren, die es uns möglich machen, den Alterungsprozeß aufzuhalten und damit die Grundlage für Unsterblichkeit zu schaffen!"

Je mehr Frank Miller erzählte, desto mehr verstärkte sich der Eindruck einer sich selbst erschaffenden Gottheit. Denn bei der Entscheidung über Leben und Tod ging es ja nicht nur darum, daß er über den Tod entscheidet, sondern er wollte auch das Werkzeug in die Hand bekommen, mit dem er Leben erhalten konnte, insbesondere sein eigenes. Seine Motivation dazu war jedoch sehr menschlich, und überraschenderweise gestattete er mir tiefe Einblicke in seine Seelenleben: „Das mit dem Tod beschäftigt mich schon seit Kindertagen. Wir haben soviel erreicht, soviel Macht erlangt und der Natur getrotzt. Soll das alles umsonst gewesen sein? Wie kann ich akzeptieren, das da so einfach ungefragt das Alter, der geistige und körperliche Verfall und schließlich der Tod kommt? Einfach nur noch ein einziges NICHTS und ein verfaulender Körper in der Erde zu sein – das kann nicht das Ende sein!"

„Vielleicht gibt es ja wirklich ein Leben nach dem Tod", hielt ich ihm entgegen. Diese Bemerkung war ganz bestimmt nicht das, was er hören wollte: „Haben Sie für diese These einen Beweis? Sie sind doch Wissenschaftler und halten sich sonst an die Fakten. Es gibt nicht den klitzekleinsten Beweis für ein Leben nach dem Tod. Und selbst wenn – was erwartet uns da? Ich muß zugeben, daß die Wahrscheinlichkeit enorm groß ist, daß unser Leben aus mehr besteht, als nur der materiellen Erscheinung. Also gibt es da vielleicht irgendwas, das sich hinter dem Tod verbirgt. Fakt bleibt aber, daß der Tod mir mein Lebenswerk nehmen würde. Und außerdem kann ich wirklich sehr gut darauf verzichten, als gebrechlicher Greis durch die Welt zu laufen und die meisten schönen Dinge des Lebens nicht mehr genießen zu können. Es darf in Zukunft nicht mehr zu altersbedingtem Sterben kommen!"

Der Präsident der Global Mind-Corporation brauchte nichts und niemanden auf dieser Welt zu fürchten – aber dem Tod stand auch der mächtigste Mann der Welt bislang machtlos gegenüber. Ich hatte allerdings das ziemlich sichere Gefühl, daß dies nicht für immer so bleiben würde. Irgendetwas würde er irgendwann dagegen unternehmen können.

Mir schien es angebracht, ihn in diesem Moment moralisch zu unterstützen: „An dem Anti-Aging Konzept wird ja schon lange gearbeitet. Als Mediziner weiß ich genau – mit der entsprechenden Forschung – da geht was! Ich bin mir ziemlich sicher, daß Sie den Alterungsprozeß, wie wir ihn bisher kannten, in Zukunft nicht länger werden hinnehmen müssen."

Er kniff seine Augen zusammen und nickte zustimmend. Sein Gesichtsausdruck hatte in diesem Moment etwas Diabolisches an sich: „Wir arbeiten an einer Kombination von Gentechnik, Robotersystemen und unserer bereits bewährten Nanotechnologie", erklärte er mir kurz. Obwohl wir das Thema nicht weiter verfolgten, hatte ich das Gefühl, daß er schon viel mehr über das Stoppen des Alterungsprozeß wußte, als er in diesem Augenblick preisgeben wollte.

Mit etwas nüchterner Stimme fragte er mich: „Was möchten Sie noch über Ihre zukünftige Aufgabe erfahren?" Es gab einen ganzen Fragekatalog, den ich abarbeiten wollte und war froh, endlich meine Fragen stellen zu können: „Verzeihen Sie mir, wenn meine erste Frage nichts mit der Arbeit, sondern eher mit etwas Persönlichem zu tun hat. Ich würde aber gerne wissen, wie das Serverprogramm für mich und meine Familie aussehen wird."

Er zeigte Verständnis für meine Frage und antwortete: „Was Sie betrifft, so haben Sie bereits erfahren, daß Ihr Programm sehr große Freiheiten für Sie vorsieht. Allerdings will ich nicht verschweigen, daß wir dennoch einige Sicherheitsvorkehrungen treffen müssen. Das Programm wird sich bei Ihnen dann einschalten, wenn Ihre Loyalität an Global Mind fraglich werden sollte. Außerdem haben wir einen Überwachungsmechanismus im Hinblick auf Ihre Arbeit an hochsensiblen Bereichen. Gedanklich können und sollen Sie sich frei bewegen, eine Preisgabe unserer Geschäftsgeheimnisse wird Ihnen aber nicht möglich sein. Haben Sie bitte Verständnis, daß wir in diesem Falle mit sehr drastischen Maßnahmen reagieren werden. Am besten bringen Sie sich selbst erst gar nicht in Versuchung! Weiterhin wird das Serverprogramm Ihre geistige und körperliche Leistungsfähigkeit schützen. Diese Erfahrung haben Sie heute schon bei der Fahrt hierher machen können. Emotionale Erlebnisse, die Sie zu stark beanspruchen und negativ belasten, wird es nicht geben! Sie haben in dem Serverprogramm einen guten Freund, der Ihren seelischen Müll sofort entsorgt oder ihn erst gar nicht entstehen läßt. Wie heißt das alte Sprichwort so schön – was ich nicht weiß, macht mich nicht heiß. Das Programm bietet Ihnen die Möglichkeit, auf eigene Faust Probleme im Umgang mit Menschen und Situationen zu lösen, es schreitet erst dann ein, wenn eine zu große Belastungsintensität entsteht. Ärger, Verunsicherung, Leichtsinnigkeit, Haß, Eifersucht, Trägheit und andere negative Dinge werden bei Ihnen in Zukunft nur in geringem Umfang auftauchen. Alles in allem haben Sie ein sehr schönes Serverprogramm! Da gibt es auch ganz andere – das können Sie mir glauben!"

„Und meine Familie?" fragte ich ihn besorgt. Er war sichtlich bemüht, eine gewisse Milde und Güte auszustrahlen, als er auf dieser Frage einging: „Uns ist sehr daran gelegen, das Ihre Liebsten sich wohl fühlen und Spaß am Leben haben. Ihrer Familie wird die Aufgabe zuteil, Sie in Ihrer Arbeit zu unterstützen, indem Sie Ihnen im privaten Bereich den Rücken freihält und Sie emotional positiv beeinflußt. Das geht nur, wenn man seelisch mit sich selbst im Einklang steht, und dafür werden die Server sorgen. Genau wie bei Ihnen werden die Server Ihre Familie vor schweren emotionalen Belastungen schützen. Ich muß allerdings zugeben, daß Ihre Familie nicht ganz so frei über ihr Schicksal bestimmen kann wie Sie. Sie haben ja heute bereits erlebt, daß ich veranlaßt habe, das Ihre Frau völlig auf Sie fixiert sein wird, Sie brauchen sich also deshalb nicht mehr die geringsten Gedanken über eine eventuelle Untreue Ihrer Frau machen. Wir müssen hier bei allem eingreifen, was Ihrer Arbeit und Ihrem Wohlbefinden schadet. Nicht mehr und nicht weniger."

Er unterbrach an dieser Stelle seine Ausführungen und machte einen geplagten und nervösen Eindruck. Da gab es etwas, was er mir noch dringend sagen mußte: „Wenn wir schon beim Thema Familie sind, so müssen Sie unbedingt noch etwas erfahren. Dies betrifft nicht nur Ihre Familie, sondern alle Menschen, mit denen Sie zu tun haben, ausgenommen ich und das komplette Mastermind-Team. Wir verfügen zwar über ein sehr ausgeklügeltes Geheimhaltungssystem, halten es aber trotzdem für besser, über alles, was Global Mind betrifft, totales Stillschweigen einzuhalten. An diesem Punkt ist Ihre persönliche Freiheit komplett eingeschränkt, die Server werden es nicht zulassen, daß Sie hier einen Fehler begehen. Um uns dieses Stillschweigen überhaupt problemlos möglich zu machen, haben wir eine Art Alibi-Welt erschaffen. Ihre Familie und Ihre Freunde werden Sie ja fragen, was Sie so den ganzen Tag tun. Oder Sie selber wollen irgendwann einmal von etwas berichten, was zwar kein Geheimnis ist, aber zu weiteren unangenehmen Fragen führen kann. Geheimnisse werden meist gelüftet, ohne daß eine bewußte Absicht einer Person vorliegt.

Also haben wir ein System entwickelt – eben diese Alibi-Welt – welches es Ihnen ermöglicht, Dinge zu erzählen, ohne irgendwie verdächtig zu werden. Diese andere Realität liegt sehr dicht an dem, was Sie wirklich machen, verschlüsselt aber die sensiblen Bereiche vollständig. Wenn Sie also heute Abend Ihre Frau fragen wird, was Sie heute so getan haben und um was es in Ihrem Job so geht, so können

Sie von fast allem berichten, wahrheitsgemäß berichten. Die wirklich heißen Themen werden durch ähnliche aber völlig unspektakuläre Themen ausgetauscht. Dazu werden Sie später noch die dafür notwendige Einweihungsprozedur über sich ergehen lassen müssen. Lassen Sie mich aber dennoch ein Fazit zu Ihrer Ausgangsfrage stellen. Ihrer Familie wird es sehr gut gehen, sie wird große Freiheiten haben, sich positiv entwickeln können und von allem Leid befreit sein. Besser geht es nicht!"

Seine Erklärungen regten meine Gedanken an. Meine Zukunft wird also von einem Doppelleben bestimmt sein! Über das, was ich tue und das, was ich erlebe, werde ich mit niemanden reden können. Sollte ich wissenschaftliche Erfolge erzielen, so wird die Öffentlichkeit nichts davon erfahren. Keine Fachzeitschrift wird darüber berichten, und keines meiner entwickelten Verfahren wird jemals meinen Namen tragen. Nach außen hin werde ich den gut bezahlten Medizinbeamten spielen, der völlig unspektakulär seine Arbeit verrichtet. Meine Studienkollegen und auch die anderen befreundeten Ärzte werden niemals ein wirkliches Fachgespräch mit mir führen, weil sie nicht einmal den Hauch einer Ahnung haben werden, was ich wirklich tue. Ich sprach Miller darauf an: „Wissen Sie, ich bin mir gerade bewußt geworden, was für ein einsames Wissenschaftlerleben ich unter dieser Alibi-Welt führen werde. Die Öffentlichkeit wird nie von meinen Leistungen erfahren, und ich werde auch keine Preise für meine Forschungen erhalten." Er zeigte großes Verständnis für meine Sorgen und beschrieb mir, was ich zu erwarten habe: „Sie haben Recht – ganz oben an der Spitze ist es sehr einsam. Niemand, dem man vertrauen kann, und keiner, mit dem eine Diskussion über das wirkliche Arbeitsleben möglich wäre. Was glauben Sie, wie das für mich war? Immer dann, wenn man glaubte, einen guten vertrauenswürdigen Freund gefunden zu haben, den man einweihen könnte, stellte sich ein gewaltiges Risikopotential ein, und ich mußte die Kontakte beenden. Aber mal ganz nebenbei gesagt, das, was Sie zu erzählen hätten, würde Ihnen sowieso niemand glauben. Sie würden als Spinner gelten. Und so ganz alleine unter Forschern sind Sie ohnehin nicht – die besten Wissenschaftler gehören zu Global Mind, und in den Kreisen des Mastermind-Teams wird Ihre Arbeit geschätzt und völlig respektiert werden. Über das, was die offizielle Medizin erforscht, worüber sie veröffentlicht und wofür sie Preise erhält, werden Sie nur lachen können und es bevorzugen, zur stillen, unbekannten Übermacht der Medizin zu gehören. Was Ihre Befürchtungen über Einsamkeit, Isolation und mangelnde Anerkennung anbelangt, so unterschätzen Sie die Position und die Macht von Global Mind. Warum haben Sie sich bei uns beworben und sind nicht an eines der vielen Forschungsinstitute gegangen?“ Er starrte mich mit fragendem Blick an, und ich konnte seine Frage gut verstehen. Die Position von Global Mind war weltweit unumstritten. Von diesem Unternehmen ging eine Magie aus, die alles übertraf, was es sonst auf der Welt gab. Er fuhr fort: „Ohne daß sie explizit davon sprechen, werden alle Menschen wissen, das Sie Dinge sehen und erfahren, die sonst niemand weiß. Und man wird wissen, daß Sie wirklich zu den allerbesten gehören müssen, wenn Sie in solch exponierter Position für Global Mind arbeiten. Aber bitte, Aldwin, gehen Sie in Gedanken noch einen Schritt weiter und überlegen, worüber wir gerade vorhin gesprochen haben- der Gestaltung von Lebensinhalten. Bereits jetzt können Sie bei uns Ihr Leben aktiv mitgestalten und planen, wie es Ihre Bedürfnisse verlangen. Wenn wir weitere Erfolge bei der Entwicklung von virtuellen Lebensinhalten haben, so werden Sie noch zusätzliche emotionale Höhepunkte erleben. Wenn Ihnen also nach Anerkennung zumute sein sollte, dann werden Sie alles veranlassen können, um das zu erleben, was nie jemand vor Ihnen erlebt hat. Verglichen mit dem, was Sie an Anerkennung erleben und spüren werden, ist das Leben der realen Nobelpreisträger arm und trostlos!

Sie müssen verstehen lernen, daß Sie als Mitglied des Mastermind-Teams nicht länger als Sklave Ihres Schicksals leben müssen. Das was wir wollen – das wird geschehen!“

Er besaß ein umwerfendes Talent, Ängste und Sorgen völlig aus dem Weg zu räumen. Viele Leute brechen unter der Last der eigenen Zweifel zusammen und verlieren dadurch die Kraft, um wirklich etwas zu erschaffen. Unter diesem Problem hatte Frank Miller nun wirklich nicht zu leiden. Seine letzten Worte inspirierten mich – einerseits zu einem kessen Vergleich, andererseits wollte ich dem Gespräch eine gewisse Leichtigkeit zurückgeben. Also sagte ich zu ihm: „ Frank, erlauben Sie mir bitte ein Zitat auszusprechen – ‚Dein Wille geschehe, wie im Himmel so auch auf Erden'. Gab es da nicht schon mal jemanden, der ähnliches vor hatte wie Sie und damit gleichzeitig den Stoff für den größten Bestseller aller Zeiten geliefert hat?" Ich war mir nicht sicher, wie er darauf reagieren würde, er hätte diese lockere Anmerkung auch als einen versteckten Hinweis auf Größenwahn deuten können. An seiner Reaktion war aber zu erkennen, daß er sich seiner Sache so sicher war, daß er niemals auf so einen Gedanken gekommen wäre. Nachdem er herzlich gelacht hatte, sagte er dazu: „Sie haben Recht, da gab es schon mal jemanden wie mich – übrigens ein sehr sympathischer KOLLEGE, wie ich finde. Und obwohl er seit mehr als 2000 Jahren nicht mehr lebt, spricht heute noch die ganze Welt von ihm! Was uns beide allerdings deutlich voneinander unterscheidet, ist die Tatsache, daß ich nicht so zielstrebig ein so bitteres Ende anstrebe wie er. Nein, ich will, daß man in 2000 Jahren auch noch über mich spricht – weil es mich dann immer noch gibt!"

Mir war nach diesen Worten sehr merkwürdig zumute. Eine Mischung aus Witz, Ironie und Erschrecken erfüllte mich, denn irgendwie schien Frank Miller mit der Bemerkung über den KOLLEGEN, in Wirklichkeit gar keinen Witz machen zu wollen. Er fühlte sich tatsächlich als Kollege. Nachdem meine letzte Frage schon etwas frecher ausgefallen war, setzte ich noch eins darauf: „Sprechen Sie manchmal mit diesem Kollegen?" Seine prompte Antwort fiel ganz anders aus, als ich es erwartet hatte: „Ja, das tue ich wirklich! Wir sind eine Art Duo – genau dem Prinzip von Global Mind folgend. Er vertritt die virtuelle, nicht-reale Welt, und ich bin derjenige, der die Dinge in die Realität umsetzt. Kann es Zufall sein, daß ich diese Macht erhalten habe? Bin ich Teil eines gewaltigen Masterplans?“ Mit seinem Weitblick sah er in die Ferne und sagte: „Wenn die Macht eines Tages groß genug sein wird, dann werde ich noch mal über dieses Thema nachdenken. Im Moment haben wir aber anderes zu tun! Also zurück zur Tagesordnung. Welche Fragen bezüglich Ihrer Arbeit haben Sie noch an mich?“ Unsere Philosophiererei war Frank Miller offenbar nicht produktiv genug. Er war doch ein Pragmatiker, der nur Dinge anpacken wollte, die er sofort in die Tat umsetzen konnte.

Ich versuchte, meine Gedanken zu ordnen, hatte ich doch so viele Fragen vorbereitet. Mit etwas verlegener Stimme fragte ich ihn: „Wie sieht es eigentlich mit meinem Gehalt aus?“ Er sah mich an und lächelte so, als ob er mir damit sagen wolle, was für ein bemitleidungswürdiger armer Trottel ich doch sei. Er zögerte mit der Antwort und fragte schließlich: „Was wollen Sie denn verdienen, Aldwin?“ In diesem Moment schnürte es mir die Kehle zu, und ich wurde verlegen. Es war klar, daß ich in dieser Position ein Spitzengehalt verdienen konnte. Aber ich war es nicht gewohnt, solche Summen in den Mund zu nehmen. Ich hatte noch nie soviel verdient und außerdem keine wirkliche Berufserfahrung. Bevor mich die Unsicherheit völlig lahm legte, schoß es plötzlich einfach aus mir heraus: „ Fünfzigtausend“. Er konterte mit einer unerwarteten Frage: „Am Tag, im Monat oder wie haben Sie sich das vorgestellt?“

Ich fühlte mich unendlich klein in diesem Moment. Mir war klar, daß jeder gute Mann in diesem Moment ohne jede Scheu eine Riesenzahl genannt hätte und dazu selbstbewußt gestanden hätte. Das Selbstvertrauen, zu meinen Qualitäten zu stehen und dies auch mit Nachdruck zu vertreten, hatte ich mir noch nicht erarbeitet. Ich gestand ihm das ehrlich ein: „Wissen Sie, ich bin Wissenschaftler und kein abgezockter Unternehmer, der alles für sich herausholt. Das ich in diesem Punkt so unsicher Ihnen gegenüber auftrete, wirft sicher kein gutes Bild auf mich. Aber es ist mein erster richtiger Job und dann gleich bei Global Mind! Es wäre das Größte für mich, für Sie arbeiten zu können, ich will das nicht mit irgendwelchen überhöhten Forderungen gefährden. Auch wenn das jetzt sehr dumm klingt – das Beste wird sein, Sie sagen mir einfach, was ich verdiene, und ich werde es akzeptieren.“

In der Welt des Business wäre dieses Angebot einem totalen Offenbarungseid gleich gekommen. Aber, ohne es zu wissen, hatte ich in dieser Situation die beste Antwort gegeben. Ich spürte instinktiv, daß meine Loyalität ihm gegenüber wichtiger war als ein selbstbewußtes Auftreten. So antwortete er auch mit einer gewissen Güte im Gesicht: „Das, was Sie hier tun werden, ist mit keinem anderen Job zu vergleichen. Deshalb gelten hier auch völlig andere Regeln. Im Bereich des Mastermind-Teams hat der Begriff ‚Gehalt‘ überhaupt keine Bedeutung. Es ist nur wichtig, daß Sie all Ihre Kraft hier zum Einsatz bringen und das maximale für Global Mind herausholen. Darüber hinaus erwarte ich vollkommene Loyalität. Sie haben mit Ihrer Antwort dokumentiert, daß Ihnen Global Mind wichtiger ist, als plumpe Gehaltsforderungen und damit gleichzeitig auch in finanzieller Hinsicht das Richtige getan. Ich frage Sie – wer könnte in der Lage sein, Ihnen mehr zu bezahlen als ich? Die einfache Antwort lautet – NIEMAND. Was das Geldverdienen bei Global Mind anbelangt, so müssen Sie völlig umdenken. Es geht bei uns nicht um Gehaltserhöhungen, Gratifikationen, Dienstwagen oder onstiges. Wir haben auch keine vorgeschriebenen Arbeitszeiten oder Urlaubstage.

Die Mastermind-Mitarbeiter entwickeln ein eigenes Verantwortungsgefühl dem Unternehmen gegenüber und verhalten sich dementsprechend. Dadurch steigt die Motivation, und die üblichen Regularien werden überflüssig. Sie entscheiden ganz allein, je nach Lage ihrer Arbeitssituation, wann und wie lange Sie arbeiten und wann Sie

Urlaub oder Erholung brauchen. Und nun zu Ihrem Gehalt. Geldverdienen im herkömmlichen Sinne hat aus unserer Sicht einige Nachteile. Mitarbeiter werden durch höheres Gehalt abgeworben, es entsteht ein unproduktiver Verdrängungskampf um höhere Positionen und vieles mehr. Das alles können wir nicht gebrauchen. Sie und die anderen Masterminds haben bereits die höchste Position. Und daß Sie sich Gedanken über Ihre Existenz oder Ihr Gehalt machen müssen, ist reine Zeitverschwendung. Sie sollen ganz natürlich an dem Erfolg von Global Mind Teil haben, niemand wird sich veranlaßt fühlen, ‚in die eigene Tasche' zu wirtschaften. Mit anderen Worten – es gibt kein Gehalt! Sie bekommen Zugriff auf ein Budgetkonto, von dem Sie einfach abheben oder abbuchen, was Sie brauchen. Ob Sie sich Häuser kaufen, Autos oder von mir aus ein eigenes Flugzeug, das interessiert mich nicht im Geringsten. Im Vergleich zum Inhalt Ihrer Arbeit ist das alles nicht von Bedeutung! Selbstverständlich wird Ihr Konto von mir überwacht, das Budget ist begrenzt, ohne daß ich diese Grenze in Zahlen beziffern möchte." Er unterbrach kurz seine Erklärung, trank einen Schluck Wein und erklärte dann lachend: „Bevor Sie sich also dazu entscheiden, sämtliche Grundstücke auf dieser Welt aufkaufen zu wollen, werde ich davon in Kenntnis gesetzt. Trotzdem will ich Ihnen eines auch nicht vorenthalten, damit Sie die Philosophie von Global Mind besser verstehen. In all den Jahren, in denen ich den Mastermind-Mitarbeitern freie finanzielle Handlung zugestanden habe, ist es noch nie vorgekommen, das ich wegen Überschreitung des Budgets einschreiten mußte."

Nachdem dieser heikle Punkt so überaus zufriedenstellend gelöst war, atmete ich innerlich auf. Nach meinem teuren Studium hatten sich einige Schulden angehäuft, und gerade die lasteten noch schwer auf meinen Schultern. Daß ich jetzt all diese Probleme mit einem Schlag vergessen konnte, war äußerst angenehm. Miller blickte mich verschmitzt an und sagte: „Da werden Sie jetzt wohl froh sein, das Problem mit den fälligen Rechnungen und den lästigen Fragen Ihres

Bankers los zu sein!" Ich antwortete ihm mit Schrecken: „Woher wissen Sie..., ach ja – verzeihen Sie – natürlich wissen Sie!" Er entgegnete amüsiert: „Sie lernen schnell, klar wissen, wir welche Probleme Sie haben. Streichen Sie diese Ängste aus Ihrem Inneren, wenn Sie wollen, kann Ihnen der Server dabei helfen. Diese Probleme gibt es nicht mehr. Sie werden keinerlei Rechnungen mehr erhalten, und die Bankmitarbeiter werden Sie zukünftig so behandeln, als ob Sie der Bankpräsident persönlich wären. Ich habe alles Notwendige bereits veranlaßt." Mit dünner Stimme bedankte ich mich bei ihm. Er erklärte mir daraufhin: „Ich kenne Ihre Situation aus eigener Erfahrung. Auch mir ging es nicht immer so gut. Glücklicherweise gab es in der bittersten Stunde Leute, die an mich glaubten und in mich investierten. Und diese Leute hatten recht mit Ihrem Glauben – es war das Investment Ihres Lebens!"

Für einen kurzen Moment ließen wir diese Gedanken auf uns wirken. Mir fiel auf, daß es mittlerweile sehr spät geworden war. Ich war gespannt, was dieser Tag wohl noch alles mit sich bringen würde. Schließlich fragte ich: „Wie wird es nun für mich weitergehen?"

Noch bevor er antwortete, sah ich in der Ferne eine Person auf uns zukommen. Miller gab mir eine Anweisung: „Sie werden jetzt Ihre Frau zuhause anrufen, damit sie sich keine Sorgen macht. Sie werden Ihr erklären, daß wir noch zu tun haben und es wahrscheinlich sehr spät wird. Zwischendurch werde ich mich einschalten, Ihre Frau begrüßen und ihr erklären, daß Sie erst morgen Abend wieder zuhause sein werden und deshalb heute hier übernachten. Sie können dann noch ein bißchen Smalltalk machen und auch mit Ihren Kindern reden. Sie werden kein Wort über den Inhalt Ihrer Arbeit gegenüber Ihrer Frau verlieren, ich kann Ihnen versichern, daß sie Sie auch nicht danach fragen wird."

Zum wiederholten Male erschreckte mich das perfekte Timing der Mitarbeiter von Frank Miller. Gerade hatte er seinen Satz beendet, da stand auch schon die Person, die ich zuvor aus der Ferne auf uns zukommen sah, neben uns. Es war eine seiner Assistentinnen, die ein mobiles Kommunikationsterminal mit sich brachte. Sie begrüßte uns freundlich, stellte das Terminal auf den Tisch und ging wortlos wieder zurück. „Sind Sie bereit, mit Ihrer Familie zu sprechen?" fragte er mich mit forschem Ton. Ich war bereit. „Okay, dann los", forderte er mich auf. Genau wie schon zuvor bei der Herfahrt betrachtete ich nur den Bildschirm des Kommunikationsgerätes, und sogleich erschien der Hinweis, daß die Verbindung aufgenommen wurde. Wenige Sekunden später erschienen meine Frau und die Kinder auf dem Bildschirm. Sie machten einen überaus fröhlichen Eindruck. Ich erklärte Ihnen, daß wir noch zu tun hatten und ansonsten aber alles ganz wunderbar wäre. Ich versuchte, so unauffällig wie möglich zu wirken. Frank Miller stand auf und stellte sich neben mich, so das meine Frau auch ihn erkennen konnte. Er sprach meine Frau sofort an: „Hallo, Sie müssen Franka sein, ich darf mich Ihnen vorstellen, ich bin Frank Miller, Präsident von Global Mind." Meine Frau bekam große Augen und antworte ihm: „Oh, Herr Miller, es ist mir eine große Ehre, Sie persönlich sprechen zu dürfen." Miller antwortete bewußt läßig: „Ihr Mann macht sich ganz gut bei uns, Sie können stolz auf ihn sein!"„Das sind wir auch, und es freut mich, daß Sie mit ihm zufrieden sind", antwortete Franka mit verlegener Stimme. Miller erklärte ihr weiter: „Wir haben uns heute einfach mal so ein bißchen beschnuppert, ich habe ihrem Mann die Firma gezeigt und ihm einige meiner Mitarbeiter vorgestellt. Heute Abend wollen wir noch gemütlich beisammen sitzen, und morgen früh wird Ihr Mann dann sein neues Büro im Global Mind-Headquarter einweihen können. Sie können das frischgebackene Vorstandsmitglied von Global Mind morgen wieder in die Arme nehmen. Ich hoffe, Sie haben dafür Verständnis. Übrigens, Ihr Mann spricht nur in den besten Tönen von Ihnen, und wo ich jetzt Sie und die Kinder so sehe, kann ich Ihn wirklich gut verstehen. Er ist halt ein richtiger Glückspilz – einen tollen Job und eine großartige Familie, mehr kann man wirklich nicht verlangen!" Miller und ich flachsten dann noch mit den Kindern herum und beendeten schließlich das Gespräch. Durch das Telefonat wurde mir eines klar – Miller war der perfekte Schauspieler. Kaum hatte er das Gespräch beendet, änderte sich seine lächelnde Mimik in ein sehr ernstes Gesicht. Das, was gegenüber meiner Frau so leicht und charmant wirkte, war für Miller normales Business. Während des Gesprächs blickte Franka den Global Mind-Präsidenten mit großer Bewunderung an. Man konnte ihr ansehen, daß seine Worte ihr schmeichelten. Er wußte ganz genau, was er tun mußte, um den Nerv meiner Frau zu treffen und sorgte damit gleichzeitig dafür, daß alle problematischen Themen komplett außen vor blieben. Obwohl er ein solches Schauspiel ablieferte, hatte er meine Frau nicht wirklich angelogen. „So, Ihre Familie hätten wir damit auch beruhigt", sagte er in nüchternem Ton. Ich hatte ab diesem Moment das Gefühl, daß er keine weitere Zeit für Plaudereien hatte und es von nun an nur noch reine Fakten für ihn gab. Also erteilte er seine Anweisungen: „Nachdem wir uns einig geworden sind, sollten wir zur eigentlichen Arbeit kommen. Sie werden jetzt wieder zurück in die Stadt fahren. Da gibt es ein Hochhaus, das von Global Mind genutzt wird. Wir haben es so eingerichtet, daß es so aussieht, als ob zahlreiche Firmen ansässig sind, die ihre normale langweilige Arbeit verrichten. Ein unauffälliges Geschäftshaus. Dort wird Ihr zukünftiger Arbeitsplatz sein. Sie werden über ein Büro, Forschungslabore und technische Einrichtungen verfügen können. Direkt daran angeschlossen ist eine private Wohnung, in der Sie sich erholen oder auch einmal übernachten können, so wie es heute der Fall sein wird. Der Arbeitsplatz ist mitten in der Stadt und dennoch absolut anonym. Nur eine beschränkte Anzahl von Global Mind-Mitarbeitern hat dort Zutritt. Ich möchte Sie bitten, sich an unsere Vorschriften zu halten und keine ungewünschten Personen dort zu empfangen. Wenn Ihnen dennoch daran gelegen sein sollte, Familie und Freunde zu sich in die Stadt einzuladen, so besorgen wir Ihnen dafür eine Wohnung an anderer Stelle.

An Ihrem Arbeitsplatz können Sie in absoluter Ruhe und Abgeschiedenheit leben und arbeiten. Das Gebäude ist strengstens überwacht, Spione, Terroristen oder andere Verbrecher haben nicht die geringste Chance, selbst dann nicht, wenn unsere Server solche Personen nicht erfaßt hätten. Aber auch für irgendwelche Behörden, die Polizei oder das Militär ist dort der Zutritt nicht möglich. Lassen Sie sich nicht von Behörden in Ihrer Arbeit einschränken, die Gesetze unseres oder anderer Länder sind nur insoweit relevant, als sie nicht die Interessen von Global Mind behindern. Und wenn das einmal der Fall sein sollte, dann werde ich die Gesetze ändern lassen. Gegen eine Strafverfolgung sind Sie absolut immun. Das Gefühl der Sicherheit an Ihrem Arbeitsplatz ist für mich eine wichtige Sache. Sie sollten nicht durch unwichtige Probleme von Ihrer Arbeit abgehalten werden. Es gibt ein Team in diesem Haus, welches Ihnen bei allen Dingen des täglichen Lebens zur Seite steht. Egal, ob Sie etwas zu essen wünschen, ein Stück Seife brauchen oder einen Nagel in die Wand schlagen wollen – ihr Service erledigt das alles für Sie. Verschwenden Sie also bloß nicht Ihre Zeit mit Einkäufen oder Besorgungen! Durch unsere perfekten Kommunikationssysteme sind Sie mit den anderen Mitarbeitern und der gesamten Außenwelt in ständigem Kontakt. Sie können dort auch alle existierenden Datenbanken abrufen, um Ihre Arbeit zu erleichtern. Unser gewaltiges Masterbrain wird Sie mit Wissen versorgen und Sie zu Höchstleistungen antreiben. Sie sind an Ihrem Arbeitsplatz also nicht isoliert, auch die meisten Masterminds sind im gleichen Gebäude anzutreffen und werden ständig mit Ihnen in direktem, persönlichen Kontakt stehen. Gute Teamarbeit ist die Basis für unseren Erfolg! Ihr Forschungsgebiet ist zu komplex und bedarf der Mitwirkung zahlreicher anderer Fachbereiche." Er unterbrach seine Ausführungen für einen Moment, holte tief Luft und sagte dann: „Ich glaube, für heute haben wir genug besprochen. Sie sollten das alles erst einmal ein wenig verdauen. Der Chauffeur wird Sie wieder zurück in die Stadt bringen. Machen Sie sich dort mit Ihrem Arbeitsplatz und Ihrer Wohnung vertraut. Wie gesagt, es wird Ihnen an nichts fehlen. Morgen früh werden Sie von unserem Sicherheitsexperten empfangen und entsprechend eingewiesen. Sie sollten sich deshalb heute Abend rechtzeitig schlafen legen, damit Sie morgen fit sind." Ich unterbrach ihn: „Hoffentlich werde ich überhaupt schlafen können. Ich fürchte, meine Gedanken werden die ganze Nacht um all das Neue kreisen!" „Kein Problem, treten Sie einfach in Kontakt mit dem Kommunikationsterminal in Ihrem Büro und formulieren den Gedanken, schlafen zu wollen. Sie werden daraufhin sich wunderbar erholen können, unsere Hirnforschungen bezüglich Entspannung und Regeneration sind sehr weit entwickelt", erklärte er mir mit überzeugender Mimik. Für einen kurzen Moment hatte ich das Gefühl, er könne meine Gedanken lesen, als er mir schließlich sagte: „Morgen Abend sind Sie, wie versprochen, wieder bei Ihrer Familie."

Wir erhoben uns von unseren Plätzen und gingen schweigend den Weg zurück. Er herrschte eine angenehme Abendstimmung auf diesem ruhigen und friedlichen Gelände.

Seinem Blick war anzusehen, daß er bereits mit völlig anderen Gedanken beschäftigt war. Vielleicht empfing er auch gerade Informationen und Wissenskenntnisse, wie sie keinem anderen Menschen zugänglich sind. Schwer zu sagen, was in diesem Kopf so alles vor sich ging.

Ohne mit ihm reden zu müssen, war mir klar, daß ich ihn in seiner geistigen Versenkung nicht stören durfte. Als wir sein Haus wieder erreicht hatten, betrachtete er mich in einer freundlichen und herzlichen Art. Es war so, als ob er mir auf nonverbaler Art mitteilen wollte, daß er froh ist, sich für mich als Mitarbeiter entschieden zu haben. Er schüttelte mir kräftig die Hand und sagte dabei: „Packen Sie es an, Aldwin! Geben Sie Ihr Bestes und werden ein Teil unseres globalen Gehirns. Ich wünsche Ihnen alles Gute!" Ich bedankte mich und wir verabschiedeten uns. Der Chauffeur wartet bereits auf mich. Ohne erneute Kontrolle passierten wir die Sicherheitszone und verließen das Anwesen. Ich befürchtete, daß meine Gedanken sich nun wie ein Karussell drehen würden, doch es kam anders. Obwohl es erst früh am Abend war, schlief ich im Wagen ein und erwachte erst, als wir in die Tiefgarage des Global Mind-Wolkenkratzers fuhren. Es hatte den Anschein, als ob ich ein totales Blackout gehabt hatte. Der Chauffeur brachte mich in die Empfangshalle, wo man mich bereits erwartete. Der Chef des Service, Herr Dorn, begrüßt mich herzlich und erklärte mir, daß alles für mich vorbereitet sei. Er versicherte mir, daß ich von allen Sicherheitsvorkehrungen nichts merken würde, nur dann, wenn ich in Begleitung nichtautorisierter Personen das Gebäude betrete, würde ein Sicherheits-Check vorgenommen werden. Wir fuhren mit dem Aufzug nach oben – weit nach oben. Wie in einem Hotel ging Dorn voraus und zeigte mir die ganzen Räumlichkeiten. Ein Büro, mehrere wissenschaftliche Räume und eine komplette Privatwohnung. Überall gab es riesige Glasfenster, die einen sehr weiten Blick über die Stadt ermöglichen. Die Müdigkeit steckte mir noch in den Knochen, und eigentlich wäre ich in diesem Moment lieber zuhause gewesen. Doch das Gefühl fehlender Behaglichkeit sollte sich schnell ändern. Dorn erklärte mir: „Wir haben uns erlaubt, einige Ihrer Lieblingsspeisen und Getränke im Eßbereich zu servieren. Im Schlafzimmer finden Sie ausreichend Kleidung in Ihrer Größe, ausschließlich von den von Ihnen bevorzugten Designern. Zu Ihrer Unterhaltung finden Sie Kommunikationssysteme in allen Räumen. Wenn Sie irgendetwas benötigen, so rufen Sie uns über die interne Anlage." Er verabschiedete sich und ließ mich alleine. Man konnte es wirklich nicht anders ausdrücken, aber das Serviceteam hatte wirklich dafür gesorgt, das alles, was ich zuhause hatte, auch hier vorzufinden war, nur mit dem Unterschied, das alles vom Feinsten war. Das gab mir das gute Gefühl, auch hier zuhause zu sein. Und dennoch empfand ich ein merkwürdiges Gefühl. War auch ich nichts anderes als eine Marionette dieses Kontrollsystems, das man mit Geld, seinen Lieblingsgegenständen und viel Luxus ruhig stellen und befriedigen konnte?

3. Kapitel – Gedankenkontrolle

Wie gebannt starrte ich aus dem Fenster auf die mittlerweile beleuchtete Stadt. Bin ich und alle anderen Menschen da draußen zu einem berechenbare biologischen System degradiert worden, das man mit rein materiellen Mitteln fernsteuern kann? Ist am Ende meine eigene Disziplin, die Medizin, nichts anderes als der Schlüssel zur Marionettenkiste? Wie oft hatte ich über die Naturheilkundler gelacht, die mit ihren wenig wissenschaftlichen Methoden von GANZHEITLICHER Medizin sprachen. Hatten Sie am Ende doch Recht, den Mensch immer als ein Wesen von Geist und Körper zu sehen? Wo aber ist der Geist bei Global Mind geblieben? Schwebt er irgendwo in der Luft als Übertragungsmedium zwischen dem Meister und seinen Sklaven? Würde ich mich am Ende nach den unperfekten, uneffizienten, dummen, gefährlichen, primitiven und unattraktiven Menschen zurücksehnen? Würde das enorme Risiko der totalen Freiheit sich doch als hohes Gut herausstellen? Immerhin – ich saß hier in diesem Prachtpalast, eine uneinnehmbare Festung, und man ließ mir das Recht, diese Gedanken in mir aufkommen zu lassen. Die große Gedankenmaschine genehmigte mir, menschlich zu sein. Sollte eines Tages dieses System wider Erwarten doch gestürzt werden, würde ich dann als Mitläufer eines diktatorischen Systems gelten, als eine Art Menschlichkeitsmörder? Ja, tatsächlich so mußten sich auch die Henker in totalitären Regimen gefühlt haben: als Leute, die keine Alternative hatten und nur Befehle ausführten.

Zwischen dem Für und Wider dieses Systems konnte ich keine Entscheidung treffen. Am liebsten hätte ich meinem Server die Computermeldung „Overflow" – zu viele Daten – zugesandt. Alles um mich wirkte völlig irreal. Mir fehlte in diesem Moment jeglicher Blick für die Besonderheiten dieser Wohnung. Nachdem ich mir das bereitgestellte Essen schmecken ließ, beschloß ich, den Tag zu beenden und mich schlafen zu legen. Mir fiel dies auch nicht besonders schwer, ich war so erschöpft, daß ich einfach nur noch schlafen wollte.

Nachdem ich ohne Probleme durchgeschlafen hatte, erwachte ich am anderen Morgen. Es war ein wunderschöner Tag, der blaue Himmel und die Sonne erhellten das Apartment. Im Schlafanzug schritt ich mit Erstaunen durch die wunderschönen Räume. Die Bedenken und Sorgen des Vorabends waren wie weggewischt. Im Eßraum standen noch die Reste meines Abendessens. In diesem Raum war ein Monitor in der Wand, auf dem man aufgefordert wurde, seine Wünsche für das Frühstück zu äußern. Mit Freude orderte ich ein opulentes Menü. Noch während ich duschte, hörte ich ein Klingeln und eine Durchsage: „Hier ist Ihr Service, Ihr Frühstück ist da, können wir eintreten?" Seltsamerweise genügte es einfach „Ja" zu sagen, und der Service betrat die Wohnung. Es wurde nicht nur das Frühstück serviert, sondern auch abgeräumt, geputzt und alles in perfekten Zustand versetzt. Mir wurde klar, daß die Dinge des Alltags hier wirklich in den Hintergrund rücken. In Zukunft würde es für mich nur noch die Arbeit und Forschung geben. Meine doch sehr aufgehellte Stimmung ließ mich spekulieren, ob mein Serverprogramm dazu etwas beigetragen hatte. Es konnte eigentlich gar nicht anders sein! Vom Standpunkt eines Mediziners war diese Erkenntnis sicher faszinierend. Was hatten wir doch bislang mit Antidepressiva und Tranquilizern gearbeitet, und oft langjährige Therapien für depressive Menschen ansetzen müssen. Plötzlich durchströmte mich ein Schaudern, ja ich bekam eine Gänsehaut. Mir fiel nämlich in diesem Moment eine Begebenheit ein, die schon viele Jahre zurücklag und die ausschlaggebend für meine Entscheidung, Mediziner zu werden, war. Es ging dabei um meine Großmutter, die schwer erkrankt in einem Pflegeheim für Senioren untergebracht war. Noch immer sah ich die alten Menschen vor mir, die jedes Wochenende im Eingangsbereich des Pflegeheims in der Hoffnung, es würde irgendjemand sie besuchen, Platz nahmen. Am späten Abend saßen die meisten dann immer noch da, denn wieder einmal kam niemand zu Ihnen. Und ich erinnerte mich an die Schreie und Hilferufe, die aus den Zimmern schallten. Und natürlich erinnerte ich mich an meine Großmutter, die – genau wie alle anderen alten Menschen dort – eher wie ein Gegenstand verwaltet als wirklich gepflegt wurden. Ich erinnerte mich an ihr weißes Haar und die völlig verschuppte Kopfhaut. Schon ewig hatte ihr niemand mehr die Haare gewaschen. Sie selber konnte es nicht mehr. Von Menschenwürde konnte in diesem Heim, und wahrscheinlich auch in den meisten anderen Heimen, nicht die Rede sein. Meine Großmutter konnte weder sprechen noch sich bewegen. Ich saß damals an ihrem Bett, war fassungslos und vor allem – absolut machtlos. Ich hatte ihr unendlich viel zu verdanken, und nun in dieser bittersten Stunde, in der ich ihr so dringend etwas davon zurückgeben sollte, konnte ich es nicht! Sie war aber in der Lage, meine Verzweiflung zu erkennen. Ich sah ihr regungsloses Gesicht vor mir, daß nur noch eine einzige Reaktion zuließ. Links und rechts flossen die Tränen aus ihren Augen. Es war die letzte menschliche Regung, die ich vor ihrem Tod von ihr gesehen hatte. Damals baute sich eine Wut in mir auf, ich wollte meine Hilflosigkeit nicht wahrhaben. Ich überlegte dann, daß – wenn ich schon ihr nicht helfen konnte – es mir dann doch vielleicht gelingen würde, in Zukunft anderen Menschen zu helfen. Hier lag der Ausgangspunkt für mein späteres Medizinstudium.

Was wäre gewesen, wenn es damals schon einen Frank Miller mit seinen effizient arbeitenden, nüchtern-berechnenden Experten gegeben hätte? Sie wären die einzigen gewesen, die wirklich etwas gegen dieses Leiden hätten tun können – und sei es nur, das Global Mind auf künstliche Art und Weise den Lebensabend dieser Menschen verschönert hätte. Die Tatsache, daß ich jetzt als Mediziner hier bei Global Mind tätig werden konnte, hatte in dem Moment etwas Schicksalhaftes. In was für ein seltsames System war ich da geraten? Einerseits wurden den Menschen große Teile ihrer Individualität genommen, andererseits aber auch Leid und Depression.

Gedankenversunken blickte ich aus dem riesigen Fenster auf die Stadt, als plötzlich das Kommunikationssystem aktiv wurde: „Peter Jenson vom Global Mind-Headquarter möchte Sie sprechen. Möchten Sie Kontakt haben?" stand da in großen Lettern auf dem Bildschirm.

Ich stimmte zu. Auf dem Monitor erschien ein schon etwas älterer Herr, der zu meiner Überraschung einen weißen Kittel trug. Er stellte sich mir vor: „Recht herzlich willkommen in unserem Team! Mein Name ist Peter Jenson, ich bin für technische Entwicklungen, Programmierung und Sicherheit zuständig. Frank – ich meine Herr Miller – hat Ihnen gestern bereits mitgeteilt, daß Sie heute in das Sicherheitskonzept der Masterminds eingearbeitet werden sollen. Ich kann mir vorstellen, daß Sie schon darauf gewartet haben! Schließlich soll Ihre geistige Freiheit nicht zur Belastung werden. Würde es Ihnen passen, jetzt gleich in mein Büro zu kommen?" – „Selbstverständlich", antwortete ich ihm.

Sein Büro befand sich im selben Gebäude zwei Stockwerke über mir. Ich machte mich also auf den Weg. Es vergingen maximal zwei Minuten, und schon stand ich vor seinem Büro. Er öffnete mir die Tür und empfing mich mit einem herzlichen Händedruck. Sein Büro war eigentlich auch sehr schön eingerichtet, davon war aber leider nicht mehr all zu viel zu sehen. Überall stapelten sich Kisten mit elektronischen Geräten, Dokumenten, und sonstigem Kram. Er war zweifelsohne das, was man einen „Freak" nennen könnte. Peter Jenson hatte ohne jeden Zweifel Frank Millers Forderung, ganz und gar in der Arbeit aufzugehen, vollständig umgesetzt. Ein schickes Büro oder anderer Luxus interessierten ihn offenbar überhaupt nicht. Er lebte nur für seine Arbeit, und die stapelte sich eben in Kisten um ihn herum. Als erstes beschlossen wir, uns mit Vornamen anzusprechen. Ich fragte ihn: „Peter, Sie sprachen davon, daß meine Freiheit mich belasten könnte, wie haben Sie das gemeint?" Er nickte verständnisvoll und erklärte mir dann: „Das ist der Grund, warum Sie seit gestern hier im Gebäude untergebracht sind. Sie wurden sozusagen von der restlichen Welt zunächst einmal isoliert. Das Global Mind-System ist nur einer sehr kleinen Anzahl von Menschen in seiner gesamten Tragweite bekannt. Dinge, die in der Öffentlichkeit über Global Mind erzählt werden, sind von uns ausgewählte Informationen, die meist nur am Rande mit der tatsächlichen Wahrheit übereinstimmen. Selbst Gerüchte oder vermeintlich geheime Informationen, sind nichts anderes als von uns geschickt verpackte Steuerungsmechanismen. Sie sind Mediziner, und deshalb möchte ich Ihnen hier einen Vergleich aus Ihrem Bereich anführen. Wenn Global Mind ein Mensch wäre, dann würde die Tatsache, daß wir Sie eingeweiht haben, bedeuten, daß wir uns absichtlich mit einem tödlichen Virus infiziert haben, und es nun darum geht, diesen Virus entsprechend zu behandeln. Dabei will Global Mind diesen Virus sich durchaus zu Nutze machen, ihn also nicht vernichten." „Als Virus habe ich mich bisher nicht gesehen, und es ist auch nicht meine, Absicht Global Mind in irgendeiner Weise zu schaden", entgegnete ich ihm in etwas beleidigter Stimmung. Ihm war meine Gefühlslage nicht entgangen, und er reagierte mit sanftmütiger Stimme: „Verzeihen Sie, selbstverständlich sollen Sie sich nicht als Schädling fühlen, mir fiel leider kein angemessener Vergleich aus der Medizin ein. Aber es geht ja vor allem auch um Ihr eigenes Wohlbefinden! Mir ist klar, daß Sie sich noch nicht die Auswirkungen Ihres neuen Doppellebens vorstellen können. Es wird immer wieder Gelegenheiten geben, wo Sie bewußt oder unbewußt über sensible Themen Ihrer Arbeit mit Außenstehenden sprechen werden. Wenn Sie sich dauernd überlegen müssen, was Sie jetzt gerade sagen, und ob das vielleicht schon zuviel war, dann werden Sie sich nicht mehr wohl fühlen in Ihrer Haut. Es liegt außerdem in der menschlichen Psyche, daß wir uns so etwas wie eine Identität gegenüber unseren Mitmenschen wünschen. Wenn Sie dauernd innerlich schwanken, wer Sie sind und was Sie tun, dann wird Sie das seelisch belasten." Ich entgegnete ihm: „Verzeihen Sie meine anfängliche patzige Reaktion – schließlich wollen Sie mir nur helfen, und dafür bin ich Ihnen dankbar!" Er reagierte mit freundlicher Mimik: „Kein Problem, es spricht ja auch für Sie, das Sie vehement darauf bestehen, kein Global Mind-

Virus sein zu wollen!“ Er gab einige Daten in seinen Computer ein und redete währenddessen mit mir: „Wie Ihnen Herr Miller sicher schon mitgeteilt hat, wenden wir zur Geheimhaltung unserer wahren Aktivitäten ein Verfahren an, daß sich sehr nahe an Ihrer tatsächlichen Realität orientiert. Sie können dann Dinge erzählen, so wie sie tatsächlich geschehen sind, ohne uns in Schwierigkeiten zu bringen. Die sensiblen Bereiche werden dabei ausgespart und nach Bedarf durch virtuelle Wahrheiten ersetzt, die wir in Ihrem Unterbewußtsein verankern werden. Ihnen wird innerlich diese andere Wahrheit stets gegenwärtig sein, und deshalb werden Sie niemals in Erklärungsnöte geraten.“ Ich wollte auf diese Erklärung eine eigentlich sehr ernst gemeinte Frage stellen, versuchte aber dennoch, möglichst scherzhaft zu wirken: „Ich glaube, das hat man doch bislang als Gehirnwäsche bezeichnet.“ Seine Reaktion auf diese Anspielung löste Entsetzen in mir aus. Er sagte nämlich: „Ja, genau! Was für ein wunderbares Wort für diesen Vorgang! Wir waschen Ihre unsauberen Gedanken, so das nur noch saubere von Ihnen geäußert werden können. Großartiger Vergleich! Dann haben Sie stets eine weiße – weißgewaschene – Weste an!“

Nachdem ich mich etwas über diese lockere und doch sehr folgenreiche Feststellung beruhigt hatte, plagte mich noch eine andere Frage: „Kann ich eigentlich diesen ‚Waschvorgang‘ auch selber vornehmen? Oder sagen wir es einmal anders – kann ich selber dem Server eine Anweisung geben, was in meinem Gehirn zu geschehen hat?“

Peter machte ein angestrengtes Gesicht und begann mir dann zu erklären: „Ihre Frage ist bereits Teil meiner Arbeit mit Ihnen, und ich möchte auch gleich darauf eingehen. Wollen wir mit etwas Grundsätzlichem beginnen. Es gibt einen Kern Ihres Programms, auf den ausschließlich Frank Miller Zugriff hat. Dessen Inhalt ist niemandem im Mastermind-Team bekannt. Wir wollen auch nicht darüber spekulieren, ich denke aber, daß es sich dabei um reine Sicherheitsvorkehrungen handelt, die nur in Extremsituationen zur Anwendung kommen. In diesem Bereich können weder Sie noch ich irgendetwas mitgestalten. Es gibt noch einen weiteren Bereich, den Sie zumindest nicht alleine verwalten können. Dabei handelt es sich im eigentlichen Sinne gar nicht um ein Programm, sondern um die reine Möglichkeit des Zugriffs auf Ihr Programm. Zu dessen Ausübung bedarf es des ganzen Mastermind-Teams. Es ist also eine reine Exekutivmaßnahme zur Durchsetzung von Global Mind-Interessen. Diese Art des Zugriffs wurde bisher ausschließlich auf Wunsch des entsprechenden Mastermind-Mitglieds ausgeübt und niemals auf Veranlassung eines anderen. Aber auch Sie haben die Möglichkeit, Ihr Programm zu gestalten. Sie selber werden an der Weiterentwicklung der Global Mind-Programme mitarbeiten und damit auch die Gestaltungsmöglichkeiten für Ihr eigenes Programm erweitern. Die Komplexität des menschlichen Handelns und Fühlens ist so groß, daß wir nicht jedes einzelne Detail exakt mit den Servern erfassen können. Vielleicht sollte ich besser sagen – noch nicht! Aber die Grundzüge der menschlichen Hirnaktivitäten haben wir im Griff, sonst wäre das System Global Mind gar nicht so effizient. Für Sie bedeutet das, daß Sie auf ein Menü zugreifen können, das Ihr Programm steuert. Dort können Sie selber Anweisungen erteilen, die innerhalb dieses Menüs angeboten werden. Wenn man einmal vom Einfluß der Firmenleitung absieht, so haben eigentlich nur Sie Zugriff auf dieses Menü. Durch die ständige Serververbindung werden Sie automatisch als Zugriffsberechtigter erkannt und können dann agieren."

Er zeigte mir das Menü. Es war aufgeteilt in die Grundzüge der menschlichen Hirnaktivitäten: Streß, Erholung, positive und negative Gefühle, Körperfunktionen, Sexualität und vieles andere. In den jeweiligen Bereichen gab es Untermenüs, die teilweise sehr detaillierte Aktivitätsbereiche anführten. Auf mich wirkte die Tatsache schockierend, daß bestimmte Hirnbereiche sich einfach aktivieren und andere wiederum deaktivieren ließen. Dieses Prinzip sorgt beispielsweise dafür, daß man sich in kürzester Zeit auf eine bestimmte Sache voll konzentrieren kann und dadurch andere Dinge, beispielsweise die eigenen Sorgen, aus dem Bewußtsein verschwinden. Peter sah das Betrachten meines Menüs offenbar als meine Privatsphäre an. Der Monitor, auf dem das Menü zu sehen war, war stets nur auf mich gerichtet, er konnte und wollte keinen Einblick haben. Er fuhr mit seinen Ausführungen fort: „Ich würde Sie gerne noch auf etwas aufmerksam machen, was Ihnen als Mediziner sicher mehr sagen wird als mir. Wenn Sie auf der ersten Seite im Hauptmenü sind, so gibt es rechts unten einen Punkt, den Sie aktivieren können, mit dem Namen ‚Status'. Vielleicht möchten Sie es mal probieren?" Er blickte mich mit einem gönnerischen Lachen an, als ob mir der Weihnachtsmann gleich eine Überraschung bringen wird. Also tat ich ihm den Gefallen und aktivierte das Statussymbol. Was dann auf dem Bildschirm erschien, war eine virtuelle Simulation eines sich drehenden Schädels, der ein komplettes Gehirn abbildete. „Annähernd in Echtzeit", rief mir Peter begeistert zu. Ich mußte einen Moment nachdenken. Dieses virtuelle Gebilde auf dem Monitor war also die nachgestellte Abbildung meines Gehirns. Die von der Nanotechnologie meßbaren Gehirnwerte waren zu sehen und die Aktivität der elektronischen Teile. Dies zu sehen, war so, als ob es eine exakte elektronische Kopie meines innersten Ich gäbe. Und irgendwie belustigte es mich; ich verglich die medizinisch erkennbaren Daten mit meinem Gefühlszustand. Mitzuerleben, wie Gefühle zu verifizierbaren Daten werden, war wirklich beeindruckend. Peter ließ mir viel Zeit, um mit meinem neuen elektronischen Doppelleben klar zu kommen.

Wie ein verspieltes Kind sagte er zu mir: „Probieren Sie doch mal Ihr Menü aus, das wird eine neue Erfahrung für Sie sein! Nur wenigen Menschen auf der Welt ist dieses Erlebnis gegönnt!" Ich war sehr verunsichert und traute mich erst gar nicht, auch nur irgendetwas an diesem Menü zu aktivieren. Da er mir aber so auffordernd ins Gesicht sah, beschloß ich, zurück ins Hauptmenü zu gehen und mir dort die

Sache einmal näher anzusehen. Dabei kam mir ein faszinierender Gedanke. Genau dieses unangenehme Gefühl der Verunsicherung, das mich in diesem Moment erfaßt hatte, genau das wollte ich loswerden!

Nach einer längeren Suche durch die Untermenüs glaubte ich, den richtigen Modus gefunden zu haben. Mit dem endgültigen Aktivierungsbefehl wartete ich einen Moment. Und dann – Spannung – wie vor dem Startschuß in ein neues Leben. Ich gab den Befehl – AKTIVIEREN! Ich hatte die Gefühlsänderung nicht als langsamen Prozeß, sondern als sofortige Wirkung in mein Programm eingegeben. Aus diesem Grunde war das Erleben einzigartig, so wie noch nie zuvor. Normalerweise dauert es doch einige Zeit, bis eine innere Erregung abgeklungen ist. Aber die Nanoteilchen leisteten ganze Arbeit in meinem Gehirn, und bevor ich noch lange nachdenken konnte, war auch schon Schluß mit meiner Verunsicherung. Eine vergleichbare Änderung einer Gefühlsregung würde weder mit natürlichen noch mit chemischen Mitteln in so kurzer Zeit erreicht werden können. Ich genoß diese plötzliche innere Ruhe und die damit verbundene geistige Klarheit. Mein unsicheres Gefühl gegenüber Peter Jenson war wie weggeblasen. Diese plötzliche, neue Gefühlslage wirkte sich enorm positiv auf mein Selbstbewußtsein aus. Ich fühlte mich groß und überlegen. Mein Blick richtete sich nun direkt in Peters Augen, begleitet von innerer Kraft und Sicherheit. Peter sprach zu mir: „Ich nehme einmal an, Sie haben sich für eine positivere Stimmung entschieden. Sie wirken jetzt auf mich schon sehr viel charismatischer. Bitte verstehen Sie mich jetzt nicht falsch, ich möchte Sie nicht beleidigen. Aber durch die richtige Programmierung und Gestaltung Ihres Programms werden Sie sich als Persönlichkeit enorm weiterentwickeln. Sie werden Erkenntnisse über Ihr Leben gewinnen und verarbeiten. Mit dieser positiven Lebensentwicklung wird Ihnen eine Ausstrahlung zuteil, die alle Menschen faszinieren wird. Ich bin ja mehr ein Techniker und Stratege. Solche medizinisch-psychologischen Dinge haben bei mir keine Priorität, bei mir hat eben nur ein bestimmter Teil des Gehirns absolute Priorität. Aber Sie können für sich und Ihre Mitmenschen viel positive Energie aufbauen!"

Er hatte Recht. Während ich noch darüber nachdachte, was Peter mir da gerade gesagt hatte, stellte ich fest, daß er mir nun immer sympathischer wurde. Wir lächelten uns an wie zwei Freund, die sich gegenseitig die größten Geheimnisse verrieten. „Anfangs hielt ich Sie für einen verrückten Spinner, und Ihre Anwesenheit war mir irgendwie unangenehm. Wenn ich aber jetzt so nachdenke, so war ich es selbst, der diesen negativen Eindruck in meinem Kopf geschaffen hat. Sie sind ja ein ganz sympathischer Kerl", sagte ich ihm in einer für mich untypischen Direktheit. Daraufhin sagte er: „Vielen Dank, auch Sie sind mir sehr sympathisch, und wie ich feststellen muß, hat Sie die Arbeit an Ihrem Programm gleich beim ersten Mal positiv stimuliert. Ich würde Sie nun bitten, sich eingehender mit Ihrem Gehirn-Menü zu beschäftigen. Sie sollten dabei nicht all zu viele Selbstversuche starten, sonder eher den Aufbau und die Struktur des Programms erfassen. Durch Ihre Arbeit in der Hirnforschung sind Sie gegenüber den anderen Mastermind-Mitgliedern im Vorteil. Sie kennen das menschliche System besser. Sollten Sie dennoch sehr gewagte Einstellungen an sich selbst ausprobieren wollen, so darf ich Sie darauf hinweisen, daß im Programm ein Warnsystem integriert ist, falls Sie in Gefahr geraten sollten, sich ernsthaften Schaden zufügen zu wollen. Damit Sie völlig ungestört sind, gehen Sie am besten zurück in Ihr Büro und studieren von dort aus das Programm. Ich möchte Sie bitten, heute Nachmittag um 14 Uhr dann wieder bei hier bei mir zu erscheinen. Bitte achten Sie darauf, daß Sie in einem völlig entspannten und ausgeglichenen Zustand bei mir erscheinen. Ich denke, Sie sind jetzt schon in der Lage, durch die richtige Menüwahl bei Ihrem Serverprogramm für Ausgeglichenheit und Ruhe zu sorgen." Wir verabschiedeten uns, und ich ging zurück in mein Büro. Wie besessen stürzte ich mich an meinen Computer und öffnete mein Gehirnprogramm. In dem Moment fühlte ich mich in meine Kinderzeit zurückversetzt, gerade so, als ob man klammheimlich

Dinge ansehen wollte, die nur für Erwachsene gedacht waren. Die Vorstellung, alle menschlichen Verhaltensmuster und Gehirnaktivitäten in ein simples Menü packen zu können, erschien mir im ersten Augenblick als unmöglich. Doch je mehr ich darin forschte, desto größer wurde meine Begeisterung. Diese Maschine war leistungsfähiger, als man es auf den ersten Blick vermuten konnte. Die Entwickler hatten wirklich an alles gedacht: Triebe, soziales Verhalten, anerzogene Muster, rationale und irrationale Angstzustände in unterschiedlichsten Abstufungen, Aggressionspotentiale, Leistungsfähigkeit, nervliche Belastung, Selbstwertgefühl, Entspannungsfähigkeit... und vieles, vieles mehr. Ich begann, innerlich zu philosophieren und hatte dabei das Gefühl, daß nun meine Arbeit für Global Mind wirklich begann. Dieses elektronische Programm weckte in mir den Philosophen.

Ich fragte mich: Ist unser Gehirn nicht eine Art biologische Variante eines Computers? Sind nicht die Eltern von Kindern die Programmierer eines Betriebssystems, welches die Grundlage für das Computersystem der Kinder ist? Sind nicht alle Pädagogen und Lehrer Programmierer und Datenübermittler? Und wer hat Schuld, wenn das kindliche System nicht so funktioniert, wie es sollte? Das System selbst oder die, die es programmiert haben? Und ist das ganze Leben der Menschen nicht einfach nur ein Abbild des Programms aus Ängsten, Enttäuschungen, aber auch positiven Erlebnissen? Ist ein Mensch, der ein perverser, bestialischer Massenmörder wird, das Produkt einer völlig miserablen Programmierung? Wenn wir glauben, daß wir Menschen völlig autonome Wesen sind, die ganz frei handeln und entscheiden, dann könnte man ja frei nach Belieben das eigene Programm umgehen! Das Programmpaket, das man uns mit auf den Weg gegeben hat, ist aber immer bei uns. Manchen gelingt es, in schwierigen und langwierigen Prozessen sich selbst umzuprogrammieren. Schwer genug, denn vieles liegt versteckt tief in unserer unbewußten Struktur des Programms. Wie soll man dann etwas verändern, von dem man selber nicht weiß, daß es überhaupt existiert?

Das Global Mind-Serversystem bietet einige interessante Zugänge zum Unterbewußtsein.

Angefangen von ganz grundlegenden Lebensfunktionen, die nicht ständig bewußt wahrgenommen werden – wie Atmung, Herzschlag, das Wahrnehmen von Temperaturen und vieles andere. Und sogar automatisierte, unbewußte Vorgänge wurden vom Programm erfaßt. Es erinnerte mich daran, wie oft ich schon mit dem Auto unterwegs war, ohne nur eine Sekunde lang darüber nachzudenken, daß ich gerade Auto fahre. Wenn ich dann das Fahrtziel erreicht hatte, fragte ich mich, wie ich eigentlich dorthin gekommen sei. Das Unterbewußtsein kannte den Weg und fuhr von alleine, so daß die bewußten Gedanken sich mit etwas ganz anderem beschäftigen konnten. Das man nun per Nanotechnologie auf diesen Bereich zugreifen konnte, hatte Ähnlichkeit mit der Erfahrung von Hypnose. Der Unterschied lag darin, daß jemand, der absolut nicht hypnotisiert werden will, auch nicht hypnotisiert wird. Die Nanotechnologie kümmert sich jedoch wenig darum, was der Betreffende will oder nicht. Auch sehr komplexe Beeinflussungen des Gehirns schienen mir mit diesem System durchaus möglich. So wurde mir klar, daß die Fixierung meiner Frau ausschließlich auf mich, wie Sie anscheinend Frank Miller vorgenommen hatte, alles nur eine Frage der richtigen Zeitpunkte, zusammen mit der richtigen Kombination von Gehirnvorgängen war. Das Resultat ist eine Programmierung auf eine Person, die man als dramatisch bezeichnen kann. Bestimmte Gefühlsvorgänge können dann nur noch in einem bestimmten Muster ablaufen, einem Muster, das mit einer bestimmten Person in Verbindung gebracht wird. Alle anderen Menschen liegen außerhalb dieses Systems und können nicht annähernd einen ähnlich hohen Grad an Emotionalität erzeugen. Im Volksmund würde man diesen Zustand als „abhängig“ oder „hörig“ bezeichnen. Und eigentlich könnte man dies generell auf Liebesbeziehungen sagen, den im Zustand der Verliebtheit glaubt man ebenso wenig, jemals jemand anderen lieben zu können, was nun erwiesenermaßen ganz und gar nicht der Realität entspricht.

Ich betrachtete den permanenten Statusbericht meiner Gehirnakivitäten oder besser gesagt das, was der Computer dazu simulierte. Zum ersten Mal konnte ich in mich hineinschauen, ich wurde zu einer elektronischen Marionette, und die Fäden zur Bewegung der Marionette lagen vor mir auf dem Bildschirm. Die Warnung von Peter, vorsichtig mit der Programmierung umzugehen, war mehr als berechtigt. Wie ich leidvoll an mir selbst erfahren konnte, gab es Einstellungen, die meinen gesamten Organismus auf eine schwere Probe stellen konnten. Es durfte sicherlich kein Problem sein, durch falsche Programmierung Krankheiten auszulösen oder einen Menschen schlicht und ergreifend in den Wahnsinn zu treiben. Mich erinnerte das an die Droge LSD, welche unter ärztlicher Aufsicht als therapeutisches Mittel durchaus positive Anwendung finden kann, aber bei unkontrollierter Verwendung dramatische und bleibende Schäden anrichtet. Überhaupt war der Vergleich mit einer Droge für dieses Programm mehr als angebracht. Nachdem ich es einige Zeit ausprobiert hatte, spürte ich, wie sich ein Automatismus in mir entwickelte, der ständig nach einer Stimulation durch das Programm verlangte, ähnlich wie bei einem Drogensüchtigen. Die Möglichkeit, auf Knopfdruck bestimmte Situationen herbeizuführen oder einfach seine Probleme zu lösen, war doch zu verführerisch! Ich mußte an Peters Aufforderung denken, Ihn nachmittags in ruhigem und entspanntem Zustand aufzusuchen. Deshalb stellte ich eine möglichst sanfte und ausgeglichene Hirnaktivität in meinem Programm ein. Ich wollte mich außerdem ein wenig auf „natürliche Art“ entspannen. Also versuchte ich, eine Kommunikationsverbindung zu meiner Frau herzustellen. Doch alles, was auf dem Monitor zu lesen war, lautete: Verbindung derzeit nicht möglich! Ja natürlich, ich vergaß, man hatte mir untersagt, Kontakt zur Außenwelt aufzunehmen, und selbst wenn ich es trotzdem versuchte, es war nicht möglich. Stattdessen orderte ich beim Service mein Mittagessen. Es war eine bezaubernde junge Dame, die mir das Essen brachte. Nachdem sie serviert hatte, fragte sie nach, ob sie bei der Gelegenheit auch gleich die Räume säubern und etwas aufräumen sollte. Ich stimmte dem zu. Während des Essens plagte mich die Neugier, und schließlich sprach ich die Dame mit einer List im Kopf an: „Ach, wenn Sie schon gerade da sind, mein Kommunikationssystem scheint nicht zu funktionieren, ich bekomme keinen Kontakt zu meiner Frau. Können Sie mir da weiterhelfen?“ Sie entgegnet mir mit freundlicher, aber bestimmter Stimme: „Verzeihen Sie, ich helfe Ihnen gerne in allen Angelegenheiten. Wie Sie aber wissen, besteht für Sie bis heute Abend absolute Kontaktsperre. Sie können keine elektronischen Kommunikationsmittel benutzen und auch unser Gebäude nicht verlassen. Bitte haben Sie dafür Verständnis, soweit ich weiß, ist diese Sperre ja in wenigen Stunden wieder aufgehoben.“ Ich hätte es mir eigentlich denken können, das System war perfekt, es gab kein Schlupfloch. Es konnte also nur so sein, daß Peter bei unserem Termin irgendetwas vor hat, was meine Verschwiegenheit und Loyalität sicherstellt. Diese Vorstellung verunsicherte mich, denn mir kamen die wildesten Gedanken, insbesondere die Befürchtung, ein operativer Eingriff in mein Gehirn könnte mir bevorstehen. Ich programmierte deshalb Ruhe und Ausgeglichenheit ein und legte mich faul auf das Sofa. Schließlich wurde es 14 Uhr, und ich fuhr mit dem Aufzug hoch in Peters Büro.

Er erwartete mich bereits, und offenbar hatte er es sehr eilig. Er bat mich, ihm zu folgen, da wir uns in einen speziellen Arbeitsraum begeben müßten. Auf dem Weg dorthin fragte er mich: „Sind Sie mit Ihrem Programm einigermaßen zurecht gekommen?“

„Erstaunlicherweise ging es sehr gut, man lernt dieses Programm schnell auf ganz intuitive Art“, antwortete ich ihm wahrheitsgemäß. „Und können Sie sich vorstellen, Ihr Leben mit dieser Maschine zu verbringen“, fragte er neugierig. Die Antwort fiel mir nicht schwer:

„Ich würde es mir nie verzeihen können, auf die Arbeit mit diesem System zu verzichten. In der kurzen Zeit, in der ich es nun ausprobieren konnte, hat es meinen Geist schon sehr beflügelt!“ Peter reagierte auf meine Feststellung mit einem verschmitzten Schmunzeln im Gesicht.

Nachdem wir unzählige Hausgänge durchlaufen hatten, erreichten wir eine Tür, die zu einem winzig kleinen Zimmer führte. In dem Raum befanden sich ein Schrank, ein freistehender Sessel, ein paar mir nicht bekannte elektronische Geräte – und – eine medizinische Liege. Ein Untersuchungsraum in einer Arztpraxis sah eigentlich genauso aus. Hätte ich mich zuvor nicht so deutlich auf Ruhe programmiert, so wäre mir sicher angst und bange geworden. Doch ich ließ die Dinge in Ruhe auf mich zukommen. Peter bemerkte trotzdem meine ganz leichte Verunsicherung und sagte daraufhin prompt: „Keine Angst Aldwin, das sieht hier ein bißchen streng medizinisch aus, aber das ist bestimmt kein Frankenstein-Labor, was Sie hier sehen. Es wird nichts Schlimmes geschehen, Sie können vollkommen beruhigt sein und mir vertrauen.“ Ich spürte instinktiv, daß er die Wahrheit sagte und vertraute seinen Worten. „Ich nehme wohl an, daß ich es bin, der sich jetzt auf diese Liege legen muß“, sagte ich mit einem Schuß Ironie in der Stimme. „So ist es“, antwortete Peter. Die Situation entbehrte nicht einer gewissen Komik, und wir mußten beide schallend lachen. Also legte ich mich hin und wartete auf das, was kommen würde.

Peter setzte sich neben mich auf den Sessel, und der Eindruck von Psychiater und Patient war perfekt. Er ließ mich eine Moment lang in Ruhe und begann dann ausführlich zu erklären: „Aldwin, Sie werden zukünftig nie mehr so leben können, wie Sie es bisher gewohnt waren. Als Ehemann und Familienvater ist es für Sie selbstverständlich, für Ihre Familie zu sorgen und sie vor allem Negativen in Schutz zu nehmen. Nun wird etwas auf Sie zukommen, was noch höhere Priorität hat als Ihre Familie. Global Mind ist sozusagen Ihre Über-Familie.

Das Wohlbefinden von Ihnen und Ihrer Familie wird maßgeblich davon bestimmt sein, wie gut es bei Ihrer Global Mind-Familie läuft. Die Sicherheit von Global Mind steht für uns über allem. Es reicht aber nicht, einfach nur loyal zu sein und über interne Geheimnisse zu schweigen. Wir müssen sichergehen, daß Ihnen nicht ganz unbeabsichtigt etwas herausrutscht, was uns schaden könnte. Sicherlich ist es für uns auch kein Weltuntergang, wenn irgendwo eine undichte Stelle besteht. Wir können dagegen vorgehen, und die Situation wieder bereinigen. Doch man weiß nie, welche Dynamik solche unkontrollierten Informationsflüsse entwickeln können." Er stand auf und holte sich ein Tasse Kaffee aus einem Nebenraum, ohne mir etwas anzubieten. Er ging kurz in sich und redete weiter: „Sie werden lachen, wir haben Forschungen betrieben, auf welche Art und Weise Geheimnisse preisgegeben werden. Dabei spielt die gewollte, absichtliche Weitergabe von Geheiminformationen nur eine geringe Rolle. Manche Menschen glauben zum Beispiel, einen besonders guten Freund zu haben, dem sie alles anvertrauen können. Und auch diese Freunde haben andere vertrauenswürdige Freunde oder Ehefrauen. Und schon beginnt ein fataler Kreislauf. Oder es werden Informationen weitergegeben, die auf den ersten Blick völlig banal und ungefährlich erscheinen. Es gibt aber Menschen, die auf weitere Informationen stoßen und damit eine Kette von Schlußfolgerungen bilden können, bei der am Ende nur noch eine Möglichkeit übrig bleibt. Sie lüften also unweigerlich durch reine Logik ein Geheimnis. Man kann dieses Beispiel gut mit der Arbeit von Astronomen vergleichen. Sie beobachten unfaßbar weit entferne Himmelskörper, von denen nur winzig kleine Lichtpunkte zu sehen sind. Dennoch können Sie auf Grund der Aktivitäten der anderen Sterne, der Messung des Lichtes und vieler weiterer Daten exakte Informationen über die Gestirne ermitteln.

Wir müssen also so weit von allem Meßbaren entfernt sein, daß niemand von der Existenz des Planeten Global Mind jemals erfahren wird. Und das, obwohl wir mitten unter den Menschen sind. Um genau zu sein – wir sind näher an jedem Menschen dran als ALLES ANDERE auf der Welt. Dies macht uns so stark, und so soll es bleiben!“

Er machte eine Pause, um das Gesagte wirken zu lassen. Ich entgegnete ihm: „Ich verstehen genau, was Sie meinen. Aber ehrlich gesagt, empfinde ich das als große Belastung. Daß ich loyal zu Global Mind stehe, ist gar nicht das Problem. Aber ob ich diese hohe Anforderungen in jeder Situation erbringen kann, das weiß ich nicht, und es macht, mir ehrlich gesagt, große Sorgen.“

Ich blickte voller Bedenken von meiner Liege aus hinüber zu Peter. Zu meiner Überraschung machte er ein fröhliches Gesicht. Er sagte: „Aldwin, wir wären nicht Global Mind, wenn wir solche Probleme nicht locker in den Griff kriegen würden. Damit Sie nicht Angst haben müssen, etwas Falsches zu sagen, oder sich ständig überlegen müssen, wie Sie Ihre Arbeit bei Global Mind anderen gegenüber erklären, werden wir jetzt einen Eingriff bei Ihnen vornehmen. Nichts medizinisches, da wären Sie der bessere Mann dafür. Nein, was wir tun ist, eine Mischung aus Hypnose und Gedankenkontrolle durch Nanotechnologie. Dieser Mechanismus wird Sie in Ihrer freien Handlung nur dann beeinträchtigen, wenn Sie mit Außenstehenden zu tun haben. Dazu zählt leider auch Ihre Familie! Dieses Programm ist eines der komplexesten und aufwendigsten, die Global Mind überhaupt im Einsatz hat. Es erfordert aber Ihre geistige Unterstützung und Mitarbeit. Sie wissen bestimmt, daß kein Mensch gegen sein Willen hypnotisiert werden kann, von bestimmten hypnotischen Täuschungsmanövern einmal abgesehen. Sie dürfen jetzt keine Angst haben, sondern müssen mit festem Willen entschlossen sein, diese Sicherheitsprogrammierung mit Erfolg bei sich vornehmen zu lassen. Das ganze erfolgt in zwei Stufen. Zuerst wird gleich ein Monitor vor Ihnen erscheinen, und Sie werden eine audiovisuelle Darbietung erleben. Dort sehen Sie eine Art Drehbuch über Ihr Leben bei Global

Mind, so wie es anderen Leuten gegenüber erzählen werden. Es ist eine Geschichte, die sich extrem nah an Ihrer Wirklichkeit ausrichtet und Informationen bereitstellt, die zu Global Mind passen. Diese Story ist kompatibel zu allen anderen Mastermind-Mitgliedern. Das bedeutet, daß, wenn beispielsweise Ihre Frau zufällig einen Global Mind-Mitarbeiter trifft, und ihm von einer solchen virtuellen Geschichte erzählt, er dies erkennen wird, und sich passend dazu verhalten wird. Die Darbietung auf dem Bildschirm soll Ihr bildhaftes Erleben unterstützen und Sie argumentativ stark machen.

Diese Vorführung wird sich tief in Ihrem Gedächtnis einprägen. Als zweiter Schritt werden wir eine intensive Programmierung Ihrer Gedanken vornehmen. Wir werden zwischendurch jeweils Erfolgstests durchführen. Sie müssen mich dabei unterstützen, Aldwin! Wenn das alles durchlaufen wurde, dann sind Sie kein so großes Risiko mehr für Global Mind." Er unterbrach seine Erklärung, stand auf und lachte mir ins Gesicht. Dabei sagte er zu mir mit etwas Witz in der Stimme: „Dann können Sie auch wieder Kontakt mit allen Personen aufnehmen und dieses Gebäude als freier Mann verlassen!"

Was folgte, war ein Film, der meine Arbeit erklärte. Mir war klar, daß bereits diese Vorführung stark auf mein Unterbewußtsein einwirkte. Beschrieben wurde eine medizinische Arbeit, in der durchaus Forschung und Entwicklung vorkamen, aber auch Arbeit an Marketingkonzepten. Man wollte mit dieser Beschreibung keinen Hehl daraus machen, daß durch meine Arbeit letztendlich nur Produkte verkauft werden sollten. Alles andere hätte in der Öffentlichkeit kaum auf Verständnis gestoßen. Eigentlich wurden sogar die sensiblen Bereiche angesprochen, aber niemals die Mittel, die Global Mind zur Umsetzung seiner Ziele einsetzt. Die Wirklichkeit von Global Mind war ohnehin so unfaßbar, daß sie sowieso niemand glauben würde. Stattdessen entstand in meinem Kopf ein Lebens- und Arbeits-Alibi, das mich entspannen ließ, denn von da an wußte ich sehr genau, was ich anderen Menschen nun über Global Mind erzählen würde. Irgendwie klang dieses Alibi auch ein wenig langweilig, so daß man davon ausgehen konnte, daß niemand wirklich Interesse haben könnte, mehr davon zu erfahren.

Das Prinzip, durch Langeweile von sich abzulenken, benutzte auch ein mir bekannter Filmproduzent. Es nervte ihn ständig, erklären zu müssen, wer er war und was er so alles tat. Er wollte einfach seine Ruhe haben und nicht ständig ausgefragt werden. Also beschloß er, zukünftig einfach zu sagen, daß er im Import-/Export-Geschäft tätig sei. Für ihn war diese Auskunft aus kreativer Hinsicht nicht einmal gelogen, und dennoch klang es so langweilig, daß niemand mehr darüber wissen wollte.

Am Ende des Films wurde eine Art Hypnose an mir durchgeführt. Mir wurde regelrecht eingeimpft, niemals Wörter wie Nanotechnologie oder Gedankenkontrolle gegenüber Dritte zu verwenden. Ich hatte einen Grad an Entspannung erreicht, der mich nach dem Vortrag einschlafen ließ. Ohne zu wissen, wie lange ich geschlafen hatte, erwachte ich und bemerkte, daß neben mir Peter an einem Terminal saß und intensiv mit der Eingabe von Daten beschäftigt war. Es war ein wenig gespenstisch, denn Peter hatte bemerkt, daß ich aufgewacht war, ohne nur den geringsten Blick auf mich zu werfen. Während er weiter auf seinen Monitor starrte, sagte er so ganz nebenbei: „Na, Aldwin, haben Sie schön geschlafen?“ Es war, als ob ich unter Vollnarkose gestanden hätte und eine Operation an mir durchgeführt worden wäre. Unter Vollnarkose weiß man hinterher auch nicht, was die Ärzte während des Tiefschlafs mit einem so angestellt hatten. Bevor ich Peter eine Antwort geben konnte, bemerkte er offenbar meinen verwirrten Zustand. Er sagte: „Bleiben Sie völlig entspannt, alle Parameter arbeiten einwandfrei, es gibt keinen Grund zur Aufregung!“

Also blieb ich ruhig liegen und wartete auf das, was noch kommen würde. Peter programmierte noch ein wenig weiter, bis er schließlich zu mir sagte: „Aldwin, ich werde Sie nun für einen Moment lang alleine lassen. Sie bleiben bitte ganz ruhig liegen. Ein Computer wird mit Ihnen akustisch in Verbindung treten. Versuchen Sie, ganz normal auf diesen Kontakt zu reagieren, ohne sich besonders anzustrengen. Ich kann Ihnen versichern, daß nichts Außergewöhnliches passieren wird. Ich bin dann auch bald wieder bei Ihnen, und die ganze Sache ist vorbei. Also dann, bis gleich!"

Einige Minuten lang lag ich bei völliger Stille alleine im Raum. Dann hörte ich plötzlich einen sanften Klingelton, und eine elektronische Stimme sprach mich an: „Hallo, hier spricht das Kommunikationssystem DIANA." Zunächst wurde ich von dieser weiblichen Computerstimme über meinen Befinden abgefragt, danach folgte eine Diskussion über medizinische Fachfragen. Alles war sehr nett und völlig unverdächtig. Die nette elektronische Dame wurde mir im Laufe des Gesprächs regelrecht sympathisch. DIANA machte folgende Feststellung: „Auf lange Sicht hin gesehen, muß Global Mind doch versuchen, eine Monopolstellung zu erreichen, um nicht selber vom Markt gefegt zu werden. Was meinen Sie dazu?" Ich entgegnete: „Sie haben Recht, jedes Unternehmen muß das versuchen. Deshalb investiert Global Mind soviel in die Entwicklung neuer Spitzenprodukte, um hier nicht ins Hintertreffen zu geraten!" Was hatte ich da bloß für eine merkwürdige Antwort gegeben? Wie auf Befehl, ging als Reaktion auf ihre Frage ein Tonband in meinem Gehirn los, und mein Mund war nichts anderes als der Lautsprecher einer vorgefertigten Tonaufzeichnung. Inhaltlich klang meine Antwort unverdächtig und wäre wohl als ernsthafte Aussage überall durchgegangen. DIANA verwikkelt mich immer stärker in ein privates Gespräch. Ich erzählte von meinem Erlebnis mit meiner Großmutter, und daß ich deshalb Arzt geworden sei. Irgendwie schaffte es dieser Computer, mich soweit zu bringen, mir vorzustellen, meine Frau und mein Kind kämen in eine solch leidvolle Situation. DIANA begann dabei gewaltig an meiner Ehre zu kratzen, denn Sie behauptete immer stärker, daß ich auch heute noch hilflos einer solchen Situationen gegenüber stehen würde. Ihr Ton wurde aggressiver. Ich sei nichts anderes als ein Angeber, ein Sprücheklopfer, der völlig machtlos zusehen würde, wie seine Familie verreckt. Eigentlich hätte ich wissen müssen, was hier vor sich ging. Ich wollte gerade zur finalen Erkenntnis ansetzen und sagte: „Wenn wirklich gar nichts mehr geht dann,..." Meine Stimme versagte in dem Moment, ich bekam katastrophale Kopfschmerzen, mein Hals schnürte sich zusammen, und ich brachte kein Wort mehr heraus. Es war furchtbar. Und dennoch – ich hatte verstanden. Mit letzter Kraft sprach ich zu DIANA: „...dann werde ich Ihnen wirklich nicht mehr helfen können und so schrecklich traurig sein wie jetzt!" Kaum war dieser Satz ausgesprochen, lösten sich langsam meine Beschwerden auf. Die Sicherheitsprüfung war also erfolgreich. So unangenehm dieses Erlebnis auch war, es löste dennoch einen enormen Lerneffekt in mein Gehirn aus, so daß zukünftig nicht nur elektronisch überwachter Sicherheitsschutz, sondern auch eigene Vorsichtsmaßnahmen bestanden. Ich hatte tatsächlich nicht bemerkt, daß DIANA die Funktion einer außenstehenden Person hat. Das Programm traf mich völlig unerwartet, und es gelang ihm, mich in eine emotionale Falle zu locken. Auch im weiteren Gespräch versuchte DIANA, mich zu ungewollten Äußerungen zu reizen, oft mit völlig unscheinbaren und harmlosen Geschichten. Aber es gelang nicht mehr. Das, was man an diesem Nachmittag an mir vollzogen hatte, war eine völlig neue Dimension von Gehirnwäsche. Man hätte mich nun foltern können, um die Wahrheit aus mir herauszupressen. Das, was dabei herauskommen würde, hätte mit der Wahrheit rein gar nichts mehr zu tun. Wahrscheinlich hätte ich solche Folterknechte auch unter schlimmsten Leiden massiv belogen und Angaben gemacht, die sie in ihr eigenes Verderben geführt hätten.

Nachdem DIANA sich verabschiedet hatte, blieb ich einfach ruhig liegen, und meine Gedanken rotierten. In meinem Inneren wurde ein Graben gezogen – auf der einen Seite standen ich und ein paar wenige Global Mind-Mitarbeiter, auf der anderen Seite der Rest der Welt, inklusive meiner Familie. Und dieser Rest der Welt waren nun Fremdkörper, so wie Bakterien oder Viren, bei dem es darum ging, sich nicht mit ihnen zu infizieren. Ein Hauch von Melancholie und Einsamkeit stieg in mir auf. Andererseits war dies ein Zustand, den sich viele Unternehmen für ihre Mitarbeiter wünschen. In sündhaft teuren Business-Seminaren wird den Teilnehmern vermittelt, ihre eigenen Unzulänglichkeiten zurückzustellen und nur noch vom Interesse des Unternehmens geleitet zu werden.

Die Fähigkeit, anderen Menschen eher in beobachtender Position gegenüber zu treten, sich also nicht frei und intuitiv zu verhalten, wird in diesen Kreisen hoch geschätzt.

Ich tröstete mich mit dem Gedanken, daß es sich bei mir nur um einen einzigen Bereich meines Lebens handeln wird, der völlig isoliert von allem anderen steht. Die menschlichen und emotionalen Dinge würden für mich auch weiterhin weitestgehend frei und unbelastet bleiben. Würden die Systeme von Global Mind in die falschen Hände geraten, so könnte eine Katastrophe von unfaßbarem Ausmaß für die ganze Menschheit ausgelöst werden. Deshalb mußte dieser Schutz sein.

Peter betrat dann endlich wieder den Raum. In seinen Händen trug er einen Stapel mit Papierausdrucken. Er lachte mich an, als ob er gerade Sieger eines Wettkampfs geworden wäre und sagte: „Alles bestens – super! Wir haben es wieder einmal geschafft! Der Versuch war sehr erfolgreich. Ihr Gehirn hat sehr schnell reagiert und die neue Programmierung angenommen. Und Sie haben in Ihrem Bewußtsein ein schnelles Verständnis für die Vorgänge entwickelt. Bravo! Global Mind und Sie sind jetzt relativ abgesichert. Im Lauf der Zeit wird sich das immer stärker festigen." Er sah mich an und bemerkte offenbar gleich, daß ich die gesamte Prozedur nicht so lustig empfand wie er.

Er machte ein nachdenkliches Gesicht und suchte nach Worten. Mit einem Seufzer lies er sich in seinen Sessel fallen, stützte seinen Kopf mit beiden Händen und blickte mich lange an, gerade so, als ob er einem kleinen Kind die Welt erklären mußte. Nach einem langen Anlauf sagte er schließlich: „Ich weiß genau, was Sie jetzt denken, Aldwin. Sie glauben, wir haben Sie zu einer Marionette gemacht und Sie Ihrer Freiheit beraubt. Aber warten Sie nur mal ab, bis Ihnen die wirklichen Marionetten begegnen. Ich werde Ihnen etwas sagen, etwas was auch bei Global Mind seine Gültigkeit hätte.

Die wirklichen Marionetten wissen nicht, daß sie Marionetten sind.

Was wir gerade getan haben, ist, Sie vor den Marionetten zu schützen und Ihnen damit Ihre Freiheit zu gewährleisten. Sie können über Ihre Lage reflektieren, andere können es nicht. Allerdings will ich nicht verleugnen, daß die sogenannten Marionetten mit ihrem Leben ganz glücklich sind. Die Probleme, die Sie haben, Aldwin, die haben diese Marionetten nicht. Wie heißt es so schön im Volksmund – was man nicht weiß, man einen nicht heiß. Denke Sie doch mal nach, es ist dieses immer sich weiter drehende Gedankenrad im Kopf, bei dem es doch nur darum geht, sich alle möglichen und unmöglichen Katastrophen vorzustellen. Das ist es doch, was die Menschen depressiv macht. Wenn Sie meinen guten Rat hören wollen, gehen Sie dieser Gefahr nicht auf den Leim! Sonst wird auch Ihr Leben nur aus Katastrophen bestehen, die nie eingetreten sind. Nutzen Sie Ihre großartigen Fähigkeiten und die phantastischen Möglichkeiten, die Sie bei Global Mind haben.“

Während er redete, wurde mir klar, daß Peter ein Mann war, der viel mehr vom Leben gesehen hatte als ich und mir deshalb in vielem voraus war. Seine Ratschläge waren zweifellos gut gemeint. Also erklärte ich ihm: „Verzeihen Sie Peter, ich wollte Ihnen keine Vorwürfe machen. Offensichtlich ist meine Angst immer noch sehr groß, und ich fürchte mich vor dieser neuen und unbekannten Situation. Trotzdem, vielen Dank für Ihr Bemühen, und machen Sie sich keine Sorgen – ich werde ein guter Mastermind sein!"

Peter nickte zufrieden und begann, seine elektronischen Geräte zu entfernen. Während er damit beschäftigt war, sprach er zu mir: „Die letzten beiden Tage bedeuteten sicher eine enorme seelische Belastung für Sie. Jetzt, wo Sie vor den Gefahren der Außenwelt von uns geschützt wurden, sollten Sie Global Mind einfach einmal für ein paar Stunden vergessen und zu Ihrer Familie zurückgehen. Sie kennen ja jetzt ihr Alibi, Sie sollen für Global Mind zukünftig in der Forschung arbeiten, sowohl im Marketing als auch in der Produktforschung. Ihre Arbeit wird sehr gewöhnlich sein, viel Statistik beinhalten und sehr langweilig auf die interessierten Frager wirken. Eigentlich müßte Ihnen das leicht fallen, denn Sie wissen viel mehr über Ihre Alibi-Tätigkeit als über das, was tatsächlich auf Sie zukommen wird. Ach übrigens, Herr Miller hat einen Fahrer für Sie eingestellt, sein Name ist Daniel Palmer. Er wird in Zukunft für Sie tätig sein. Wenn Sie wollen, können Sie ihn gleich anfordern und sich nach Hause bringen lassen, für heute haben Sie schon genug über sich ergehen lassen."

Ich bedankte mich bei Peter Jenson und war unglaublich froh, endlich wieder zurück zu meiner Familie zu können. Vorher fragte ich jedoch noch: „Peter, wie geht es jetzt eigentlich mit mir weiter?" Er antwortete: „Gute Frage, Aldwin. Sie werden morgen gegen 10 Uhr von Ihrem Fahrer abgeholt, der Sie dann zu Frank Miller bringt. Dort werden Sie ja hören, wie es weitergehen soll. Ich kann Ihnen aber soviel schon jetzt sagen. Sie werden genau wie ein Auszubildender verschiedene Abteilungen und Mitarbeiter von Global Mind kennenlernen. Dabei erhalten Sie zunächst einmal Einblick in die wichtigsten Arbeitsprozesse in unserem Unternehmen. Stellen Sie sich das aber bloß nicht zu bürokratisch vor! Vieles, was Sie dort sehen werden, wird ganz anders verlaufen, als Sie sich das jetzt vielleicht vorstellen. Oftmals werden Sie eher das Gefühl haben, auf einer Urlaubsreise zu sein, als sich an Ihrem Arbeitsplatz zu befinden. Ich will Herrn Miller aber nicht vorgreifen. Sie werden ja selber sehen."

Wir verabschiedeten uns. Peter schüttelte fest meine Hand, sah mich mit sehr ernsthaftem und tiefgründigen Blick an und sagte: „Viel Glück, Aldwin!" Ich ging noch mal zurück in mein Büro. Dabei spürte ich ein starkes Gefühl der Sicherheit. Hinter jeder Ecke und an jeder Türe vermutete ich einen Gehirnsender, der mich zwar überwacht, mir aber auch Schutz garantiert. Ich gehörte nun ganz und gar dazu und konnte mich frei in diesen heiligen Hallen bewegen. Im Büro angekommen, nahm ich Kontakt zu meinem Fahrer auf. Er teilte mir mit, daß er mich ab sofort in der Tiefgarage erwarten würde. Ich beeilte mich, denn ich war gespannt, wie wohl mein Geschäftswagen aussehen würde. Der Hochgeschwindigkeitsaufzug brachte mich direkt in die Tiefgarage. Daniel Palmer begrüßte mich, und wir gingen, ohne viel Zeit zu verlieren, an das Auto. Das erste, was mir beim Anblick meines neuen Geschäftswagens auffiel, war eher eine Nebensächlichkeit. Das Kennzeichen hatte neben der Buchstabenkombination nicht, wie sonst üblich, vier Nummern, sondern nur drei. Ohne zu zögern, fragte ich meinen Fahrer nach dem Grund. Er erklärte in sachlichem Ton: „Wir haben die höchste Sicherheitsstufe. Die Polizei kann das außer an der elektronischen Kennung auch gleich am Kennzeichen sehen."

Er öffnete mir die Tür der schicken dunkelblauen Limousine, und ich nahm hinten rechts Platz. So schwer der Zugang für Außenstehende zu diesem Gebäude auch sein möge, so leicht konnten wir aus der Tiefgarage hinausfahren, die Elektronik hatte uns zweifelsfrei erkannt. Wir fuhren durch die Stadt, und ich betrachtete das rege Treiben der Menschen durch die kugelsicheren Scheiben unseres Wagens. Da waren sie also, die Marionetten, die nicht wissen, daß sie Marionetten sind. Und trotzdem wirkte alles ganz normal, die Leute kaufen ein, führten Gespräche, waren mit Arbeit beschäftigt oder gingen im Park spazierten. Alles war so wie immer, obwohl meine eigene Welt nicht mehr dieselbe war.

Vor lauter Freude wieder nach Hause zu fahren, hatte ich ganz vergessen, mich näher mit meinem Fahrer bekannt zu machen. Er war völlig schweigsam und verhielt sich unauffällig. Was wußte er über Global Mind? Bevor ich dazu kam, ihn vorsichtig darauf anzusprechen, reagierte mein Gehirn – automatisch. Es war nicht mehr nötig, ihn zu fragen, die Reaktion meiner Gedanken verriet mir – er war ein Außenstehender. Man hatte ihn wohl darauf programmiert, seine Arbeit korrekt, diszipliniert und diskret zu verrichten. Es war erstaunlich, ich konnte das Innenleben der Menschen verstehen, ohne auch nur ein Wort mit ihnen zu reden. Dennoch lag es mir daran, einen netten Kontakt zu den Mitarbeitern zu haben. Genau wie es Frank Miller und Peter Jenson taten, so bot auch ich Daniel Palmer an, uns gegenseitig mit Vornamen anzusprechen. Er nahm dieses Angebot gerne an.

Genußvoll lehnte ich mich in dem bequemen Ledersitz zurück, genoß die Fahrt in meinem eleganten Geschäftswagen und freute mich sehr auf meine Familie. Daniel kannte den Weg zu mir nach Hause bestens, und als wir an unserem kleinen Haus ankamen, parkte er direkt vor der Tür. „Ich werde morgen früh um 10 Uhr hier auf Sie warten und wünsche Ihnen noch einen schönen Abend, Aldwin“, sagte er in unvergleichlich freundlichem Ton. Beim Aussteigen aus dem Auto hörte ich sofort ein Rufen: „Puuschii“ – keine Frage, das war meine reizende Nachbarin, die wieder einmal auf der Suche nach ihrem Yorkshire Terrier war. Und sofort war ein Gefühl der Vertrautheit da, keine Frage, hier war nicht der Platz der Weltbeherrschung und der Gedankenkontrolle, sondern hier war mein Zuhause. Es war erst später Nachmittag, und die Nachbarn saßen noch alle in ihren Gärten und erholten sich. Meine Frau Franka riß plötzlich die Haustür auf und fiel mir um den Hals. Ihre dunkelbraunen Augen funkelten, und sie sah mich mit einem Ausdruck der Bewunderung und der Verliebtheit an, wie ich es nie zuvor erlebt hatte. Sie nahm ich an der Hand und führte mich, ohne ein Wort zu reden, hinein in die Wohnung. Mir fiel dabei Ihr zauberhaftes langes Haar und ihre elegante Art zu gehen auf. Warum war mir das bisher nie so aufgefallen? Im Kinderzimmer angekommen, nahm ich meine kleine Tochter in den Arm. Ich war beseelt vor Glück – aber, was um Himmels Willen war bloß los mit mir? Trotz aller Freude in meinem Hinterkopf bildeten sich Fragen um Fragen. Kannte ich meine Frau wirklich? War es wirklich nur ein Bild, in das man verliebt ist, eine Idealvorstellung davon, wie ein Mensch zu sein hat? War sie nur eine Projektion meiner innersten Wünsche, die Frank Miller in die Realität umgesetzt hat? Obwohl diese Gedanken in mir vorhanden waren, hatten sie trotzdem nicht die geringsten Chancen, sich gegen die überwältigenden Emotionen in mir durchzusetzen.

Im Hintergrund waren die Geräusche von spielenden Kindern zu hören. Kim und Kevin, die Kinder meiner Schwägerin, waren bei uns zu Besuch. Franka berichtete mir gleich mit großer Begeisterung, daß Kevin die Nacht in einem Zelt im Garten verbracht habe, ohne Angst zu haben, und auch das sein Problem mit dem Bettnässen nicht mehr aufgetreten sei. Ich hörte mir diese eher belanglose Geschichte an und war trotzdem durcheinander. Leidete ich nun unter Verfolgungswahn und sehe hinter allem, was geschieht, die Handschrift von Frank Miller, oder hat sich ein kleiner Junge in einer liebenswerten Umgebung einfach nur wohl gefühlt? Franka dagegen schien sich nicht im Geringsten dafür zu interessieren, was mir in den letzten beiden Tagen widerfahren ist. Sie plauderte völlig unbesorgt weiter und erzählte mir, was in den letzten beiden Tagen so alles geschehen ist, angefangen von einem Bekannten, der mir ein mit Affenzähnen besetztes Blasrohr abkaufen will, bis zu der Geschichte, bei der die kleine Kim dafür sorgte, daß unserem Goldfisch nun ein Auge fehlt. Ohne Zweifel – die Welt von Franka war weiterhin eine heile Welt!

Unsere kleine Tochter und die beiden anderen Kinder ließen keine ruhige Minute zu, und ich fragte mich, wie andere Leute es mit so vielen Kindern auf die Dauer nur aushalten konnten. Aber immerhin, die Hektik ließ meine zweiflerischen Gedanken verschwinden. Nachdem meine Frau das Abendessen zubereitet hatte, saßen wir alle gemeinsam am Eßtisch. Es wurde merklich ruhiger im Haus. Und dann erst stellte mir Franka die entscheidenden Fragen: „Erzähl mal, wie ist es Dir so ergangen bei Global Mind, was mußt Du dort tun?" Mir blieb in diesem Moment fast das Essen im Hals stecken, ich hatte schon die ganze Zeit auf diese Fragen gewartet. Das Gefühl, meine Frau belügen zu müssen, gefiel mir überhaupt nicht. Wir hatten ansonsten nie Geheimnisse voreinander und waren darauf auch sehr stolz. Nach dem ersten Schrecken hatte ich aber das Gefühl, keine Lügen im herkömmlichen Sinne zu verbreiten, sondern einfach nur meine Frau zu schützen. Das Serverprogramm schlug dann ohne jede Rücksicht zu und sorgte dafür, daß die Antworten auf ihre Frage wie automatisch aus mir herausschossen. An die genauen Worte kann ich mich nicht mehr erinnern, es war, als ob eine andere Person aus mir heraus sprach. Als ich fertig war mit meinen Erklärungen, fürchtete ich, daß Franka bemerkt hatte, das da ein anderer zu ihr sprach. Und ich fürchtete, daß sie mehr wissen wollte. Doch sie strahlte mich an und brachte nur ein simples „Toll!" hervor. Daraufhin senkte sie etwas beschämt den Kopf, und ich merkte, daß da doch noch etwas war, was sie gerne wissen wollte. Sie blickte mich mit einem sympathisch-listigen Gesichtsaudruck an und fragte kess: „Wie viel Kohle werden wir demnächst auf unserem Konto haben?" Ich genoß für einen Augenblick lang die Situation, denn die berechnende Art, die sie in diesem Moment an den Tag legte, übte seltsamerweise eine erotische Wirkung auf mich aus. Gleichzeitig war aber klar, daß sie die Wahrheit nicht erfahren konnte. Wiederum bekam sie das zu hören, was mir „eingeimpft" wurde:

„Du weißt ja, wie das im Management so ist, Franka, niemand redet über Geld. Du solltest das auch sehr ernst nehmen. Für uns wird sich das Leben verändern, in jeder Hinsicht. Wir könnten erpreßt werden, oder jemand entführt unsere Kleine. Deshalb versprich mir, mit niemanden über Geld zu reden! Wir werden in Zukunft 50.000 pro Monat ausgeben können." Erneut hatte ich gelogen, sowohl was die Summe anbelangte als auch die Möglichkeit, erpreßt oder entführt zu werden. Angesichts der Überwachungsmaschine von Global Mind waren solche Verbrechen in Wirklichkeit praktisch ausgeschlossen. Doch Franka wußte von alldem nichts. Stattdessen fiel sie mir um den Hals und küßte mich, bis mir fast die Luft ausging. Sie setzte sich wieder und schaute mit einem verträumten Gesicht aus dem Fenster. Mit einem Seufzer in der Stimme sagte sie: „Ach, mein ganzes Leben habe ich davon geträumt, einmal in einem schönen großen Haus zu leben, eigene Pferde zu haben und die ganze Welt zu bereisen..." An dieser Stelle merkte sie wahrscheinlich selbst, daß sie etwas zu sehr ins Schwärmen geriet, und so sprach sie mit etwas gebremstem Optimismus weiter: „Vielleicht, man weiß ja nie, kann das jetzt alles wahr werden!" Ich entgegnete ihr mit resoluter Stimme: „Du wirst das alles haben!"

Meine Antwort zauberte ihr ein Lächeln ins Gesicht, so als ob man einem kleinen Mädchen den größten Herzenswunsch erfüllt hätte.

Wir aßen zu Ende, spielten noch ein wenig mit den Kindern und brachten sie dann ins Bett beziehungsweise in den Schlafsack. Danach setzte ich mich an meinen Schreibtisch. Mich plagte dann doch noch das Interesse an Global Mind, und ich hatte das Bedürfnis, noch mehr Informationen über meinen zukünftigen Arbeitgeber zu finden. Ich suchte im Internet nach allem, was man da so finden konnte, alle Firmen, Standorte, Umsatzzahlen, Produkte – einfach alles. Gierig saugte ich jede Information in mich hinein. Irgendwann gab ich es auf, weiter zu suchen. Wie in Meditation versunken, fixierte ich meinen Bildschirm und ließ die umfangreiche Information auf mich wirken. Fragen über Fragen stellten sich mir im Geiste. Den Bildschirm vor mir nahm ich nur noch verschwommen war. Doch ich sah plötzlich, wie sich ganz langsam zwei Augen auf dem Monitor herausbildeten. In meinem Kopf erklang eine Stimme: „Und, Aldwin – findest Du, wonach Du suchst?" Wie vom Blitz getroffen, sprang ich von meinem Stuhl auf. Mein Herz raste, ich hatte Gänsehaut und war wie elektrisiert. Dann packte mich die Angst, und ich begann zu zittern. Verzweifelt blickte ich noch mal auf den Monitor, doch es war nichts mehr von diesen Augen zu sehen. Wer war das? Werden meine Gedanken nun rund um die Uhr kontrolliert? Trieb meine Phantasie ein böses Spiel mit mir, oder hatte ich es hier tatsächlich mit Frank Miller zu tun? Die Frage blieb unbeantwortet. Ich atmete tief ein und aus und versuchte, mit autogenem Training langsam wieder zur Ruhe zu kommen. Wie gerne hätte ich jetzt Zugriff auf mein Serverprogramm gehabt! Ich war der Droge der eigenen Gedankensteuerung schon ziemlich verfallen. Aber ich hatte eben keinen Zugriff von meiner Wohnung aus – noch nicht. Wie also hatte ich bisher solche schlimmen Momente bewältigt? Meistens suchte ich Orte auf, von denen eine bestimmte Magie ausging, Orte, die ein Refugium darstellten und mich mit neuer Energie versorgten. Der Ort, bei dem dies am besten gelang, war eine kleine Kapelle, die sich oben auf einem Berg befand, ganz in der Nähe meines Elternhauses. Wer diese Ruhe und Kraft, die von diesem Platz ausgeht, nicht selbst erlebt hat, kann die unglaubliche Wirkung nicht nachvollziehen. Für einen kurzen Moment fragte ich mich ernsthaft, ob Global Mind irgendetwas mit diesen Erfahrungen zu tun haben könnte. Ich war mir dann aber absolut sicher, daß es immer noch beeindruckende Erfahrungen geben muß, die rein gar nichts mit dem Werk von Frank Miller zu tun haben. Leider war diese Kapelle weit von unserem Wohnort entfernt, und ich mußte mir in dieser akuten Not einen anderen Ort der Kraft suchen. Ein kleiner Ersatz dafür war unser Gartenhäuschen, das ursprünglich einmal als Sauna geplant war. Ich begab mich also dorthin, und wie so oft genoß ich von dort aus den schönen Sommerabend. Es war meine kleine Welt, in der ich niemanden störte und ich wiederum ebenso meine Ruhe hatte. Ich saß da und dachte mir, daß, wenn mein Leben schon Teil eines großen elektronischen Gehirns ist, dann ist mein Organismus so etwas wie ein Kraftwerk. Ich beschloß, zumindest für einen kurzen Augenblick, den Strom meines Kraftwerkes abzuschalten. Wie gebannt starrte ich aus dem Fenster, ohne irgendeinen Gedanken zu haben und ohne jede körperliche Reaktion. Der „Strom der Gedanken" war das Futter für meine Nervosität und für meine Angst. Jetzt konnte ich wieder Kraft und Ruhe tanken. In dem Dunkel meiner inneren Welt ging langsam wieder die Sonne auf. Die Freude auf das Leben und das, was sich mir an großartigen Möglichkeiten bot, hatte wieder die Oberhand gewonnen.

Ein Vogel setzte sich auf das Fenster. Seine muntere und quirlige Art war in diesem Moment wie ein lebendes Symbol für die Lebensfreude. Das kleine Kerlchen schien keine Angst vor mir zu haben, denn er sah mich ruhig und gelassen an. Dieses kleine Lebewesen war wirklich frei und ungebunden. Er konnte überall dort hinfliegen, wo er nur wollte. Keine Nanoteilchen steuerten das Leben dieses Vogels, er lebte nur nach der Natur. War es die Ironie des Schicksals, daß exakt genau so die Macht von Global Mind begann, nämlich mit einem Vogel und der Angst nicht zu kontrollierender Virenträger?

Ist die absolute Kontrolle die Reaktion auf die Angst vor der Freiheit? Oder ist unsere Freiheit ohnehin nur eine Illusion, und unser Bewußtsein, das uns diese Freiheit vorgaukelt, ist nichts anderes als ein winziges Nebenprodukt eines unermeßlich komplizierten Neuronengewitters in unserem Gehirn? Wäre es dann am Ende für uns Menschen sogar das Beste, Teil eines einzigen, extrem leistungsfähigen Gehirns zu sein, des Global Mind? Ich wußte keine Antwort. Und der kleine Vogel, der gerade dabei war, wieder in die Nacht hinaus zu fliegen, wußte von alldem gar nichts. Welch ein Glück, ein Vogel zu sein!

Ich beendete diesen verrückten Tag und ging schlafen. Am anderen Morgen erwachte ich durch das Toben und Lärmen der Kinder. Franka hatte einen wunderbaren Frühstückstisch hergerichtet und lächelte mich freudestrahlend an: „Und, was wird der große Mastermind heute so bei Global Mind tun?“ fragte sie mich scherzhaft. Fast wie ein Politiker antwortete ich: „Ich werde erst einmal in den verschiedenen Abteilungen vorbei schauen und mich dort vorstellen.“ Diese Antwort war weder gelogen noch entsprach sie der Wahrheit. Unser Besuch, die beiden Kinder Kim und Kevin, sorgten für ordentlichen Krach. Nach den Erlebnissen der letzten Tage war meine nervliche Verfassung nicht besonders, und der Kinderlärm belastete mich. Man war außerdem bei Kim und Kevin nie sicher vor irgendwelchen bösartigen Streichen. Hätte ich in diesem Moment die Möglichkeit gehabt, am Serverprogramm der Kinder etwas mehr Ruhe einzustellen – ich hätte es getan! Ich wartete also sehnsüchtig darauf, von meinem Chauffeur abgeholt zu werden.

4. Kapitel – Unter Masterminds

Aufgeregt wie ein kleines Kind vor Weihnachten machte ich mich zurecht und verabschiedete mich schließlich von Franka und den Kindern. Wenige Minuten vor 10 Uhr verließ ich unser Haus. Mein Geschäftswagen stand bereits vor der Tür. Daniel stieg aus, wir begrüßten uns, und er öffnete mir die Tür zum Wagen. Wir fuhren los. Wie gebannt schaute ich auf den Bildschirm vor mir, und zwei Sekunden später las ich darauf: „Guten Morgen, die Computerverbindung in Ihrer Wohnung wurden noch nicht mit den Global Mind-Systemen verbunden und konfiguriert. Möchten Sie das jetzt erledigen?" Ich dachte „Ja", und das genügte. Die nächste Frage lautete: „Wünschen Sie akustischen oder visuellen Kontakt?" Mit dieser Auswahlmöglichkeit konnte ich nichts anfangen. Um den Prozeß nicht unnötig aufzuhalten, entschied ich mich für den akustischen Kontakt. Von diesem Moment an passierte etwas, was man normalerweise geisteskranken Menschen zuschreibt – ich hörte Stimmen in meinem Kopf. Eigenartigerweise ängstigte dieser Umstand mich nicht, stattdessen wurde das medizinische Forscherinteresse in mir geweckt. Wie machen die das? Stimulation meiner Spiegelneuronen? Nein, das konnte es nicht sein, oder doch? Bevor ich mich in wildeste Phantasien verstrickte, konzentrierte ich mich wieder auf den Bildschirm. Der Computer fragte, ob ich mir die Stimmen selbst aussuchen wollte, oder ob das System auf Grund meiner Gehirnanalyse dies für mich erledigen sollte. Zunächst entschied ich mich dafür, selber Stimmen auszusuchen. Man konnte verschiedene Tests machen, um die Wirkung der Stimmen auszuprobieren. Nachdem ich meine Wahl getroffen hatte, reagierte der Computer, und zwar nicht mit einer Stimme, sondern mit einer Nachricht auf dem Monitor: „Die von Ihnen gewählten Stimmen sind sehr klar und dominant, das System hat jedoch negative Reaktionen in Ihrem Gehirn erkannt. Es wird dringend empfohlen, die Stimmauswahl vom System durchführen zu lassen!"

Wie hätte ich mich diesem übermächtigen Rechnerhirn widersetzen können? Ich stimmte der automatischen Auswahl zu. Der Computer wählte für mich Stimmen, für die ich mich nie im Leben entschieden hätte. Aber ich mußte mich geschlagen geben, die automatisch gewählten Stimmen wirkten tatsächlich viel positiver auf mich. Das System kannte mich besser als ich selbst. Und erstmals stellte ich mir hier die Frage, ob ich überhaupt weiß, wer ich bin. Bevor ich über diese Frage weiter nachdenken konnte und womöglich dadurch depressiv werden würde, ging die Konfiguration meines Systems weiter. Ganz ohne die Hilfe des Rechners konnte ich mir die Bildschirmdarstellungen und verschiedene private und geschäftliche Optionen aussuchen. Für den Kontakt zu Global Mind in meiner privaten Wohnung wurde ein Sicherheitssystem angelegt. Der Zugang zum Global Mind-Server war selbstverständlich nur mir möglich. Durch die akustische Verbindung ist es Dritten nicht möglich, den Kontakt zwischen mir und dem System mitzuverfolgen. Die Bildschirmdarstellungen würden verschlüsselt sein. Die verschlüsselten Daten werden erst in meinem Gehirn decodiert. Niemand anderer könnte das auf dem Monitor sehen, was ich sehen würde. Die Konfiguration war durch die Gedankensteuerung schnell erledigt. Dabei machte ich eine seltsame Beobachtung. Der Bildschirm wurde anscheinend von meinem Gehirn als eine Erweiterung meines eigenen Ichs eingestuft. Genauso als ob ich beobachte, wie sich meine Arme, Beine oder andere Körperteile bewegen und von mir gesteuert werden, genauso kam mir der Bildschirm vor. Es wurde das ausgeführt, was mein Gehirn verlangte, und somit ist der Bildschirm Bestandteil meines Körpers.

Im Verlaufe der Einstellungen offenbarte sich mir aber noch etwas ganz anderes; der Kontakt zum System war gar nicht davon abhängig, an einem Computer zu sitzen. Ich konnte mittels Gedanken von überall her den Kontakt herstellen und mittels akustischer Wahrnehmung Informationen erhalten. Ja, sogar Bilder konnten in meinen Kopf projiziert werden! Langsam wurde mir bewußt, was wohl im

Kopf von Frank Miller so alles vorgehen muß. Sein nachdenklicher Gesichtsausdruck, bei dem er entspannt in die Ferne blickt, war in Wirklichkeit Anzeichen hochaktiver Kommunikation. Und trotzdem bleiben diese inneren Prozesse dem Gegenüber völlig verschlossen. Ich sorgte mich ein wenig um die Tatsache, daß eine solche interne Kommunikation zu schizophrenen Zuständen bei mir führen könnte. Schließlich hatte ich nun eine Art zweites Gehirn, auf das ich in jeder schwierigen Lebenslage zurückgreifen könnte. Würde das bedeuten, daß ich im Laufe der Zeit gar keine eigene Identität mehr besitzen, ich also nur noch ein Rädchen im Getriebe von Global Mind sein würde? Das System könnte völlig Besitz von mir ergreifen, ohne daß ich irgendetwas davon merken würde, denn es kennt so gut wie jede menschliche Regung in mir. Und da es auch menschliche Regungen erzeugen kann, werde ich wohl irgendwann nicht mehr unterscheiden können zwischen natürlicher und künstlicher Reaktion.

Das war alles ein bißchen viel für mich so am frühen Morgen, und daher blickte ich einfach nur durch die Panzerglasscheiben meines Wagens hinaus und beobachtete die Leute in den Straßen. Die Tatsache, von einem Rechnersystem komplett gesteuert zu werden, war bei den Menschen, die ich da beobachtete, längst zur Realität geworden. Und auch mein eigenes Leben dürfte über viele Jahre hinweg gesteuert worden sein, ohne daß ich das jemals gemerkt hätte. Ich wollte mich nicht noch einmal durch diese Tatsache verrückt machen lassen und tröstete mich mit dem Gedanken, daß wir Menschen schon immer durch irgendetwas oder von irgend jemandem fremdbestimmt worden sind.

Auf dem Monitor vor mir war zu lesen: „Konfiguration abgeschlossen". In dem Moment meldete sich auch die Computerstimme in mir und erklärte, daß die Kontaktaufnahme zu dem System durch kurze Visualisierung eines Bildes jederzeit möglich sei. Man habe dieses Bild in meine Spiegelneuronen abgelegt. „Also doch", dachte ich mir.

Diese Kontaktaufnahme sei notwendig, da das System zwar auch permanent funktionieren würde, mein Bewußtsein aber mit der dadurch entstehenden Datenflut völlig überfordert sei. Deshalb funktioniere der Kontakt nur selektiv auf eigenen Wunsch. Bei dem zu visualisierenden Bild handelte es sich um die grafische Darstellung einer relativ komplizierten geometrischen Figur, wie sie womöglich kein zweites Mal existiert. Dennoch konnte ich mir dieses Bild so gut einprägen, daß es mir jederzeit, ohne nachdenken zu müssen, gegenwärtig war. Doch das System hatte noch etwas mitzuteilen. Die Verbindung zu anderen Mastermind-Mitgliedern kann nach Visualisierung des Kontaktbildes und der Konzentration auf deren Namen hergestellt werden. Unsere Gehirne waren also durch Nanotechnologie miteinander vernetzt! Wir können über Distanzen hinweg kommunizieren, ohne ein Wort zu reden. Meine Stimme im Kopf erklärte weiterhin, daß die Kontaktaufnahme zu anderen Masterminds nicht sofort und automatisch erfolge, sondern der Betreffende der Kontaktanfrage erst zustimmen müsse. In unpassenden Momenten könne die Verbindung also auch abgelehnt werden. Oder aber das System speichert eine Gedankennachricht, die später abgerufen werden kann. Ich konnte mich vor Lachen kaum zurückhalten und dachte mir: „So sehen sie also aus, die Anrufbeantworter von Global Mind, ein kurzer Gedanke genügt – und dann bis später!"

Ich versuchte, mir die Tragweite dieses Kommunikationssystems vorzustellen. Wenn andere mit mir per Gedanken kommunizieren, dann müßten sie auch zwangsläufig meine Gedanken lesen können. Die Vorstellung gefiel mir überhaupt nicht, und es wurde mir richtig schlecht in der Magengegend. Ich fühlte mich genötigt, in irgendeiner Weise zu handeln. Die einzige Möglichkeit bestand darin, das System zu kontaktieren und einfach nachzufragen. Ich nahm gedanklich Verbindung auf und stellte meine Frage: „Ich möchte gerne wissen, ob die anderen Mastermind-Mitglieder oder andere Personen meine Gedanken lesen können? Und falls ja, wird dann mit diesen

Leuten überhaupt noch normale verbale Kommunikation betrieben?" Der Computer antwortete mit einer beruhigenden Frauenstimme: „In dem Moment, wo Sie in Kontakt getreten sind, ist der Kanal zu Ihren Gedanken geöffnet. Alles was Ihnen in diesem Moment in den Sinn kommt und von System verstanden werden kann, ist für Ihren Kommunikationspartner wahrnehmbar. Wenn Sie das nicht wünschen, so können Sie den Kontakt ablehnen, oder Sie bemühen sich, Ihre Gedanken so einzuschränken, daß keine verwertbare Information entsteht. Außerhalb dieses Kontaktkanals ist kein Lesen Ihrer Gedanken möglich. Auch Sie können nicht die Gedanken anderer Menschen lesen. Die eben genannte Auskunft gilt für alle Mastermind-Mitglieder mit Ausnahme von Präsident Miller. Informationen bezüglich Herrn Miller obliegen wie immer absoluter Geheimhaltung. Was Ihre Frage hinsichtlich der Art der Kommunikation betrifft, so haben wir ermittelt, daß die herkömmliche verbale Art der Unterhaltung nicht durch Gedankentransmissionen zu ersetzen ist. Ihr Gehirn reagiert besser und umfassender bei einem direkten und persönlichen Kontakt. Gedankenkommunikation ist also ein Ersatz für die sonst übliche Telekommunikation, und wird hauptsächlich aus Sicherheitsgründen eingesetzt."

Die Erklärung des Computers erleichterte mich etwas. Es sollte also kein reines Geistwesen aus mir werden, denn offenbar redete man doch hauptsächlich miteinander und konnte ein paar kleine Geheimnisse für sich behalten. Mindestens eine Person würde es aber dennoch geben, die fast alles über mich weiß.

Nur wenige Minuten später sollte mir klar werden, wie mächtig mein neues Kommunikationssystem wirklich ist. Wir fuhren an einer schönen Landschaft vorbei, als ich plötzlich hinter einem kleinen Haus gerade noch sehen konnte, wie ein Mann mit einer Art Dolch wie besessen auf ein angebundenes Pferd einstach. Ich war schockiert und überlegte zuerst, ob es sich hier nicht einfach um eine Schlachtung handelte. Doch danach sah es nun wirklich nicht aus. Ich sagte zu meinem Chauffeur: „Daniel, bitte fahren Sie sofort auf die Seite und halten Sie an". „Selbstverständlich", antwortete er pflichtbewußt und ohne Nachfrage. Von unserem Haltepunkt aus war nichts mehr von dem Geschehen zu sehen. Was konnte ich tun? Wie ein Blitz schoß es mir in den Kopf – das Global Mind System! Ich nahm Verbindung auf: „Hallo, ich habe soeben von unserem Wagen aus einen sonderbaren Vorfall gesehen, ein Mann war dabei, wie wild auf ein Pferd einzustechen. Können Sie mir dazu Informationen besorgen?" Die Stimme in meinem Kopf antwortete: „Einen Moment bitte, wir orten Ihre Position und die von sich in Ihrer Nähe befindlichen Personen". Ich war völlig durcheinander, denn was ich gesehen hatte, war mit großer Wahrscheinlichkeit die abscheuliche Tat eines Perversen. Das System antwortete wieder: „Wir haben in Ihrem größeren Umkreis lediglich Sie und Ihren Fahrer registrieren können. Bitte einen Moment um Geduld – das Sicherheitssystem wird aktiviert. Wir bemühen uns, per Satellit einen punktgenauen Bio-Scan Ihrer Position vorzunehmen." Es vergingen mehrere Minuten, bis eine andere Stimme sich in meinem Kopf meldete: „Hier ist das Global Mind-Sicherheitssystem. Wir danken unserem geschätzten Mastermind für die Aufmerksamkeit und Mithilfe. Unser Scanner hat tatsächlich ein nicht erfaßtes menschliches Wesen geortet. Wir haben alle Sicherheitsvorkehrungen getroffen, die betreffende Person wird in Kürze ergriffen werden und von uns integriert werden. Sie brauchen sich keine weiteren Sorgen zu machen, die Gefahr, die von dieser Person ausgeht, ist bald gebannt. Nochmals vielen Dank, daß Sie mitgeholfen haben, das Global Mind-System noch sicherer zu machen."

Mit weit geöffnetem Mund saß ich da in meinem Geschäftswagen. Meine Gefühle schwankten zwischen Entsetzen und Faszination. Hatte ich tatsächlich einen Menschen gesehen, der nicht mit Nanotechnologie geimpft wurde? Und ausgerechnet dieser Vertreter der freien Minderheit begann eine so entsetzliche Tat? Unsere Welt war mittlerweile so friedlich und sicher geworden, daß man solche Verbrechen nur noch aus dem Fernsehen kennt. Die direkte Konfrontation mit sinnloser Gewalt und das Mitgefühl für ein Pferd, das doch ein so liebenswürdiges Geschöpf der Natur ist, hatten mich sehr mitgenommen.

Mein Fahrer Daniel war wirklich ein Vorbild in Sachen Diskretion. Er hatte die ganze Zeit ruhig vor seinem Lenkrad gesessen, ohne ein Wort zu reden und wartete nur darauf, von mir die Anweisung zur Weiterfahrt zu bekommen. Also verließen wir den Ort des Schreckens. Auf dem letzten Stück unserer Fahrt dachte ich darüber nach, wie sehr ich doch mittels dieses Kommunikationssystems auf das gesamte Leben einwirken konnte. Der Computer gab mir nicht nur Ratschläge, nein, es war ebenso exekutiv tätig. Der ergriffene Pferdeschänder war der erste, an dem ich meine neue Macht ausgeübt hatte. Ich war also tatsächlich an der Schaltzentrale des globalen Gehirns gelandet, mit meinem Willen war ich nun in der Lage, Dinge zu organisieren, die unter Umständen die ganze Menschheit betreffen. Der Gedanke hatte etwas faszinierendes, in mir erwachte ein Gefühl, wie ich es nie zuvor im Leben hatte. Daniel hielt plötzlich an. Die Ereignisse hatten mich gedanklich so beschäftigt, daß ich gar nicht gemerkt hatte, daß wir längst in der Tiefgarage des Global Mind-Headquarters angekommen waren. Durch den Zwischenfall waren wir etwas später angekommen, so daß ich mich mit Eile in mein Büro begab. Noch während ich im Fahrstuhl war, wurde erstmals eine Gedankenverbindung zu mir aufgebaut. Zuerst entstand ein sehr leises Klingelzeichen in meinem Kopf, das mir wohl sanft ankündigen sollte, daß nun etwas passiert. Dann hörte ich eine sympathischen Damenstimme: „Präsident Frank Miller wünscht Kontakt zu Ihnen. Möchten Sie die Verbindung annehmen?“ Ich wäre nicht in der Lage gewesen „Nein“ zu denken. Mein Herz raste. Nach meiner sofortigen Zustimmung hörte ich eine Stimme, die nicht ganz die von Frank Miller war, doch sehr ähnlich klang: „Hallo, Aldwin, ich befinde mich heute hier im obersten Stockwerk. Bitte begeben Sie sich ebenfalls dorthin, man wird Sie in Empfang nehmen und zu mir bringen. Können Sie gleich kommen?" Ich dachte „Ja" und er verstand. Dieser erste Gedankenkontakt mit einer realen Person war beeindruckend und unheimlich zugleich. Ich fragte mich, ob das alles nur eine Illusion – ein listiges Spielchen meines Unterbewußtseins war, oder ob da wirklich eine andere Person mit mir kommuniziert hatte. Aber man konnte doch einen Unterschied zu der Kommunikation mit dem Computer feststellen. Irgendwie war es beim Gedankenkontakt mit realen Personen auch möglich, etwas von deren Gefühlswelt übermittelt zu bekommen. Wenn ich Frank Millers Gefühlslage richtig gedeutet hatte, so war sie streng, ernsthaft und sehr konsequent.

Ich fuhr also weiter in den obersten Stock, wo zu meiner Überraschung keine junge Dame auf mich wartete, sondern ein Herr mittleren Alters. Er führte mich direkt zu dem Büro, in dem ich Frank Miller vorfinden würde. Er öffnete die Tür und kündigte mein Erscheinen an.

Irritiert betrat ich den länglichen Raum und hörte als erstes die Stimme Frank Millers: „Willkommen Aldwin, wir haben uns heute hier komplett für Sie versammelt. Ich darf Ihnen das komplette Team der Masterminds vorstellen. Bitte nehmen Sie Platz!"

Unsicherheit breitete sich in mir aus. Am Ende eines länglichen Tisches saß Frank Miller, links und rechts vom Tisch eine größere Gruppe von Damen und Herren unterschiedlichen Alters, deren Blicke alle auf mich gerichtet waren. Der Anblick dieser Gruppe überwältigte mich, es war als ob man einem Heiligtum gegenüber trat. Da saßen sie nun und blickten mich an – die Regierung der Erde, Herrscher über Gefühle, Hoffnungen und Träume. „So sieht es also aus," dachte ich mir, „das Gehirn dieser Welt." Ohne daß ich selber nur ein einziges Wort gesprochen hätte, entgegnete mir Frank Miller plötzlich:

„Nein, nein, Aldwin, das ist ja sehr reizend, das Sie denken, wir seien das Gehirn der Welt, aber das wirkliche Gehirn ist elektronisch, es arbeitet effizienter als wir alle zusammen, und es muß viel mehr können als wir alle zusammen. Nur so können wir die Welt kontrollieren."

Meine bereits gestellte Frage an den Global Mind-Rechner bezüglich des Gedankenlesens wurde in diesem Moment vollständig geklärt. Der Präsident bat mich, links neben ihm an der Spitze des Tisches Platz zu nehmen. Er stellte mir nacheinander die Masterminds mit Namen und Funktion vor, doch ich war so aufgeregt, daß ich mir kaum etwas merken konnte. Miller mußte das bemerkt haben. Seine Hand griff nach meinem Arm und er hielt mich in freundschaftlicher Weise fest. Mit sanfter Stimme sagte er: „Aldwin, Sie brauchen wegen meines Gedankenkontaktes zu Ihnen nicht verlegen zu sein. Ich habe in meinem Leben unzählige Gedanken gelesen. Sie haben keine Leiche im Keller, für die Sie sich schämen müßten, alles in Ihrem Kopf läuft in völlig normalen Parametern ab. Lassen Sie sich also nicht verunsichern, das wird Sie sonst nur unnötig von Ihrer Arbeit abhalten!"

Seine Worte und womöglich auch das Serverprogramm bewirkten, daß meine Gemütsverfassung sehr schnell wieder entspannt und ausgeglichen wurde.

Während die Masterminds schweigend auf den Präsidenten blickten, fuhr er mit seinen Ausführungen fort: „Aldwin, Sie werden nun in nächster Zeit alle Abteilungen von Global Mind kennen lernen. Es ist wichtig, daß Sie verstehen, wie unser System aufgebaut ist, und welche verschiedenen Fachbereiche eine Rolle spielen. Vieles davon hat mit Ihrem Spezialgebiet der Medizin im eigentlichen Sinne nichts zu tun. Aber Sie werden in Ihrer späteren Arbeit immer das Gesamtkonzept von Global Mind kennen müssen. Deshalb wollte ich, daß Sie und die Masterminds sich heute kennen lernen. Und übrigens – mein Kompliment –, wie ich gehört habe, ist es Ihnen heute bereits gelungen, ein Loch in unserem Netzwerk zu schließen. Ich hätte wirklich nicht gedacht, daß so nahe an unserer Zentrale ein solch nicht erfaßter Verbrecher sein Unwesen treiben könnte!" Miller forderte mich auf, über mich und mein bisheriges Leben den anderen Masterminds etwas zu erzählen. Im Anschluß daran führten wir etwas Smalltalk – es war ein erstes gegenseitiges „Beschnuppern".

Mir wurde mitgeteilt, wann und wo ich mein Praktikum in den entsprechenden Abteilungen absolvieren würde. Die meisten Masterminds waren elegant gekleidet und machten einen äußerst soliden Eindruck. Einer aber fiel mir durch ein besonders legeres Outfit auf. Er trug ein weit geöffnetes Hemd mit auffallend buntem Blumenmuster. Auch sein Verhalten war wesentlich lockerer als das der anderen. Er erweckte den Eindruck, daß er nichts wirklich ernst nimmt. Man hätte glauben können, er sei hier, um Urlaub zu machen und nicht, um an einer geschäftlichen Besprechung teilzunehmen. So war es auch nicht weiter verwunderlich, daß mein Gespräch mit ihm das einzige war, bei dem es etwas persönlicher wurde. Er konfrontierte mich nämlich mit einer überraschenden Aussage: „Schon seltsam, wie unterschiedlich die Menschen doch innerhalb einer Familie sein können!" Ich dachte kurz nach und fragte: „Verzeihen Sie bitte, ich verstehe nicht, was Sie meinen?" Worauf er feststellte: „Ach ja, Sie wissen ja gar nicht – ich kenne Ihren Bruder Ewald recht gut."

Ich war sehr überrascht und antwortete ihm: „Ach wirklich, davon hat er mir nie etwas erzählt! Daß er einen Mastermind persönlich kennt, das hätte er mir eigentlich schon bei meiner Bewerbung bei Global Mind sagen müssen." Er entgegnete mir mit verständnisvollen Unterton: „Denken Sie an unsere Sicherheitssysteme. Ihr Bruder denkt, ich bin irgendein Typ, der für Verkaufspsychologie und Marketing zuständig ist. Wo ich genau arbeite, hat ihn nicht weiter interessiert, ich hätte ihm auch nicht viel mehr sagen können."

Der bis dato unbekannte Mastermind mit Blumenmusterhemd stellte sich mir nochmals vor, er war tatsächlich Leiter für Verkaufspsychologie und Marketing und hieß Friedrich Fornsbach. Ich fragte ihn: „Sie denken also, daß mein Bruder und ich sehr unterschiedliche Persönlichkeiten sind?“ „Aber total“, antwortete er in lässiger Art. „Das müssen Sie mir bitte näher erläutern“, entgegnete ich ihm. Er begann seine Erklärung mit Worten, die er freundlich einkleidete: „Bitte verstehen Sie mich nicht falsch, Sie sind beide richtige nette und anständige Kerls, aber eben auf verschiedene Weise. Und bei Ihnen beiden ist es eben ein Wunder, daß, obwohl sie Brüder sind, sie von der Persönlichkeit her wie zwei entgegengesetzte Pole auseinander liegen. Sie sind ein sehr korrekter, nüchtern arbeitender Wissenschaftler, der sich strikt an die Fakten hält. Genau das, was wir hier brauchen. Ihr Bruder ist ein Mensch der Emotionen, ein Träumer und Spinner im positiven Sinne. Er fängt die Menschen durch seine positiven Gedanken, und er erweckt Träume und Hoffnungen bei den Menschen. Und gerade darin liegt sein Erfolg. Und auch das brauchen wir bei Global Mind – sehr dringend sogar. Sonst wäre meine Abteilung überflüssig.“

Es überraschte mich, wie gut er meinen Bruder und mich charakterisierte. Er fragte mich: „Wie geht es denn Ihrem Bruder?“ Ich holte tief Luft und sagte in etwas ernsterem Ton: „Wie Sie bereits richtig erwähnt haben, verkauft mein Bruder Träume – Wohnträume, unglaublich schöne Häuser. Aber der globalisierte Markt verunsichert selbst ihn ein wenig. Die vielen Billiganbieter und Großkonzerne drängen auch in sein Geschäft vor.“ Fornsbach nickte verständnisvoll und sagte: „Ich kenne das Problem, meist setzt sich die beste Qualität durch, wie es bei den Produkten Ihres Bruders der Fall ist. Aber der Preiskampf findet auch oft zu Kosten der Qualität statt, und das erkennen leider viele Leute nicht. Die Frage des Erfolges ist aber seit unserer Machtergreifung sowieso von ganz anderen Dingen abhängig.“ Kaum hatte er diesen Satz vollendet, so setzte er ein wirklich dreckiges Grinsen auf. „Können Sie das etwas erläutern“, fragte ich vorsichtig.

Meine Frage schien ihn noch mehr zu belustigen. Er sagte: „Aldwin, eigentlich könnten Sie sich diese Frage doch schon längst selbst beantworten. Der Erfolg des Geschäftes Ihres Bruders hängt einzig und allein davon ab, wie die geschäftliche Zusammenarbeit zwischen der Firma Ihres Bruders und Global Mind aussieht. Das ist der einzige Erfolgsfaktor. Hier am Tisch haben wir einen Mastermind sitzen, dessen Abteilung sich mit nichts anderem beschäftigt als mit Geschäftsbeziehungen zu anderen Firmen. Wenn Sie dort Ihr Praktikum absolvieren, sollten Sie an Ihren Bruder Ewald denken. Vielleicht können Sie sich dafür einsetzen, daß er auch weiterhin viel Erfolg haben wird. Viele Unternehmen vergessen auch, wie wichtig die positive Motivation Ihrer Mitarbeiter ist. Ich hoffe, Ihr Bruder läßt sich sein natürliches Talent in dieser Richtung nicht nehmen!" Der Mastermind für Geschäftsbeziehungen nickte uns freundlich entgegen, schien aber kein besonderes Interesse daran zu haben, unsere Unterhaltung fortzusetzen.

Ohne daß ich es bemerkt hätte, war Frank Miller schon längst wieder aus dem Raum verschwunden. Er hatte offenbar besseres zu tun, als unserer kleinen Plauderei zu lauschen. In den Gesprächen der Masterminds wurde mir klar, welch gewaltiges Spektrum die Arbeit bei Global Mind umfaßte. Für jedes noch so kleine menschliche Thema gab es eine zuständige Abteilung. An diesem Morgen blieb es bei netten Begrüßungsfloskeln, über konkrete Arbeitsinhalte wurde nicht gesprochen. Miller betrat schließlich wieder den Raum, gefolgt von mehreren Mitarbeitern, die damit beschäftigt waren, uns Champagner zu servieren. Der Global Mind-Präsident ergriff das Glas und erhob sich. Fast mit militärischem Drill taten alle anderen Masterminds das gleiche. Frank Miller ergriff das Wort: „Lieber Aldwin, wir heißen Sie hiermit willkommen im Kreis der Masterminds. Wir hoffen auf gute Zusammenarbeit und produktive Ergebnisse. Schon seit Jahrhunderten sprechen die Menschen von Geheimbünden, welche die tatsächlichen Herrscher der Welt sein sollen, von Logen, Illuminaten und so weiter. Doch keiner dieser geheimen Organisationen hatte die Macht und die Mittel, um wirklich den Lauf der Welt bestimmen zu können. Wir bei Global Mind haben diese Macht, und wir haben Sie erfolgreich eingesetzt. Genau wie es bei den Geheimbünden üblich ist, so haben auch Sie uns, verehrter Aldwin, Ihr Ehrenwort gegeben, stets loyal zu Global Mind zu stehen, alles in Ihrer Macht stehende für das Unternehmen zu tun, und sich ganz und gar den Gesetzen von Global Mind zu unterwerfen. Ab sofort gilt für Ihr gesamtes Leben die oberste Direktive, und die heißt Global Mind. Aber nicht nur Sie haben sich verpflichtet, nein auch Global Mind hat sich gegenüber Ihnen verpflichtet. Sie und Ihre Familie werden unsere Fürsorge genießen können, es wird Ihnen an nichts fehlen. Die Schönheiten und Freuden des Lebens sollen Ihnen durch Global Mind zuteil werden. Nochmals: Herzlich willkommen!"

Wir tranken alle einen Schluck, und ich überlegte verzweifelt, ob es nun an mir sei, ebenso ein paar Worte an die Anwesenden zu richten. Schließlich stand ich nochmals auf und sagte: „Vielen Dank, Frank, vielen Dank, liebe Kollegen. Ihr Vertrauen in mich ehrt mich, und ich verspreche, mein Bestes für Global Mind zu geben. Ich bin kein Mann großer Worte und deshalb nur soviel – ich freue mich auf unsere Zusammenarbeit!" Meine Anspannung löste sich etwas, als nach meiner kleinen Ansprache Frank Miller und die anderen Masterminds sich erhoben und mir Beifall klatschten. Dem Präsidenten war jedoch anzusehen, daß er gedanklich schon wieder ganz woanders war, weshalb es mich auch nicht wunderte, daß er dieses kleine Treffen schon bald wieder auflöste. Zum Abschluß sagte er zu mir: „Aldwin, Sie werden alle diese Masterminds in Ihren Abteilungen wieder sehen und dort jeweils eine gewisse Zeit verbringen. Beginnen werden Sie heute in einer Abteilung, die wir intern scherzhaft als ‚das Menschen-Mäuse Labor' bezeichnen. Ich darf Sie also an Herrn Francisco verweisen. Er ist Mastermind des Zentrums für Beobachtung und Analyse bei Global Mind."

5. Kapitel – Unter Beobachtung

Miller reichte mir die Hand, verabschiedete sich und verschwand in Windeseile aus dem Raum. Auch ich verabschiedete mich von den anderen Kollegen, nur der besagte Herr Francisco wartete auf mich. Er bat mich, mit in seine Abteilung zu kommen. Während der kurzen Fahrt im Aufzug musterte ich ihn. Ein kleiner, etwas dicklicher Mann, unauffällig und hypernervös. Es war ihm anzumerken, daß sein Gehirn von so vielen Daten regelrecht überflutet wurde, daß es ihm schwer viel, sich überhaupt auf mich zu konzentrieren. Es schien mir, als ob er das menschliche Pendant zu einem Multitasking-Gerät sei. Er konnte offenbar mehrere Aufgaben gleichzeitig lösen und arbeitete bestimmt nach dem Prioritätsprinzip. Meine Anwesenheit schien keine große Priorität bei ihm zu haben. Auch seine Abteilung wirkte wie ein Haufen Irrer. Keine hübschen jungen Damen oder freundliche Herren in eleganten Anzügen – ganz im Gegenteil, eine Bande von Freaks, versunken in Ihrer Arbeit. Den Leuten war anzumerken, daß sie meine Anwesenheit nicht wirklich interessierte, sie wollten einfach nur ihre Ruhe haben und ihre Arbeit machen. Der Arbeitsplatz kann wirklich nicht anders als mit dem Begriff ‚Kontrollzentrum' bezeichnen werden. Unbeschreibliche Mengen von Technologie und vor allem Bildschirme, so viele Bildschirme, wie ich sie noch nie zuvor auf einem Platz gesehen hatte. Nachdem ich ein kurzen Einblick in die Arbeitsräume bekam, meinte Francisco: „Am besten gehen wir in den Besprechungsraum, dort haben wir Ruhe."

Damit hatte er recht, der Besprechungsraum war wieder ein typischer Global Mind-Raum, vollkommen schallisoliert. In dieser hektischen und lauten Abteilung fiel es einem sofort angenehm auf, wie ruhig dieser Raum ist. Es war Francisco anzusehen, daß er sich zuerst etwas „runterbringen" mußte, um sich doch auf mich zu konzentrieren zu können. Er sagte: „Übrigens, ich heiße Tom. Lassen Sie uns erst einmal einen Kaffee trinken, damit Sie sich gleich einmal an unser

Hauptgetränk gewöhnen können, wir trinken Unmengen davon." Zum ersten Mal blickte er mir wirklich ins Gesicht und lachte. Nachdem ich das Gefühl hatte, endlich von ihm wahrgenommen zu werden, wirkte er sogar sehr warmherzig auf mich. Es war unübersehbar, daß er gerade dabei war, sich zu entspannen. Dann atmete er aber tief ein und aus, so als ob meine Anwesenheit eine zusätzliche Belastung für ihn sei. Er sagte mit etwas gequälter Stimme: „Bevor wir hier zur Sache kommen, müssen Sie natürlich wissen, um was es hier eigentlich geht. Sehe ich das richtig – Sie wissen eigentlich – gar nichts!" Beide lachten wir herzlich über diese enttäuschende Feststellung, und ich konnte nur zustimmen: „Sie haben völlig Recht – ich weiß absolut nichts!"

Er bemühte sich, trotz dieser schlechten Voraussetzung, doch irgendwie einen inhaltlichen Anfang zu finden. Also sagte er: „Wissen Sie, das Problem der Überwachung der gesamten Menschheit ist, daß dieser Vorgang so gewaltig und komplex ist, das Menschen dazu gar nicht in der Lage sind. Viele Politiker, Militärs und Behörden, wie beispielsweise Finanzämter, haben in der Vergangenheit dies mit Nachdruck versucht und sind doch daran gescheitert. Sie alle standen einer so großen Anzahl von Menschen und Aktionen gegenüber, daß stets viele Informationen nicht erfaßt werden konnten. Irgendetwas rutscht immer durch. Selbst bei den mächtigsten Institutionen scheiterte dieses Vorhaben oft an irgendeiner Kleinigkeit, und sie wurden dabei fast immer von neugierigen Journalisten ertappt. Bei uns ist das Problem ja noch viel größer, denn wir haben es nicht nur mit einzelnen Ländern zu tun, sondern mit der ganzen Welt. Viele verschiedene Sprachen, Kulturen, Mentalitäten und regionalen Besonderheiten müssen berücksichtigt werden, die eine doch verhältnismäßig kleine Gruppe wie wir nicht kontrollieren kann. Zumindest nicht mit Mitteln, die bislang zur Verfügung standen. Das Netz der Erfassung hätte dann immer zu große Löcher. Sie haben ja selber heute Morgen gemerkt, daß es uns nicht hundertprozentig gelungen ist, wirklich alle Menschen mit Nanotechnologie zu versehen. Aber selbst wenn, gibt es immer noch Gründe, zu kontrollieren, zum Beispiel, wie gut unsere geschäftlichen Konzepte da draußen in der Wirklichkeit ankommen. Oft liegen Theorie und Praxis erschreckend weit auseinander. Wir müssen wissen, wie die Menschen reagieren, wofür sie sich interessieren, um daraus dann ein Muster zu generieren. Mit solchen Mustern können wir dann arbeiten und Programme entwerfen, die erfolgsversprechend sind." Francisco legte eine Pause ein, um mir Gelegenheit zur Nachfrage zu geben. Also fragte ich: „Ich verstehe nicht genau, was Sie unter der Bezeichnung ‚Muster' verstehen. Können Sie das etwas genauer erläutern?" Noch während ich redete, nickte er bereits kräftig mit dem Kopf und sagte dann: „Sehen Sie, das meine ich, wenn ich sage, daß Sie gar nichts wissen. Na ja, also dann noch mal etwas ausführlicher. Wenn ich sage, daß unser Team nicht in der Lage ist, alle menschlichen Vorgänge zu beobachten und zu kontrollieren, dann muß dies also ein anderes System für uns übernehmen. Wir sind also völlig auf elektronische Mittel angewiesen. Dieses elektronische System will von uns zunächst einmal wissen, wonach wir eigentlich suchen. Es will weiterhin wissen, was wir als die Norm bezeichnen und welches Verhalten von dieser Norm abweicht. Deshalb geht es hier darum, Muster menschlichen Verhaltens, Fühlens und Denkens zu erstellen. Je feiner und präziser diese Muster werden, desto dichter wird unser Netz der Überwachung und umso weniger kann dann ‚durchrutschen'. Die Arbeit, die wir hier verrichten, ist somit die Grundlagenforschung für die spätere Programmierung der Serverprogramme."

Einen Moment lang schwiegen wir, und ich dachte nach. Viel konnte ich mit seinen Ausführungen nicht anfangen. Deshalb fragte ich etwas lakonisch: „Das klingt für mich sehr abstrakt, können Sie es für mich, der ja gar nichts weiß, etwas verständlicher beschreiben?" Ich hatte in diesem Augenblick das Gefühl, daß ich ihm einerseits lästig bin, aber andererseits meine Ehrlichkeit und Hartnäckigkeit von ihm geschätzt wurde. Er antwortete: „Sie haben recht, das klingt sehr abstrakt. Ich versuche es einmal auf den Punkt zu bringen. Was wir hier machen, ist eigentlich nichts anderes als die Suche nach den Gemeinsamkeiten der Menschen. Worin sind alle Menschen gleich, das ist unsere Frage." Er stoppte an dieser Stelle, und es schien, als empfinge sein Gehirn eine Nachricht von irgendwo. Aber dann sprach er weiter: „Nehmen Sie mal die Situation von vorhin bei Frank Miller. Es war Ihnen peinlich, daß er Ihre Gedanken lesen kann. Sie fürchten um Ihre Privatsphäre, um das, was nur Ihnen gehört und Sie auch von anderen Menschen unterscheidet. Außerdem befürchten Sie, daß Ihre Schwächen und Eigenarten aufgedeckt werden und Sie damit bloßgestellt werden. Verstehen Sie mich jetzt bitte nicht falsch, aber in Wirklichkeit sind Ihre geheimen Gedanken gar nichts besonderes. Wir reden nie über unsere Geheimnisse und glauben nur, wir wären so. Doch tatsächlich reihen sich diese so persönlichen Macken in ein Gesamtkonzept ein, daß auf viele Menschen zutrifft. Selbst die Gedanken von wirklich abnormen Persönlichkeiten lassen sich bei uns klassifizieren. Wir sind also gar nicht so einzigartig, wie wir glauben. Sie werden hier in unserem ‚Mäuselabor' sich selbst davon überzeugen können, wovon ich spreche."

„Wie kommt es eigentlich zu dieser doch nicht geraden charmanten Umschreibung, dem ‚Mäuselabor'? Werden hier Tests an Menschen durchgeführt?" wollte ich von ihm wissen. Worauf er antwortete: „Der Spitzname ‚Mäuselabor' ergab sich aus der Tatsache, daß wir Menschen beobachten, analysieren und Meßergebnisse erzielen. Es ist aber nicht so, wie Sie es gerade befürchtet haben. Sie müssen stets bedenken: Wer Menschen fernsteuern kann, braucht ihrer nicht habhaft zu werden. Wir haben also keine Menschen hier bei uns, sondern beobachten sie ausschließlich in ihrer normalen Umgebung. Die Substanzen, die man ansonsten Mäusen in Labors verabreicht, sind bei uns nichts anderes als die Programme der Server. Für uns ist eben die ganze Welt ein Glaskasten, in dem die Mäuse sitzen und von uns jederzeit beobachtet werden können. Kaum jemand ist in der Lage, uns zu entkommen, die Leute wissen ja nicht einmal, daß wir sie beobachten. Wir schauen ihnen zu, wie sie leben, welche Probleme sie haben und was wir ihnen dazu anbieten können. Und natürlich passen wir auf, daß nichts schief geht, daß irgendeine ‚Maus' plötzlich ihr eigenes Ding dreht, oder eine Gruppe von Mäusen sich plötzlich gegen uns verschwört. Verschwörungen gehen oft sehr leise und unbemerkt vor sich, deshalb reagieren wir frühzeitig auf jede Veränderung im Verhaltensmuster. Falls so eine Abweichung einmal vorkommt, dann führen wir unsere Mäuschen wieder zurück in ihren Glaskasten, beruhigen sie und sorgen dafür, daß sie in Zukunft nicht mehr auf dumme Gedanken kommen." „Wenn ich Sie also richtig verstehe, dann ist diese Abteilung so etwas wie die Global Mind-Polizei?" fragte ich nach. Tom Francisco schaukelte mit seinem Oberkörper hin und her, als Polizist wollte er offenbar nicht gelten. Er bemühte sich, die Dinge von seinem Standpunkt aus zu erklären: „Wenn man uns in der Rolle der Polizisten betrachtet, dann sind wir eher nebenberufliche Kriminalbeamte. Wir sind nicht exekutiv tätig. Bei Global Mind gibt es eine Sicherheitsabteilung, die auf unsere Informationen hin tätig wird. Sie hatten ja bereits Kontakt zu dieser Abteilung. Deren Arbeit ist eher mit der von Polizisten zu vergleichen. Unser Arbeitsfeld ist viel größer. Wir sind Statistiker und wollen immer wissen, werwieviel-was-wann-wo. Die Analyse der realen Auswirkung unserer Serverprogramme ist ein weiteres Arbeitsfeld. Auch Marketing gehört zumindest teilweise zu unseren Aufgaben. Mit den ermittelten Daten versuchen wir, die Menschen in entsprechende Zielgruppen zu klassifizieren und zu quantifizieren."

Es war ihm anzusehen, daß er sich mit seiner eigenen Beschreibung nicht ganz zufrieden gab. Es mußte noch etwas anderes geben, worin er persönlich seine zentrale Aufgabe sah. Und schließlich packte er doch noch aus, was ihn am meisten interessierte: „Wissen Sie, Aldwin, eigentlich ist unser Mäuselabor ja in Wirklichkeit ein Forschungszentrum. Und so ist es auch – wir sind eigentlich Forscher. Neben dem Erkennen und ständigem Präzisieren menschlicher Verhaltensweisen beschäftigen wir uns auch damit, wenig oder völlig unerforschte Menschlichkeitsbereiche zu erfassen und auszuwerten. Je besser wir das menschliche Leben verstehen, um so erfolgreicher wird Global Mind. Unsere Arbeit ist durchaus geeignet, das gesamtes Bild von einem selbst und das der anderen Menschen auf den Kopf zu stellen. Gleichzeitig lernen wir dabei, uns besser selbst zu verstehen, effektiver zu handeln, und ob Sie es glauben oder nicht – glücklicher zu werden!"

An der Wahrheit seiner Worte hatte ich nicht den geringsten Zweifel. Alles, was mir bisher bei Global Mind widerfahren ist, war geeignet, die Welt mit anderen Augen zu sehen.

Irgendwie hatte Francisco doch Schwierigkeiten, sich längere Zeit auf eine Sache zu konzentrieren, und so stellte er sich und mir noch einen Kaffee hin, schaltete einen Monitor an und betrachtete einen Comicfilm. Ich war erstaunt über diesen plötzlichen Abbruch unseres Gesprächs, und er reagierte in keinster Weise auf meine Verwunderung. Während er sich beim Fernsehschauen köstlich amüsierte, sagte er so ganz neben bei: „Kennen Sie schon unseren Comedychannel. Müssen Sie sich anschauen – zum Schreien komisch!" Ich wurde also dazu zwangsverdonnert, einen wirklich niveaulosen Film mit ihm zu schauen. So hatte ich mir meine Arbeit bei Global Mind nicht vorgestellt! Nach 15 Minuten hatte aber auch Francisco genug davon und schaltete ab. „Wie hat es Ihnen gefallen?" fragte er. Wahrheitsgemäß antwortete ich: „Wenn ich ehrlich sein soll, das ist nicht ganz mein Niveau!" Meine Antwort ließ er nicht gelten. Er sagte: „Ach, Aldwin, Sie müssen ein wenig lockerer werden. In Zukunft werden Sie mit allen möglichen Menschen und deren Tätigkeiten zu tun bekommen. Sie müssen die Leute ja auch verstehen. Und die Gruppe derer, die Spaß an Comedy hat, ist eine der größten Gruppen überhaupt. Bei unserer Arbeit treffen wir auf einfache, interessante, dumme, intelligente, dicke und dünne Menschen. Wir müssen uns für alle interessieren. Mir macht das Riesenspaß."

Ich versuchte, ihn zu verstehen, wollte aber auch klarmachen, daß es mir wichtig erschien, für ein gutes geistiges Niveau im Leben zu sorgen. Ich sagte ihm: „Ich werde mich bemühen, in Zukunft hier etwas flexibler zu sein. Aber ein solch primitives Niveau kommt für mich eben nicht in Frage, da bitte ich Sie um Verständnis. Auch meine kleine Tochter soll sich später einmal keine billigen Comics ansehen." Worauf er lapidar antwortete: „Tja, seien Sie froh, daß Sie sich für ein entsprechendes Niveau selbst entscheiden können. Die meisten anderen Menschen können das nicht. Die MÜSSEN Fernsehen, hahaha!"

Ich konnte mich auf diesen lockeren Spruch hin mit meiner Meinung nicht zurückhalten: „Es scheint Ihnen ja viel Freude zu bereiten, andere Menschen für dumm zu verkaufen!" – „Dumm zu programmieren", korrigierte er mich. „Dumm zu sein, kann auch viel Spaß machen, das werden Sie hier noch miterleben", erklärte er mir. Und während ich da so saß, begann meine Welt tatsächlich zu schwanken. Ob man über derartige Gedanken lachen oder weinen sollte, war mir nicht klar. Ich wollte dem Gespräch unbedingt wieder einen sachlicheren Ton verleihen. Also erkundigte ich mich über genauere Details des Kontrollsystems: „Wenn Sie also all diese Dinge tun – überwachen, analysieren, forschen und beobachten, wie bringen Sie das überhaupt fertig? Sie haben hier keine Versuchskaninchen, lediglich die Daten, die der Server Ihnen bietet. Die Welt ist groß, wie sie ja bereits erwähnt haben, ich weiß nicht, wie Sie das bewerkstelligen wollen. Mit lustigen Comicfilmen gelingt das ja bestimmt nicht!"

Mit dieser Äußerung hatte ich etwas ins Rollen gebracht, das ich wohl besser vermieden hätte. Seine Antwort auf meine Feststellung faßte er in unbeschreiblich strengem Ton: „Ich weiß ehrlich gesagt nicht,

Aldwin, wieso man Sie eingestellt hat. Sie verstehen keinen Spaß und sind unflexibel, eben ein richtiger Fachidiot! Und Sie haben wirklich von nichts eine Ahnung. Ich habe keine Lust, meine Zeit mit Leuten wie Ihnen zu vergeuden, ich werde Frank anrufen und ihm sagen, daß ich nicht mit Ihnen zusammenarbeiten werde. Sie können sich darauf verlassen, das dies das Ende Ihrer Karriere bei Global Mind sein wird."

In mir brach eine Welt zusammen. Er stand auf, und ich ergriff wie panisch seinen Arm und sagte: „Tom, bitte verzeihen Sie. Ich habe in den letzten Tagen viel erlebt und das alles noch nicht richtig verarbeitet. Sie haben ja Recht – ich bin ein Fachidiot. Ihre Art zu arbeiten ist mir fremd. Sie sehen die Menschen umfassender als ich und sind dementsprechend emotioneller. In meiner Welt der Medizin ist Emotion etwas Verdächtiges, Emotion bedeutet Fehlerquellen und wird deshalb vermieden. Vielleicht kann ich aber gerade damit Ihnen eines Tages helfen, vielleicht brauchen Sie irgendwann einmal die nüchterne und langweilige Analyse eines Mediziners. Ich glaube, dafür hat man mich eingestellt. Ich verspreche Ihnen, mich ab sofort unverkrampfter zu verhalten und Sie in Ihrer Persönlichkeit zu respektieren und zu achten. Bitte geben Sie mir noch eine Chance!"

„Erstaunlich, wie selbstkritisch Sie plötzlich sein können", entgegnete er meiner Bitte. „Okay, Sie sollen noch eine Chance bekommen, Ihre Erklärung gerade hat mich beeindruckt. Ich weiß, diese Abteilung wirkt auf Sie wie ein Haufen Verrückter. Wir sind auch anders. Da draußen leben die grauen Mäuse, die Normalen – von uns kontrolliert, weil wir die Fähigkeit dazu besitzen. Wo immer Global Mind auftaucht, steckt Tom Francisco dahinter. Versuchen Sie Ihren Horizont zu erweitern und öffnen sich für alle Bereiche menschlichen Wirkens. Das wird Ihnen sehr zu gute kommen!" Ich bedankte mich für sein Verständnis, und für einen Moment herrschte absolute Stille. Ein Zustand den Tom Francisco nicht lange ertragen konnte. Also sagte er: „Wissen Sie was, wir trinken jetzt erst noch ein Gläschen Champagner, um wieder runterzukommen."

Er holte ein Flasche, und wir tranken vom besten und teuersten – mehrere Gläser. Mit jedem Glas besserte sich die Stimmung merklich, und ich hatte den Eindruck, daß er nicht nachtragend ist. Irgendwann kam er wieder auf unser ursprüngliches Gesprächsthema zurück und sagte: „Ihre Frage, wie unsere Beobachtungen, Kontrollen und Analysen konkret vor sich gehen, ist natürlich mehr als berechtigt. Wenn man sich mit Technik beschäftigt, kann man sich aber schnell ein Bild davon machen, wie so etwas bewerkstelligt werden kann. Wir greifen auf einen riesigen Mix von unterschiedlichen Quellen zurück und analysieren diese, mit speziell entwickelten Mustererkennungssystemen." Mit unsicherem Gefühl fragte ich nach: „Wie kommen Sie zu Quellen, die so gut sind, das Sie damit so tief in das Leben der Menschen blicken können?" Er erklärte: „In erster Linie erhalten wir die Daten von den Cerebral-Servern. Diese Daten liefern uns entweder ein Feedback auf Programme, die wir ausgeführt haben, oder wir bekommen Meldungen über zerebrale Besonderheiten, insbesondere dann, wenn starke Abweichungen von der normalen Funktion des Gehirns auftreten. Aber es gibt noch mehr Kontrollmöglichkeiten. Wir haben ein sehr flächendekkendes Satellitenüberwachungssystem. An vielen Stellen sind Kameras und Richtmikrofone installiert. Das ist so umfassend gelungen, daß wir hier unsere eigene Reality TV-Shows produzieren könnten. Wirklich sehr unterhaltsam, Sie werden sich ja später selbst davon überzeugen können. Ich glaube, daß gerade von dieser visuellen und akustischen Überwachung der Spitzname des Mäuselabors her stammt. Sie brauchen also keine Befürchtungen zu haben – wir sind weder ein Frankenstein-Labor, noch öffnen wir die Schädel unserer Mitmenschen. Das geht alles ganz schmerzlos und unbemerkt vor sich."

Ich verstand die ganze Sache jetzt etwas besser, war erleichtert und gestand Francisco das auch ein: „Sie hatten Recht, ich war wirklich ein wenig rückständig in meinem Denken. Als Mediziner verbindet man mit dem Begriff des Mäuselabors tatsächlich etwas anderes."

Er lächelte mich fast ein wenig mitleidig an und sagte: „Nein, nein, glauben Sie mir, wir haben da ganz andere Möglichkeiten. Zum Beispiel im Bereich der Telekommunikation ist die totale Überwachung wirklich ein Kinderspiel. Wir können an der gesamten visuellen und akustischen Kommunikation der Menschen teilnehmen. Das gilt natürlich auch für alle anderen Arten der Datenübertragung. Die Menschen haben, zu unserem Vorteil, große Freude an elektronischer Kommunikation. Die früheren Telekommunikationsunternehmen haben dies stets forciert und damit riesige Umsätze erzielt. Seit wir die vollständige Kontrolle über diesen weltweiten Markt haben, wurden unsere Kunden ebenfalls dahingehend programmiert, intensiv von der elektronischen Kommunikation Gebrauch zu machen. Die Menschen freuen sich über die vielen schicken Geräten, die wir ihnen dafür anbieten, und sie machen uns den Gefallen und nutzen die Angebote intensiv. Intensive Nutzung – intensive Kontrolle!"

Ich fragte ihn: „Gab es nie Probleme, das manche Menschen doch das Gefühl hatten, überwacht zu werden?" Er schüttelte entschieden mit dem Kopf und sagte: „Nein, gar nicht, das Serverprogramm verhindert genau solche ‚abweichende' und geschäftsschädigende Gedanken. Es ist sogar so, daß die Leute immer mehr von den technischen Möglichkeiten Gebrauch machen. Gerade das Surfen im Internet bringt viel Spaß, und es werden die unterschiedlichsten Angebote genutzt. Niemand käme auf die Idee, irgendein Surfverhalten vorzuspielen, um einen eventuellen Kontrolleur täuschen zu wollen. Würde ja auch nichts bringen. Nein, die Menschen machen im Internet das, was ihnen gefällt und sie interessiert, und hinterlassen dabei elektronische Spuren, die sehr genau analysiert werden können."

„Es gibt doch viele Computerexperten, die mit spezieller Software ihre Anonymität im Internet erreichen können“, sagte ich in der Hoffnung, mit dieser Information nicht völlig falsch zu liegen. Francisco nickte und sagte: „Ja, ein menschliches Bedürfnis, dem wir gerne entgegen gekommen sind. Wir haben spezielle Software zur Anonymisierung in unserem Angebot. Die User fühlen sich damit sicher und haben ein Gefühl anonym zu bleiben. Dem ist natürlich nicht so, ganz im Gegenteil, wir können sie noch besser kontrollieren. Wer einmal in unserem Netz gelandet ist, kommt so schnell nicht mehr heraus. Wenn es den Leuten hilft, das Gefühl zu haben, sie wären dem ‚Großen Bruder entkommen, ist das ja schön. In Wirklichkeit sind sie nur aus einer Tür heraus gegangen, um dann wieder direkt bei uns zu landen. Wie heißt es doch so schön? ‚Alle Wege führen nach Rom.‘ – In unserem Fall führen alle Wege zu Global Mind.“

„Da haben Sie ja wirklich Zugriff auf unendlich viele Daten“, sagte ich ihm, hatte dabei aber ein unwohles Gefühl. Er grinste höhnisch und sagte: „Das ist ja noch längst nicht alles! Nehmen Sie beispielsweise nur mal unser Unterhaltungsprogramm, auch wenn Ihnen anscheinend einiges davon nicht gefällt. Das Fernsehprogramm wird auf unseren Servern aufgerufen und dann von den Zuschauern konsumiert. Wir erkennen, ob die Nachfrage nach bestimmten Inhalten so verläuft wie geplant und erkennen auch an den Statistiken, was besonders ankommt. Wir können unsere Botschaften innerhalb der Sendungen verbreiten und unterstützen damit die Arbeit der Cerebral Server. Interaktive Anwendungen, wie Shopping, Abstimmungen, Meinungsbeiträge, Chats und vieles andere, liefern uns verläßliche Daten.“

„Was interessiert Sie eigentlich am meisten bei Ihren Beobachtungen und Analysen?“ fragte ich neugierig. „Das Konsumverhalten der Leute steht bei uns ganz oben, wir wollen wissen, was die Leute haben wollen und wie wir ihre individuellen Bedürfnisse in Zielgruppen klassifizieren können", erklärte er, ohne jeden Zweifel aufkommen zu lassen.

Ich versuchte mir, die ganze Sache bildlich vorzustellen, und fragte weiter: „Sie können also mit Hilfe von Daten und durch Bild- und Tonaufzeichnungen das Kaufverhalten der Leute erkennen und beeinflussen?" Er machte ein etwas zerknirschtes Gesicht und sagte dann in sehr bedächtiger Art und Weise: „Na ja, könnte man so sagen. Das Kaufverhalten an sich ist ja schon seit langer Zeit ein eigener Forschungszweig, und die Datenerhebung ist sehr perfekt angelegt. Der elektronische Zahlungsverkehr ist die Basis der Überwachung. Während man früher zu Recht die Mafia mit dem Satz zitierte, daß Bargeld keine Spuren hinterläßt, so hat sich das doch heutzutage sehr verändert. Waren werden jederzeit nachprüfbar über das Fernsehen und via Internet geordert. Die Haushalte der Menschen sind voller Computerhardware, die uns ebenfalls Daten liefert, Einkaufsläden erfassen genau jeden einzelnen Kunden per Nanoermittlung, und die Waren sind alle mit funkgesteuerten Chips versehen. Der gesamte Warenverkehr ist ein gigantisches Überwachungssystem. Mit speziellen Zahlungs- und Kundenkarten, die oft Vorteile in Aussicht stellen, wird in Wirklichkeit lediglich die Überwachung präzisiert und der Konsum zusätzlich angeregt. Die Ermittlung des Kaufverhaltens ist ein Paradebeispiel dafür, wie Muster erkannt und festgelegt werden. Sie bekommen doch bestimmt oft von Unternehmungen Kaufempfehlungen, was Sie interessiere könnte. „Andere Kunden, die diese Produkte gekauft haben, haben auch dies und jenes gekauft. Man ist sogar dankbar für diese Hinweise, weil man sich die Suche nach ähnlichen Produkttypen dadurch ersparen kann. Tatsächlich zeigt es aber nur, daß Sie in Ihrer Persönlichkeitsstruktur vollkommen erfaßt wurden. Man weiß ‚was für einer' Sie sind. Die Menschen sind stolz darauf, eine exklusive Zahlkarte zu haben oder Mitglied in einem elitären Club zu sein. Man sieht sich in seinem Erfolg bestätigt und empfindet die Zugehörigkeit als Ausdruck der Anerkennung. In

Wirklichkeit haben Sie nur Ihren Namen gegen eine Nummer im System eingetauscht. Das Kaufverhalten der Leute ist bei uns das am perfektesten organisierte System. Alles was sonst noch so ‚an uns vorbeigehen' könnte, wird durch die Cerebral-Server geregelt." Ich mußte zu dieser Erklärung nachfragen: „Verzeihen Sie, wenn ich noch mal so dumm fragen muß, aber so groß ist Ihre Abteilung doch gar nicht, um all das verarbeiten zu können!"

Francisco beschwichtigte: „Doch, doch das können wir! Wir haben einige regionale Außenstellen, die uns unterstützen. Das meiste wird aber sowieso von Rechnern erledigt. Das, was bei uns hier ankommt, ist sozusagen nur noch die Essenz dessen, was unser System ermittelt hat. Dadurch haben wir sogar die Zeit, uns einzelne Fälle zu betrachten und zu analysieren. Ich sage es noch mal: Ohne die Auswertung von Mustersystemen wäre unsere Abteilung nicht in der Lage, auch nur einen winzigen Teil zu kontrollieren. Wir haben dabei Möglichkeiten entwickelt, die Ihnen bestimmt die Sprache verschlagen werden. Es ist beispielsweise möglich, auf Grund von Kameraaufzeichnungen visuelle Muster zu erkennen. Filmt eine Kamera einen Dieb bei der Ausübung eines Verbrechens, so ist es gar nicht notwendig, daß irgendjemand von uns das gesehen hat. Der Rechner greift auf alle Datenbestände zurück, ermittelt einen Ist-Zustand und leitet dann alles weitere ein. Zugegeben, nicht jeder Winkel der Erde ist wirklich komplett erfaßt, und wie Sie heute Morgen feststellen konnten, sind leider auch nicht alle Menschen von uns erfaßt. Doch lange geht das Versteckspiel nicht gut. Unser Netz ist zu dicht, um uns für längere Zeit zu entkommen."

Francisco ließ mich für einige Minuten allein im Besprechungsraum zurück, einer seiner Mitarbeiter hatte ihn gebeten, zu ihm zu kommen. Dieser kurze Moment gab mir Gelegenheit, über Sinn und Zweck dieser Abteilung nachzudenken und zu überlegen, was dies alles für meine spätere Arbeit bedeuten könnte. Tom Francisco kam bestens gelaunt wieder zurück und erklärte: „Entschuldigen Sie bitte, wir haben gerade eine allgemeine Analyse über die Stimmungslage aus mehreren größeren Ländern erhalten." „Und?" fragte ich neugierig. Er rang noch Worten und sagte: „Ich will es mal so ausdrücken, unsere sozialen Parameter sind alle im grünen Bereich oder einfacher ausgedrückt – es läuft spitze! Wissen Sie, das ist das Schöne an dieser Aufgabe. Wenn Sie sehen, wie die Menschen Spaß am Leben haben und sich bester Gesundheit erfreuen, das ist doch toll. Zwischendurch mal ein paar Reibereien, damit es nicht zu langweilig wird, und die Welt ist in Ordnung. Das müßte doch auch Ihnen als Mediziner gefallen! Die Zahl der praktizierenden Psychiater ist dramatisch zurückgegangen. Was haben die Menschen doch früher unter Depressionen gelitten, obwohl sie relativ frei in ihrem Denken und Handeln waren. Die Herren Psychiater konnten schon mit wenigen Patienten auf Jahre hinaus ihr Gehalt sichern. Da sind wir schon effizienter, unser System beendet eine Depression sofort und ohne jahrelange Therapie! Nein, also wirklich, unsere Führung und Fürsorge ist doch ein Segen für die Menschheit! Und für uns natürlich erst recht, hahaha! Ohne Kontrolle – kein Fortschritt!"

Er war regelrecht erschlagen von der Genialität des Global Mind-Systems. Ich stellte ihm eine Frage: „Ich habe gerade eben die Zeit genutzt, um etwas nachzudenken." „Nachdenken kann nie schaden, gerade in unserem Business", fuhr mir Francisco etwas plump und zynisch ins Wort. Unbeeindruckt davon fuhr ich fort mit meiner Frage: „Worauf sollte ich als Mediziner in Ihrer Abteilung achten? Was ist es, was ich später einmal gebrauchen kann?"

Er überlegte kurz und antwortete: „Sie müssen lernen, ihre zukünftige Arbeit mit unseren Augen zu sehen. Ihre ganzen medizinischen Kenntnisse sind wichtig und notwendig. Aber es gibt ein höheres Ziel, das wir verfolgen. Ihre Arbeit muß sich total an diesem Ziel orientieren. Einen Mediziner, der weiß wie man Leute gesund macht, brauchen wir nicht, davon gibt es genug. Wir brauchen einen dynamisch denkenden Kopf, der sein Wissen und seine Forschung für unsere Zwecke einbringt. Deshalb müssen Sie sich stets unserer Philosophie bewußt sein. In dieser Abteilung lernen Sie die Menschheit als ein einziges Gebilde zu verstehen. Auch wenn ein ‚globales Gehirn' aus unzähligen winzigen Komponenten besteht, am Ende bleibt es doch EIN EINZIGES Gehirn. Sie werden also zukünftig nicht mehr einzelne Personen medizinisch betreuen, sondern immer die gesamte Menschheit. Hier bei uns können Sie lernen, wie der Alltag der unterschiedlichsten Personen aussieht, was in den Köpfen der Leute vor sich geht, was sie motiviert und was sie blockiert." Gerade als eine Frage regelrecht aus mir heraussprudeln wollte, erinnerte ich mich an den Disput, den wir kurz vorher hatten. Ich mäßigte meinen Ton: „Ich hoffe, Sie sind mir nicht böse, Tom, wenn ich wieder einmal so eine ‚typisch kritische' Frage stelle. Mein Geschäft ist eben die Gesundheit der Leute, und das was Sie hier machen, ist nicht nur gesundheitsfördernd. Im Gegenteil, ich befürchte die massive elektronische Beeinflußung entspricht ganz und gar nicht den biologischen Voraussetzungen den Menschen. Es ist ein Prozeß, der sich gegen seine Natur richtet."

Mit dem Ton der absoluten Überlegenheit antwortete er mir: „Unsere Zahlen sagen etwas ganz anderes aus – etwas ganz anderes! Muster von krankhafter Veränderung im Körper werden durch unser System in ihrer frühesten Form erkannt. So schnell wie unsere Cerebral-Server eine Krankheit erkennen, hat noch nie ein Mediziner eine Krankheit diagnostiziert. Aber darüber hinaus glaube ich, daß die positive Stimulans der Gefühlswelt der Menschen sich äußerst günstig auf die Gesundheit auswirkt. Was die Nebenwirkungen anbelangt, etwa durch Strahlung – ein zugegebenermaßen großes Problem –, dafür sind Sie ja da." An diesem Punkt mußte ich ihm einfach ins Wort fallen: „Sie sprechen genau das richtige Thema an. Die Strahlenbelastung, die durch das permanente und gigantische Kontrollsystem entsteht, ist unverantwortlich. Hier wird den Menschen definitiv geschadet."

Zu meiner Überraschung verstand er mich und sagte: „Wir haben ein sehr engagiertes Team von Wissenschaftlern, das sich intensiv für die Gesundheit der Menschen, Pflanzen und Tiere engagiert. Besonders der Kollege Rohrmann setzt all sein Wissen ein, um die Menschen vor den schädlichen Strahlen zu schützen. Sie werden ihn noch kennen lernen."

An dieser Stelle legte Tom Francisco eine lange Pause ein. Er zeigte die gleiche Art, zu meditieren, wie ich sie auch bei Frank Miller sah – ihn dabei zu stören, wäre alles andere als angebracht gewesen. Er schien sich innerhalb kürzester Zeit vollkommen entspannt zu haben, denn seine Gesichtszüge veränderten sich, und er strahlte von diesem Moment an eine Freundlichkeit und Souveränität aus, die mich völlig in den Bann zog.

Mit sanftem und gutmütigem Blick setzte er die Unterhaltung fort: „Sie wollten wissen, was Sie als Mediziner hier lernen können – das will ich Ihnen gerne mitteilen. Neben dem bereits Erwähnten werden Sie hier auch miterleben können, welche unglaublichen Kapazitäten noch in den Menschen stecken und daß ihre Kreativität, ihr Leistungsvermögen und sogar ihre Spiritualität unter unserer Regie in Dimensionen vordringen kann, die man nie für möglich gehalten hätte. Sie werden selber miterleben, daß wir von den Menschen fasziniert sind und keine Verachtung für sie empfinden. Wir sind uns bewußt, daß wir eine Einheit mit ihnen bilden und uns gegenseitig brauchen wie die Luft zum Atmen. Vielleicht scheint es oberflächlich betrachtet so, als ob sie zu unseren Marionetten geworden sind, aber in Wirklichkeit haben wir dafür gesorgt, daß sie sich fortentwickeln können. Die Menschen haben ihre frühere Freiheit dazu genutzt, um sich völlig verdummen zu lassen, zu gewalttätigen Verbrechern zu werden und eine völlig mißratene, hoffnungslose und primitive Jugend hervorzubringen. Das Bildungsniveau ist dramatisch gesunken, es gab immer mehr Alkoholiker, Drogenabhängige, religiöse Fanatiker und Terroristen. Das Gehirn, dieses unglaubliche Ding im Kopf der Menschen, mußte wieder dazu gebracht werden, seine Fähigkeiten weiter zu entwickeln. Sicher, Sie werden jetzt denken, wie zynisch und abwertend reden denn diese Leute von Global Mind über die Menschen, wenn doch alles so toll ist. Auch wir sind nur Menschen und können beziehungsweise wollen unsere Enttäuschung über das, was hinter uns liegt, nicht einfach immer wegprogrammieren. Schauen Sie sich den jetzigen Zustand der Menschheit auf unseren Bildschirmen einmal an! Die Leute sind intelligenter, gesünder und wesentlich friedlicher geworden. Die Fakten sprechen eine eindeutige Sprache."

Seine Worte hatten tiefen Eindruck bei mir hinterlassen.

„Kommen Sie," sagte er mit aufmunternder Stimme, „ich zeige Ihnen jetzt meinen Arbeitsplatz!" Wir verließen den Besprechungsraum und begaben uns dorthin. Als ich den Raum zum ersten Mal sah, war ich sehr über den eigenartigen Zuschnitt verwundert. Über die ganze Länge hinweg zog sich eine Art Arbeitsplatte, auf der mehrere Bedienelemente installiert waren. Die Kante der Arbeitsplatte war mit einem weichen Leder abgerundet, so daß man sich bequem darauf mit den Armen abstützen konnte. Es standen mehrere Sessel im Raum, die elektronisch gesteuert hin- und herfahren konnten. Das „Herz" dieses Raumes bildete aber eine Wand mit Unmengen von Bildschirmen und in die Wand eingelassenen Lautsprechern. Zwei gigantisch große Monitore bildeten das Zentrum dieser Wand. Ich fragte mich, wie diese riesige Menge an Elektronik sich bloß überblicken ließ. Schnell hatte ich jedoch kapiert, das Franciscos Mitarbeiter auf kleineren Monitoren auf der rechten Seite der Wand sich zu erkennen gaben und dort auch Bilder übermittelten.

Als ich dies bemerkt hatte, kam in mir eine Frage auf: „Wenn ich sehe, daß Sie mit Ihren Mitarbeitern per Monitor in Kontakt treten, dann frage ich mich, wie wichtig eigentlich die Kommunikation per Gedanken bei Ihnen ist.“

Er sah mich mit geplagtem, aber dennoch freundlichem Blick an und sagte: „An meinem Arbeitsplatz spielt Gedankenkommunikation überhaupt keine Rolle! Wir werden hier mit einer Flut unterschiedlichster Informationen überhäuft, und oft läßt sich die Arbeit nur mit totaler Konzentration auf eine Sache erledigen. Würden dann dauernd Anfragen in meinen Kopf herumspuken, würde ich verrückt werden. Meine Kollegen wissen das, und kontaktieren mich immer per Monitor, wissend, daß ihre Anfrage vergeblich sein kann. Wo wir schon beim Thema sind, ich werde gleich einmal eine totale Kontaktsperre einrichten, damit wir hier ein bißchen in Ruhe miteinander plaudern können.“ Ich fragte ihn verwundert: „Und was würde passieren, wenn man Ihnen dringend etwas mitteilen muß, das auf keinen Fall warten kann?“ Er antwortete: „Dann wird eine sogenannte TOP PRIORITY-Anfrage gestellt, die mir sofort auffällt.“

Er schaltete das gewaltige Wandsystem an und es öffnete sich eine Wunderwelt auf den Monitoren. Zahlreiche Menschen unterschiedlichster Herkunft waren in unterschiedlichsten Situationen auf den vielen Bildschirmen zu sehen. Der ganze Arbeitsraum war bunt und hell erleuchtet. Francisco betrachtete das Szenario mit Gelassenheit. Die einzelnen Details schienen ihn gar nicht zu interessieren. Es war kein Ton aus den Lautsprechern zu hören, und da lange Zeit kein Wort zwischen uns fiel, versuchte ich zaghaft, die Unterhaltung wieder in Gang zu setzen: „Ist diese Arbeit hier nicht manchmal völlig unüberschaubar, schwierig und rätselhaft?“

Er nickte mir zu und sagte: „Vor allem an dem Rätsel sind wir interessiert. Das Rätsel, wer wir Menschen sind. Das Rätsel ist das, was vielleicht für immer bleibt. Die Wahrheit ist nur eine temporäre Erscheinung, die heute gilt und morgen schon als falsch erkannt werden kann. So wie die Menschen früher dachten, die Erde sei eine Scheibe, so unterliegen wir auch heute noch vielen Irrtümern."

„Frustriert Sie es nicht, das Gefühl zu haben, immer nur vorübergehende Wahrheiten zu entdecken?" fragte ich ihn. Er entgegnete mir: „Wissen Sie, das faszinierende an unserer Arbeit ist nicht das permanente Entdecken von Wahrheiten oder Tendenzen, sondern daß uns hier jeden Tag bewußt wird, an welch gigantischem Rätsel wir arbeiten. Es gibt vielerlei Rätsel, nur mal als Beispiel erwähnt – die kaum lösbare Frage was den eigentlich unter Realität zu verstehen ist. Global Mind bestimmt, was real ist, und zu einem sehr großen Teil bestimmen es die Menschen da draußen ebenfalls, doch woher das Bestimmende in uns kommt, können wir nicht wirklich erfassen und messen. Etwas Nicht-Reales bestimmt das Reale. Nicht gerade günstige Voraussetzungen für einen Freund der Zahlen und Statistiken, der ich nun mal bin."

Ich lachte und sagte: „Wir haben es hier also mit höherer Mathematik zu tun!"

Francisco stimmte zu: „Tatsächlich erinnert das System von Global Mind oft an sehr spezielle Wissenschaften. Nehmen Sie nur einmal die Quantenmechanik. Dort wird beschrieben, daß ein einziges Teilchen an mehreren Stellen gleichzeitig auftreten kann. Es hat sich nicht geteilt, es sind auch keine zwei – ein Teil an verschiedenen Orten. Genauso ist es doch bei uns. Unser Server sendet einen einzigen konkreten Gedanken hinaus in die Welt, und dieser eine Gedanke taucht an Millionen oder sogar Milliarden Stellen überall auf der Welt wieder auf. Und da wären wir auch wieder bei unserem Rätsel, denn nun stellt sich uns Beobachtern die Frage, wer oder was bestimmt, was aus diesem einen Gedanken so alles entstehen kann? Und genau wie die

Quantenphysiker müssen wir nun berechnen, welche Möglichkeiten wir hier zu erwarten haben. Womit ich Ihnen nochmals auf andere Art und Weise erklärt habe, warum wir eigentlich beobachten!"

Obwohl ich von diesen Wissenschaften nicht besonders viel weiß, fiel mir aber eine Tatsache auf: „Ich wüßte nicht, daß es in der Mathematik oder in der Physik eine Entsprechung zu Ihnen gibt, kein Teil hat die Funktion des Beobachters!"

Francisco grinste mich an und sagte: „Vielleicht war das doch keine so schlechte Idee, Sie zum Mastermind zu machen! In der Tat, Ihre Feststellung ist richtig. Eine wirklich überzeugende Definition für einen Beobachter gibt es in der Physik nicht. Mit Hilfe der Mathematik können wir alle nur erdenklichen Möglichkeiten berechnen, aber was der einzelne Mensch tatsächlich daraus macht, oder wie sein Bewußtsein und sein Erfahrungen sein werden, bleibt mathematisch gesehen eine Variable. Nicht selten erleben wir da die größten Überraschungen."

Seine Aussage deckte sich so gar nicht mit dem, was ich bisher mit Global Mind erlebt hatte, denn wenn mich das System überrascht hatte, dann nur wegen seiner geradezu erschreckenden Perfektion. Alle Programme funktionierten genauso, wie sie sollten, von unvorhergesehenen Überraschungen war nichts zu bemerken. Warum also erzählte er mir solche Dinge? Ich mußte ihn fragen: „Sie haben doch totale Kontrolle, können immer und überall eingreifen, meist sogar automatisch, dann können die Überraschungen doch nicht so groß sein!"

Er runzelte die Stirn und sagte: „Das hatten wir uns anfangs auch gedacht. Sicher, wir können einen ultimativen Befehl geben, der uns das gewünschte Ergebnis liefert. Wir können auch Tendenzen festlegen, die eine gesellschaftliche Fehlentwicklung weitestgehend ausschließen können. Dennoch – das menschliche Leben ist derart komplex, jeder beeinflußt jeden, alle beeinflssen die Realität. Wir programmieren oft nur eine unbedeutende Gedankenkomponente, woraus aber eine Kette von Ereignissen resultieren kann. Wir haben es immer mit einer Vielzahl menschlicher Verhaltensmöglichkeiten zu tun."

Ohne einen erkennbaren Zusammenhang fing Tom Francisco an zu lachen und sagte: „Das ist ja lustig, wenn wir nochmals an den Vergleich mit anderen Wissenschaften denken! Für das unbestimmte Verhalten der Menschen fällt mir ein witziger Vergleich aus der Physik ein. Der gute alte Heisenberg sagte schon: ‚Atome sind keine Dinge sondern nur Tendenzen. Die Gedanken der Menschen sind genau wie Atome – sie sind keine feststehende Dinge, sondern auch nur Tendenzen. Und ebenfalls genau wie Atome so sind auch Gedanken eine seltsame Materie ohne jede Substanz. Es sind Tendenzen, die beim größten Schwachsinn beginnen und totaler Genialität enden!'" Mir gefiel dieser Vergleich außerordentlich. Dennoch seufzte ich: „Und das alles, obwohl die Menschen von Global Mind ferngesteuert werden." „Falsch," fuhr mir Francisco erwartungsgemäß ins Wort, „die Menschheit kann sich jetzt fortentwickeln, weil Sie ferngesteuert wird!"

Diese letzte Anmerkung hätte aus einem Seminar für Verkaufspsychologie stammen können, aber vielleicht gerade deshalb fand ich sie so charmant. Ich versuchte, meine Kritik auf seine These in möglichst sanfte Worte zu packen: „Ich verstehe, ich verstehe, aber es sei erlaubt, sich doch immer noch zu wundern, wie diese Fortentwicklung vor sich geht. Nicht auf Basis der eigenen Realität, sondern auf Grund einer künstlichen Welt, die sich ganz alleine im Kopf abspielt."

Francisco setzte die Mimik eines Lehrers auf und begann zu erzählen: „Aldwin, ich bin ja schon etwas länger als Sie in diesem Geschäft, länger sogar als die anderen Masterminds. Sie können sich vorstellen, daß ich deshalb manche Erkenntnisse wieder und immer wieder auf's Neue erzählen muß. So ist es auch jetzt der Fall! Was ich Ihnen jetzt sage, sollten Sie sich gut hinter die Ohren schreiben, es ist essentiell für Ihre spätere Arbeit. Machen Sie nicht den Fehler, indem Sie glauben, die äußere Realität sei realer als die innere. Die äußere Realität durchläuft genauso den Filter unserer eigenen Wahrnehmung, und ohne unsere innere Welt gebe es die äußere gar nicht! Auch streng wissenschaftlich gesehen, ist die äußere Welt eine vielfältige und nicht-feststehende Angelegenheit, die sehr unterschiedlich wahrgenommen wird. Global Mind kann seine Planungen gar nicht auf eine äußere Realität hin erstellen, weil wir immer nur die innere erreichen können und wollen. Wir gestalten ja mit unserer Innenwelt die äußere Welt. Schauen Sie sich doch mal an, was wir hier alles schalten und walten können. Jedes Gerät, jedes Gebäude und was weiß ich noch alles, existiert zuerst als reiner Gedanke. Dieses nichtmaterielle, subjektive Etwas wird dann niedergeschrieben und festgehalten, in Gedanken weiterentwickelt und ist dann plötzlich ein gewaltiger Teil unserer äußeren Welt. Ich will nicht verleugnen, daß es schicksalhafte Ereignisse gibt, wie beispielsweise Phänomene der Natur, die von der Außenwelt auf uns einwirken. Aber auch hier empfangen wir Signale, färben sie mit unseren subjektiven Empfindungen ein und erleben erst dann diese vermeintliche Realität."

Ich verstand seine Erklärung, wollte aber einen medizinischen Gedanken hinzufügen: „Besteht aber für unser Bewußtsein nicht ein qualitativer Unterschied zwischen realem Erleben der Außenwelt und dem der Innenwelt?"

Francisco antwortete: „Ob Sie es glauben oder nicht, wir wissen mit absoluter Sicherheit, daß unser Gehirn keinen Unterschied zwischen äußerer und innerer Welt macht. Wenn Sie nachts träumen, dann erleben Sie auch alles real – haben Angst, freuen sich, denken nach, was auch immer –, Sie unterscheiden nicht zwischen Traum und Wirklichkeit. Viele therapeutische Verfahren, wie beispielsweise Hypnose, sprechen ganz allein Ihre Innenwelt an und haben dennoch gewaltige Auswirkungen. Schauen Sie sich doch einmal an, was Ihr Cerebral-Server an Daten über Ihr Gehirn liefert. Im Unterschied zu normalen Menschen können Sie ja Ihre eigenen Hirnaktivitäten auf einem Terminal verfolgen. Gönnen Sie sich einmal den Spaß und schauen nach, welche Teile Ihres Gehirns aktiv sind, wenn Sie Ihre Frau ansehen. Stellen Sie sich dann Ihre Frau lediglich in Gedanken vor, und überprüfen auf dem Monitor, welches Hirnteil jetzt aktiv ist. Ich kann Ihnen das Ergebnis jetzt schon sagen – es wird genau die gleiche Stelle in Ihrem Gehirn sein!"

Ich fühlte mich in dem Moment wie ein dummer kleiner Junge, der während seines Medizinstudiums nicht richtig aufgepaßt hatte. Doch Tom Francisco erzählte einfach weiter: „Wissen Sie, Aldwin, die Frage, wieweit die innere Realität die äußere steuert, geht viel weiter, als man glaubt. Es gilt als sicher, daß Gedanken, die sich in unserem Unterbewußtsein manifestiert haben, auch die äußere Realität beeinflussen. Die pure Existenz eines Gedanken kann ausreichen, um die Umwelt damit zu verändern. Schauen Sie, manchen Leuten läuft das Glück regelrecht hinterher, ganz egal, ob sie faul oder leichtsinnig sind oder sich permanent schlecht benehmen – am Ende geht es immer positiv für diese Menschen aus. Umgekehrt genauso, viele Leute können machen was sie wollen, sie schütteln das Negative nicht ab. Tatsächlich können Menschen in ihrem Gehirn ein neuronales Netz erschaffen, das in der Lage ist, äußere Realitäten zu schaffen." „Falls der Global Mind-Server nichts anderes mit diesen Leuten vorhat!" fiel ich ihm ins Wort. „Er nickte und sagte: „Da haben Sie recht, aber wie gesagt, wir können derzeit noch nicht jedes mögliche neue neuronale Netz vorher berechnen, wo wir wieder bei den vielen Überraschungen wären."

Ich ließ meinen Kopf in den Nacken fallen, starrte an die Decke und dachte nach. Ich mußte an meinen Bruder Ewald denken, der mir beigebracht hatte, daß es ein Zeichen von Kreativität sei, bei Gesprächspausen, innerhalb von drei Sekunden neue Gedanken formulieren zu können. Ich ließ in dem Moment aber längere Zeit verstreichen und fragte dann: „Ist es nicht so, daß ohnehin viele Menschen sich ihre eigene kleine Welt in Gedanken erschaffen, die mit ihrer äußeren Realität rein gar nichts zu tun hat? Sie wissen doch bestimmt, welche Mechanismen dafür verantwortlich sind!“

Er nickte: „Mit Ihrer Feststellung haben Sie völlig recht! Für die Erschaffung einer eigenen inneren Welt gibt es viele Gründe. Wahrscheinlich meinen Sie aber einen konkreten Fall, nämlich Leute, die etwas im Kopf haben, was gar nichts mit ihrer Welt zu tun hat. Läßt sich gut erklären! Immer dann, wenn Menschen das Gefühl haben, sie können die Welt nicht verändern oder dann, wenn alle ihre Träume und Hoffnungen über lange Zeit hinweg nicht wahr geworden sind, kann es sein, daß sie eine innere Gegenstrategie entwickeln. Vorab sei allerdings angemerkt, daß diese Leute nur glauben, sie könnten nichts verändern, tatsächlich befinden sie sich in einer Art Gedankengefängnis, aus dem sie nicht herauskommen. Somit bleibt jeglicher Fortschritt aus. Aber zurück zur Gegenstrategie. Das Gehirn erhält also von der Außenwelt keine positiven Impulse, ergo es entwickelt eine eigene Realität, in der diese Probleme gelöst sind. Ich habe für diesen Vorgang eine Bezeichnung gefunden, den die Global Mind-Forschung genauso übernommen hat – den ‚Big Stone Effekt‘. Das Big Stone-Prinzip ist eine selbst vorgenommene Programmierung der Gedanken. Dabei besteht praktisch keinerlei Beziehung zur äußeren Realität. Der ‚Big Stone‘ ist wie ein riesiger Fels, der in der Gedankenlandschaft der Menschen sich breitgemacht hat und alles andere überragt. Die von den Menschen ersehnte Substanz dieses Big Stone ist Glück, Erfolg, Anerkennung, Macht, Attraktivität, Bewunderung, Freiheit, Lebensgenuß und so weiter. Oder aber der Big Stone besteht aus Projektionen, die all diese Dinge hervorbringen sollen, zum Beispiel eine heiß ersehnte Liebesbeziehung, Reichtum, Besitz, Karriere.

Damit das emotional Eindruck macht, muß diese innere Welt stark von der tatsächlichen Realität abweichen. Man denkt sich sozusagen zu jemand Besonderem. Diese schöne kleine Welt genügt den Menschen völlig, es besteht keine Veranlassung, diese Träume in die äußere Realität umzusetzen. Um einen solchen Traum auch äußerlich zu verwirklichen, wären oft Faktoren nötig, die gar nichts mit dem gewünschten Bild zu tun hätten. Anders gesagt, wer erfolgreich, gutaussehend, souverän und sonst noch was sein will, muß meistens hart an sich arbeiten, diszipliniert sein, bereit sein, Niederlagen einzustekken und Durchhaltevermögen besitzen. Alles Dinge, die nun so gar nicht in die schöne Traumwelt passen. Dann bleibt man doch lieber bei seiner immer schönen, einfachen und unkomplizierten inneren Realität, bevor die Außenwelt zum Spaßverderber wird."

„Tom, das klingt sehr interessant, helfen Sie mir bitte, diesen ‚Big Stone' wissenschaftlich einzuordnen. Wie kann man seine Funktion wissenschaftlich beschreiben?" fragte ich neugierig. Er sah mir kurz und intensiv in die Augen und verunsicherte mich damit. Doch er antwortete schließlich auf meine Frage: „Kurz gesagt, der ‚Big Stone' ist eine Gedankendroge. Genau wie bei anderen Drogen bewirkt der Big Stone eine Veränderung in der Wahrnehmung der äußeren Realität." Ich versuchte einzulenken und fragte: „Könnte man das nicht als Realitätsverlust bezeichnen?" Er schwankte unsicher mit dem Kopf hin und her und meinte dann: „Umgangssprachlich könnte man es so nennen. Wissenschaftlich ist es aber ein nicht zutreffender Begriff, da, wie bereits gesagt, die Realität stets subjektiv erfahren wird. Ich weiß aber was Sie meinen, es besteht de facto eine gewaltige Diskrepanz zwischen der inneren und äußeren Realität dieser Menschen. Manchmal wird daraus ein seelisches Problem." Mittlerweile kannte ich ein wenig die Denkweise der Global Mind-Macher. Deshalb stellte ich meine nächste Frage bewußt provokativ: „Der Big Stone ist also ein Schädling – oder etwa nicht?" Meine Art zu fragen, hatte Francisco irgendwie stimuliert. Er wirkte plötzlich listig, ja fast teuflisch, und dennoch beeindruckte er mich enorm. Er antwortete: „Sagen wir es einmal so, der Big Stone ist nicht nur ein Schädling. Drogen haben ja oft sehr angenehme Wirkungen.“

Ich spürte instinktiv, worauf es hinauslaufen sollte. Menschen, die ganz und gar in ihrer inneren Welt verharren, stellen kein Risiko für die äußere Welt dar, also auch kein Risiko für Global Mind. Außerdem kann man sie wunderbar kontrollieren. Ich hatte es längst aufgegeben, solche Bemerkungen fallen zu lassen und hakte deshalb nicht nach. Stattdessen fragte ich: „An welche angenehmen Wirkungen denken Sie da insbesondere?“

Er entgegnete mir: „Der Big Stone verleiht den Menschen Hoffnung. Das Leben erscheint besser als ohne Big Stone. Außerdem werten sich die Menschen durch dieses System selber auf. Alle Enttäuschungen und Niederlagen verschmerzt man leichter, weil ja noch eine andere, großartige Realität existiert. Wie gesagt, das Gehirn unterscheidet zunächst nicht, und dadurch entwickelt sich bei der betreffenden Person ein Gefühl, daß eines Tages auch die äußere Realität so großartig werden muß. Also, um es noch mal kurz und bündig zu sagen – der Big Stone ist eine Gedankendroge, die bei Gefühlen der Minderwertigkeit, Enttäuschung und Hoffnungslosigkeit angewendet wird. Die Droge kann erhebliche Nebenwirkungen haben, wie beispielsweise Depression.“ Er unterbrach seine Erklärung für einen Moment und lächelte vor sich hin. Dann fuhr er mit ironischem Unterton fort: „Es wird Sie sicherlich nicht wundern, wenn ich sage, das unsere Server auch Mittel gegen die Nebenwirkungen anzubieten haben. Und bevor Sie wieder mit Ihren Bedenken kommen, sei ganz klar gesagt – der Big Stone-Effekt ist keine Erfindung von Global Mind, die Menschen machen das ganz ohne uns. Bisher liefern wir höchstens ein paar Konzepte für einen Big Stone und helfen dann bei den Nebenwirkungen. Aber Sie werden daran arbeiten, dieses Prinzip erheblich auszubauen. In der jetzigen Situation nehmen die Menschen immer noch die äußere Realität wahr. Das wird sich in Zukunft ändern!“ Es war nicht nötig, zu fragen, wie er das meinte, denn Frank Miller hatte bereits mit mir über dieses Thema gesprochen – die virtuelle Realität. Die Erschaffung einer neuen künstlichen Wirklichkeit, die so perfekt sein soll, daß sie nicht mehr von der äußeren Realität unterschieden werden kann. Ich wurde etwas melancholisch und sagte: „Warum haben die Menschen nicht von sich aus verstanden, welch unglaubliche Möglichkeiten sie besitzen? Wenn wir unser fantastisches Gehirn nur richtig fortentwickelt hätten, dann könnten wir locker eine wesentlich höhere Stufe des Lebens erreichen, und das auch ganz ohne Anweisungen von einem Server.“ Francisco reagierte auf meine Feststellung: „Seien wir ehrlich, Aldwin – die Chance dazu ist längst vertan. Die Menschen hatten viel Zeit, und es gab unzählige Chancen, den richtigen Weg zu beschreiten, aber alles was dabei herauskam, war eine einzige Fehlentwicklung. Ich wiederhole mich nur ungern, aber mit Global Mind beginnt ein neues, faszinierendes Zeitalter! Wir werden in der Lage sein, Großartiges zu tun, wir können die Menschen von ihren geistigen Fesseln befreien und sie zum richtigen Weg – FÜHREN! Die Gedanken werden sich neu ausrichten, neue Hologramme werden erschaffen, die alles in den Schatten stellen, was wir uns je erträumt haben. Und dann werden wir unseren Gedanken Flügel verleihen. Die neue Gesellschaft wird ihre Umwelt neu und faszinierend gestalten, und das Zusammenleben der Menschheit wird sich wie ein Kunstwerk entwickeln!“

„Kann das menschliche Gehirn mit diesen unendlichen technischen Möglichkeiten überhaupt mithalten? Es besteht doch die Gefahr, daß es bei uns so läuft wie bei uralten Computern, die aussetzen mußten, wenn die Datenmenge zu groß wurden“, fragte ich. Francisco antwortete: „Sie haben sicherlich recht, was unsere derzeitigen geistigen Möglichkeiten betrifft, im Moment sind wir noch sehr begrenzt. Vielleicht können Sie mit Ihrer Forschung dazu beitragen, daß sich das ändert. Aber vergessen Sie nicht – unser Gehirn kann viel mehr leisten, als wir glauben! Klar, wenn man es mit Computerleistungen vergleicht, dann sind die 2000 Bits, die unser Bewußtsein pro Sekunde zuläßt, ein Witz. Aber in unserem Gehirn spielt sich viel mehr ab als das, was wir bewußt erleben: Temperatur, Herzschlag, Schmerz, Hormonausschüttung. Ach, Sie wissen das alles viel besser als ich! Wenn wir also nicht nur Zugriff auf die 2000 Bits pro Sekunde des Bewußtseins haben, sondern auf die gesamten 400 Milliarden Bits, die das Gehirn insgesamt pro Sekunde verarbeitet, dann könnten wir Enormes leisten!" Ich zweifelte sehr stark an dieser Vision: „Ich frage mich, sind geistige Prozesse wirklich in der Lage, eine äußere, materielle Welt zu erschaffen, oder zumindest dermaßen perfekt zu simulieren?" Ich sah Francisco ins Gesicht und hatte für einen kurzen Moment das Gefühl, daß er per Gedanken mit mir kommuniziert. Es schien mir, als wolle er auf diese Frage gedanklich mitteilen, daß er bereits Dinge gesehen hat, von denen ich mir nicht die geringste Vorstellung machen könne. Er redete jedoch ganz normal weiter: „Sie unterschätzen die Macht der Gedanken! Gedanken können ihren Körper verändern, schauen Sie doch mal, was unter Hypnose oder bei einer Meditation passiert. Sie können durch Gedanken Schmerzen verschwinden lassen, ungeahnte Kräfte entwickeln, Ihre Empfindungen verändern und Dinge sehen, die es gar nicht gibt. Wäre die Realität tatsächlich eine feste unveränderbare Sache, so wären unser Leben ohne jede Bedeutung Wir Menschen wäre eine Nebensächlichkeit in einer Natur, die mit uns macht, was sie will. Sie und ich, wir wissen beide, daß dem ganz und gar nicht so ist. Wir können uns nur eine ungefähre Vorstellung davon machen, was mit unserem Gehirn möglich ist. Letztendlich müssen wir alle uns verändern, das bedeutet, unser Gehirn muß neue Verbindungen erstellen, wir müssen uns sozusagen – neu verkabeln". Leider sitzen viele unserer Hirnverbindungen so fest, daß es wirklich sehr schwierig ist, da den „Stecker zu ziehen" und woanders neu anzusetzen. Mit grundlegenden Veränderungen tun wir uns schwer." „Tja, ich habe ja bereits mit anderen Worten genau dieses Problem erwähnt", stellte ich resigniert fest.

Tom Francisco ergänzte noch: „Die Menschen haben sich zu sehr auf die rein materielle Welt konzentriert. Man hat sich schön eingekleidet, Sport getrieben, Kosmetika verwendet und sich mit allen erdenklichen schicken Geräten umgeben – kurz gesagt, man tat alles, um nach außen hin zu wirken. Hätte man sich mit ebenso viel Elan um seine geistige Verfassung gekümmert, dann hätte sich das Leben in einem viel höheren Maße bereichert. Wenn Sie das den Leuten sagen, glaubt das aber keiner, man kann es schließlich nicht für jedermann ersichtlich beweisen." Ich fragte ihn: „Warum haben die Menschen ihre geistigen Möglichkeiten nicht erkannt? Gibt es vielleicht sogar irgendwelche meßbare Faktoren, die eine geistige Weiterentwicklung verhindern?" Francisco dachte nach, offensichtlich bemüht, eine möglichst präzise Antwort auf meine Frage zu geben: „Schuld sind eindeutig die Gefühle. Unser ganzes Leben besteht aus Gefühlen. Sogar unser Körper unterliegt total dem Einfluß der Emotionsmoleküle. Da die Emotionen der entscheidende Faktor unseres Lebens sind, werden wir süchtig danach. Es ist eine Sucht, die kaum als Krankheit wahrgenommen wird, vor allem deshalb nicht, weil ausnahmslos jeder Mensch unter dieser Sucht leidet. Die Global Mind-Server nutzen in erster Linie die Suchtfaktoren, über die Sie bereits viel bei uns gehört haben: Sucht nach Liebe, Sexualität, Anerkennung, Freiheit, Erfolg und all solche Dinge. Vielleicht kann ich Ihnen das am Beispiel der Verliebtheit einmal erläutern. Im Allgemeinen wird dieser Zustand mit etwas Positivem in Verbindung gebracht. Was wir aber tatsächlich im Gehirn messen können, sind Veränderungen, die mit Streß vergleichbar sind. Außerdem fällt auf, daß Verliebte sich sehr sonderbar verhalten. Nicht umsonst steckt das Wort ‚Sucht' im Begriff „Sehnsucht", und wir sehnen uns nach dem Gefühl der Liebe, nach dem wir so süchtig sind. Nun aber zurück zur Frage, warum die Gefühle uns an der geistigen Weiterentwicklung hindern. Die Menschen empfinden seltsamerweise keinerlei natürliches Bedürfnis, sich geistig weiter zu entwickeln. Deshalb werden Sie auch nicht süchtig danach. Der emotionalen Wirkung von Macht, Erfolg oder Sexualität hat die geistige Entwicklung absolut nichts entgegen zu setzen. Das ist aber nur ein Hinderungsgrund. Ein anderer Grund ist die Tatsache, daß die meisten Menschen regelrecht hypnotisiert sind von dem Gefühl des Versagens, der Erfolglosigkeit und dem Schmerz unerfüllter Träume. Ihr gesamtes Grundgefühl ist negativ. Also geben Sie auf, und leben ein Leben der Mittelmäßigkeit, in dem geistige Fortentwicklung kein Platz hat."

Ich konnte seine Erklärungen gut nachvollziehen. Für mich stellte sich aber sogleich die Frage, was Global Mind mit solchen Menschen macht, und vor allem – wie? Also fragte ich ihn: „Was genau tun jetzt die Global Mind-Server und die Nanotechnologie, um solche Fehlentwicklungen zu korrigieren?" Tom Franciscos Antwort begann mit einer belehrenden Feststellung: „Vielleicht sollten Sie sich so langsam daran gewöhnen, nicht mehr von den Global Mind-Servern zu sprechen, sondern von UNSEREN Servern. Sie werden sich schon bald als ein Teil davon empfinden, und ich glaube Frank Miller liebt es, wenn man sich vollständig mit UNSEREM Unternehmen identifiziert. Aber nun zu Ihrer Frage. Sie werden mir als Mediziner sicherlich zustimmen, wenn ich sage, daß Gefühle in unserem Körper durch die Ausschüttung von Chemikalien verursacht werden." Er unterbrach seine Ausführungen und fing an zu lachen. Er erklärte dann, was ihn an diesem Gedanken so amüsiert: „Wenn ich bei Gefühlen von Chemikalien spreche, dann würden viele Drogenjunkies mir begeistert zustimmen. Und so ganz nebenbei erwähnt – das Problem der Drogenabhängigen haben wir ohnehin bereits gelöst. Also, um wieder ernsthaft zu werden, wenn wir Gefühle erleben, dann werden ja, wie Sie sicher wissen, vom Hipothalamus Signale an die entsprechenden Rezeptoren geleitet. Und jedes noch so kleine Gefühl hat seine eigene Chemikalie. Es gibt Chemikalien mit stark holographischer Wirkung, die in der Lage sind, unsere Erinnerungen im Gedächtnis dramatisch zu verstärken. Was tun wir als Global Mind also, um die Gefühle der Menschen zu steuern? Wir beteiligen uns an dieser gesamten Aktivität und sorgen dafür, daß der Hipothalamus so reagiert, wie wir das gerne hätten. Dabei entsteht ein Geflecht von Reaktionen, Erinnerungen und Programmierungen, die ihre Wirkung nicht verfehlen. Wir können also dafür Sorge tragen, daß bestimmte Chemikalien produziert werden, die ihre spezifischen Wirkungen haben. Um eine geistige Fortentwicklung zu erreichen, muß man aber eher dafür sorgen, daß bestimmte Chemikalien eben nicht produziert werden! Stattdessen müssen Teile des Gehirns stimuliert werden, die eher dem Verstand als dem Gefühl zuzurechnen sind."

Francisco lehnte sich in seinen Sessel zurück und schloß die Augen. Mir war klar, daß er jetzt eine besonders wichtige Aussage machen würde: „Ich will Ihnen gerne davon berichten, was Menschen dabei empfinden, wenn wir diese Stimulans des Verstandes vornehmen. Sie empfinden es so, als ob sie eine ‚innere Friedenspfeife' rauchen. Ruhe und friedliche Stimmung sind dann die vorherrschenden inneren Gefühle. Es wird oft so beschrieben, als ob den negativen Gedanken und Gefühlen von uns die Energie entzogen wurde. Die negative Energie, die unsere Muskeln anspannen und uns verkrampfen läßt, und uns dabei wieder und immer wieder dieselben Gedanken in den Sinn kommen, genau diese Energie wird einfach ausgeschaltet. Ängste und Sorgen werden plötzlich ganz klein, meist verschwinden sie sogar komplett. Die Dominanz der negativen Empfindungen ist dann gebrochen, und positive Gedanken sind dann wieder möglich. Es entsteht eine Kraft, Dinge neu anzugehen, und die Tür zur geistigen Fortentwicklung ist weit geöffnet. Irgendein Philosoph sagte einmal, das schlimmste in seinem Leben seien die vielen Katastrophen, die niemals eingetreten sind. Wenn es gelingt, sich von diesen inneren Katastrophen, also all dem Ballast des Negativen, zu befreien, dann kann unser Geist ungeahnte Höhen erklimmen."

Diese Seite des Global Mind-Systems hatte etwas zutiefst Menschliches an sich, auch wenn ich davon überzeugt war, daß die geistige

Fortentwicklung nur einem Teil der Menschen vom System gestattet wird. Um bei diesem Thema noch mehr in die Tiefe zu gehen, fragte ihn: „Spielt bei der geistigen Fortentwicklung nicht auch die Spiritualität oder sogar Religiosität eine Rolle?“

„Wir sind bei dem Thema Religiosität, so wie man es im üblichen Sinne versteht, etwas vorsichtig geworden, vor allem durch die Ergebnisse der Hirnforschung. Problematisch bei Religionen ist eben die allgemein bekannte Tatsache, daß alle Religionen ausnahmslos menschlich geschaffene Konzepte sind, bei denen gewisse Wahrheiten vorhanden sind, die sich mit erfundenen Wahrheiten vermischen. Aber für den Begriff der Spiritualität kann ich mich schon mehr begeistern. Fest steht, daß unser Gehirn einen spirituellen Teil hat, der für jedermann zugänglich ist. Im Zusammenhang mit Spiritualität muß man unbedingt noch einen andern Begriff ins Spiel bringen, nämlich den Begriff der Einheit. Man kann wissenschaftlich sehr gut belegen, daß alle Dinge dieser Welt und des Universums letztendlich eine Einheit bilden. Die Erkenntnis der Einheit verbindet uns mit allem, und spirituelles Denken wird unumgänglich. Diese unglaublichen Mechanismen, die uns alle miteinander verbinden, sind eine derart perfekte Schöpfung, die man nur als göttlich bezeichnen kann. Die Vorstellung, die wir bislang von einem Gott hatten, sind primitiv und unperfekt. Möglich, daß unsere geistige Kapazität überhaupt nicht in der Lage ist, sich eine Vorstellung dieser göttlichen Größe zu machen – besser gesagt: noch nicht. Da alles eine Einheit bildet, sind wir also auch selber Gott. Bei den meisten Religionen stehen auf der einen Seite die Menschen, auf der anderen Seite Gott, ein Zwei-Parteien-System, von Einheit keine Spur. Wir bilden zusammen einen riesigen gemeinsamen Geist, ganz im Sinne unseres Firmennamens – dem Global Mind!“

Die Aussage belustigte mich, und ich stellte deshalb fest: „Wir sind also hier in einer Zentrale des Göttlichen!“ Und als ob es gar nicht anders hätte sein können, so stimmte Francisco dieser Behauptung mit deutlicher Entschiedenheit zu. Nach dieser amüsanten Einlage wollte ich es aber doch noch genauer wissen: „Ihre Erklärungen machen durchaus Sinn für mich. Gehen wir also einmal davon aus, daß Sie damit Recht haben. Wozu dann noch Religion?“ Francisco wurde wieder ernst und sagte: „Religion ist eine Orientierungshilfe. Es wäre allerdings wesentlich hilfreicher, wenn man sich dabei nicht nur auf eine einzige Religion beschränken würde. Die Frage ist doch, ob es wirklich Sinn macht, daß Menschen sich von irgendwelchen religiösen Geboten und Gesetzen leiten lassen, ohne den Sinn hinter dem Ganzen verstanden zu haben? Wollen Menschen wirklich zu Marionetten von Religionen werden, die nachweislich zum großen Teil von Menschen erfunden worden sind? Dieses Prinzip der Passivität, das nur nach dem Motto verfährt, ich befehle, du gehorchst – auch wenn du nicht verstehst warum –, kann nicht die Wahrheit hinter dem Rätsel sein.“ „Was ist es aber dann?“ fragte ich fast schon verzweifelt. Er antwortete: „Wenn ich Ihnen das sage, dann werden Sie gleich wieder lachen müssen.“ Er legte eine Pause ein und erzeugte damit eine unerträgliche Spannung. Doch dann beschrieb er etwas eigentlich sehr Harmloses: „Sehen Sie sich einmal in diesem Kontrollraum um. Versuchen Sie zu spüren, was hier geschieht, denn das hier ist die wahre Religion! Die eigentliche Religion besteht nämlich darin, die Natur unserer Existenz und das Prinzip der Einheit zu erforschen und zu verstehen. Wir müssen diese Dinge vollständig nachvollziehen können, um uns wirklich weiter zu entwickeln. Die Religionen bieten uns Informationen und Erkenntnisse an, aber wir müssen sie verstehen, sonst hat das alles keinen Sinn. Und wir müssen dann selber entscheiden können, was richtig und falsch ist. Denn daß alle Religionen ihre Fehler haben, hat die Menschheitsgeschichte oft auf dramatische Art und Weise bewiesen.“

Das war sie also – die Religion von Global Mind, die Erforschung des eigenen Selbst. Es war eine sehr logische und gut nachvollziehbare

Religion, allerdings hatte sie für mich einen gewaltigen Fehler. Deshalb fragte ich: „Diese unsere Global Mind-Religion ist ja ganz toll, so frei und ungebunden. Aber ich frage mich, woran kann ich mich dann noch orientieren, wenn ich doch erst einmal alles erforschen muß. Es gibt keine Gesetze, keine Werte und keine Normen, an die ich mich halten kann." Francisco schüttelte den Kopf: „Glauben Sie, daß die Menschen sich bei den herkömmlichen Religionen an deren Gesetze und Werte gehalten haben? Es wurde doch fleißig gemordet, gelogen und betrogen, und oft sogar im Namen Gottes. Ein Gesetz, das ich nicht verinnerlicht und verstanden habe, wird auch nie wirklich zur Anwendung kommen. Bei der Suche nach der eigenen Wahrheit stoßen Sie doch ganz automatisch auf die wichtigen Werte. Die innere Logik wird Ihnen bald verdeutlichen, das Haß, Aggression und schlechte Gedanken jeden von uns auf der Stelle treten lassen, wir können uns so nicht weiterentwickeln. Alle zivilisierten und fortschrittlichen Kulturen basieren auf einer Wertegrundlage. Wenn Sie zurückblicken, so gehörten doch stets Länder, in denen Verfolgung, Korruption und Verbrechen regierte, nie zu den technologisch und wirtschaftlich führenden Nationen."

Francisco wurde plötzlich ganz ruhig und starrte wie gebannt ins Leere. Nach einem Moment des Nachdenkens sagte er: „Wir haben nun schon eine ganze Menge philosophiert, aber eigentlich sind Sie ja hier, um unsere Arbeit kennen zu lernen. Vielleicht beginnen wir zunächst einmal mit unserem Computerprogramm. Es wurde speziell für unsere Abteilung entwickelt und versorgt uns mit allem, was zur Beobachtung und Analyse von Bedeutung sein kann. Ich sage es gleich vorweg – wir werden jetzt nur eine grobe Einteilung sehen, alle Bereiche des Programms haben sehr viele Untergruppierungen, in denen alle empfangenen Daten bis aufs kleinste Detail aufgesplittet sind."

Er schaltete seine Computer ein, und auf dem großen Hauptbildschirm erschien ein Menü. Er begann zu erklären: „Die erste Rubrik, die hier angezeigt wird, nennt sich ‚Geschäftsergebnisse'. Wir sehen hier ständig in Echtzeit die Umsatzzahlen unserer Produkte und Dienstleistungen. Neben den Ergebnissen steht jeweils die Sollzahl. Unsere Marketingabteilung errechnet, wie hoch der Umsatz theoretisch ausfallen muß, und wir vergleichen dann das tatsächliche Ergebnis mit diesem vorgegebenen Sollwert. Die Umsätze werden dann noch verschiedenen Zielgruppen zugeordnet. Wir wissen also immer ganz genau, was der einfache Arbeiter konsumiert, der Student, der Akademiker usw. Mit diesen Daten können wir errechnen, wie die Menschen auf unsere Angebote reagieren." Ich mußte einhaken: „Wenn ich Sie richtig verstanden habe, so arbeitet die Marketingabteilung mit Mathematik, um Umsatzprognosen zu erstellen. Wie geht so etwas?" Er nickte zustimmend und erklärte: „Die Marketingabteilung verwendet alle Daten, die wir über das menschliche Gehirn besitzen, und die Daten über tatsächliche Umsatzzahlen und Verhaltensweisen, um damit zu berechnen, welche Umsätze zu erzielen sind. Wenn wir wissen, was wir erreichen wollen, dann können wir unsere Hirnprogrammierungen sehr gezielt vornehmen." Er schaute mir für einen Moment tief in die Augen und fuhr fort: „Ich weiß, was Sie jetzt sagen wollen, ich will Ihnen gleich zuvorkommen. Ja, es stimmt, der Mensch ist bei uns eine Variable in einem mathematischen Planspiel, und unsere Aufgabe ist es, Daten zu liefern, um einen möglichst präzisen Wert für diese Variable zu ermitteln."

Ohne weitere Worte zu verlieren, rief Francisco den nächsten Menüpunkt im Computerprogramm auf. Das Menü trägt die Bezeichnung „Klassifizierung der Persönlichkeiten". Mir fiel als erstes gleich auf, daß es in dieser Rubrik vor Unterkategorien nur so wimmelte. Francisco begann zu erklären: „In diesem Bereich des Programms versuchen wir, die Menschen komplett zu erfassen. Zum einen geht es darum, die Menschen als Gesamtheit zu verstehen und zu analysieren. Wir wollen also wissen, wie Konsum, Verhaltensweisen, Vorlieben, Abneigungen, Leistungsfähigkeit, geistige Entwicklung und vieles mehr bei allen Menschen oder bei bestimmten Gruppen sich entwikkeln. Daraus können wir Prognosen und Tendenzen erstellen. Um ein wirklich optimales Ergebnis zu erzielen, müssen wir also auch jeden einzelnen Menschen erfassen. Daraus ergibt sich dann der nächste Menüpunkt, nämlich die Datenangaben jedes einzelnen Menschen auf dieser Erde."

Er grinste mich mit einem Lächeln der Überlegenheit an, so als wolle er mir klarmachen, daß er der „Große Bruder" ist, der alle überwacht. Er sah mich an, ohne zu reden, und anscheinend wartete er auf eine bestimmte Frage von mir. Ich wollte ihn nicht enttäuschen und stellte also meine Frage: „Schon gut, ich habe verstanden, also dann, wenn es schon sein muß, dann rufen Sie doch mal meine Daten auf!" Er entgegnete mir: „Wir hätten auch meine aufrufen können, hätte Ihnen aber persönlich nicht viel genützt. So haben Sie wieder einmal die Chance, sich selbst besser kennenlernen zu können." Er fixierte den Monitor, und wie aus dem Nichts erschien meine Datei. Zuerst waren ganz nüchterne Angaben zu meiner Person zu lesen. Dann wurde es schon interessanter, da stand nämlich ein Begriff, den man eigentlich nicht mit menschlichen Wesen in Verbindung bringen würde – die technischen Daten. Meine Körperdaten waren wie von einem Scanner erfaßt, meine Art mich zu bewegen, meine Gesichtszüge, Augen und vieles mehr. Das Programm konnte mit diesen Daten jederzeit ein künstliches Abbild von mir erschaffen oder Verhaltensweisen wie Lachen oder Trauer simulieren. Doch damit nicht genug. Unter dem Begriff der technischen Daten waren auch die Nanoteilchen, die in mir ihr künstliches Leben führen, erwähnt. Es war zu lesen, wann, wo und von wem die Teile mir eingeimpft wurden. Weiterhin konnte ich erfahren, wie die Identifikationsnummer meiner Nanoteile lautet, mit Hilfe derer die Server mich auffinden können. Das Programm führte auf, daß meine Nanotechnologie hundertprozent einsatzbereit ist. Bereits erfolgte Störungen sowie Wartungsempfehlungen waren ebenfalls zu lesen. „Immerhin", dachte ich mir, meine „Wartung" wird wenigstens nicht in einer Werkstatt, sondern immer noch von einem menschlichen Wesen in Person eines Arztes vorgenommen. Es wurden noch weitere Daten aufgeführt, die ich nicht richtig deuten konnte, die aber offenbar das Ergebnis einer Art „Feinjustierung“ der Nanoteilchen waren. Tom Francisco saß die ganze Zeit schweigend da, und ließ mich ganz bewußt in Ruhe meine Daten lesen. Während der ganzen Zeit warf er kein einziges Mal einen Blick auf meine Daten. Vielleicht kannte er sie bereits in- und auswendig, oder er war von den vielen Daten, die er täglich bekam, bereits so abgestumpft, daß es ihn überhaupt nicht mehr interessierte. Dann kündigte er in triumphierenden Ton an: „So, bislang war das noch alles ganz harmlos, hat Ihnen auch nicht viel gebracht. Jetzt aber wird es richtig interessant. Viel Spaß beim Betrachten Ihrer Persönlichkeitsanalyse!“

Nun wurde ein sehr umfangreiches Profil von mir angezeigt. Was mich zunächst einmal richtig stolz machte, war der allererste Hinweis in diesem Menü, dort war nämlich zu lesen: „Besonderheiten – MASTERMIND! Durch diesen Hinweis fühlte ich mich regelrecht durch das Programm geadelt. Und es ging auch positiv weiter, denn unter dem Überbegriff der Gesamtentwicklung war nur Positives aufgeführt. Dort war sinngemäß auch nachzulesen, daß eine positive familiäre Situation meine gute Entwicklung gefördert hatte. Es wurde darauf verwiesen, daß alle meine Geschwister eine ebenso positive Gesamtentwicklung vorzuweisen hätten. Mir fiel der Spruch meines Vaters ein, der uns Kinder immer daran erinnerte, nicht zu kleckern sondern zu klotzen. Offenbar ist uns das allen sehr gut gelungen. Im Anschluß daran war meine familiäre Situation erwähnt, und da wurde mir erneut bewußt, welche Sonderstellung ich hatte. Es gab dort einen Vermerk, den wohl nicht viele Menschen hatten, nämlich – individuelle Programmierung Frank Miller. Das Programm hatte meine unterschwellige Eifersucht erfaßt und zahlreiche andere Einflüsse, die mein Familienleben hätten gefährden können. Durch die individuelle Programmierung wurde der Status meiner Familensituation aber auf – sehr positiv – gesetzt. Es folgten unzählige Unterkategorien, die meine Veranlagungen beschrieben, und da fühlte ich mich dann doch peinlich berührt. Ich erfuhr, daß ich ein nüchterner Denker bin, mit erheblichen Problemen auf dem emotionalen Sektor und mich nur schlecht auf andere Menschen einstellen kann. Ich erfuhr, daß ich zur materiell orientierten Oberschicht gehöre, und sehr am Luxus hänge. Unter all diesen Eigenschaften fielen mir drei auf, bei denen angemerkt wurde, das sie für meine Mastermind-Position ausschlaggebend waren: medizinisches Fachwissen, Loyalität und hohes ethisches Wertegefühl. Francisco sah mir mit ernstem Blick ins Gesicht, und ich war sicher, daß er genau wußte, was ich dem Moment fühlte. „Ich werde Sie ein wenig allein lassen, damit Sie sich mit Ihren Daten in Ruhe vertraut machen können“, sagte er mir verständnisvoll. Ich war sehr berührt von der Tatsache, daß in dieser Welt der totalen Kontrolle, des Profits und des Konsums ausgerechnet meine menschliche Seite mich zum Mastermind qualifizierte. War es doch so, wie Tom Francisco es zuvor erklärte, daß es guter Gedanken bedarf, um eine Weiterentwicklung zu ermöglichen, auch und gerade für Global Mind? Daß ich kein berechnender und menschenverachtender Kontrolleur war, durfte mittlerweile bei Global Mind bekannt geworden sein. Ich fühlte mich gut und bestätigt. Ich war froh, alleine zu sein, und meine Daten unbeobachtet betrachten zu können. Im ersten Moment hatte ich die Befürchtung, diesen Computer gar nicht bedienen zu können, doch das Menü war leicht verständlich, und vor allem – es ließ sich per Gedanken von mir steuern. Vieles was nun noch zu lesen war, erschien mir nicht wirklich nachvollziehbar, das Programm kannte mich tatsächlich besser als ich selbst. Niemals hätte ich mein eigenes Konsumverhalten, meine sexuelle Ausrichtung, meine Ängste, aber auch meine Talente so definiert, wie der Computer es tut.

Was mich wirklich sprachlos werden ließ, war aber das Menü „Gesundheit“. Das System hatte zahlreich Fehlfunktionen, meist nur minimalster Art, in der Vergangenheit bei mir festgestellt, und sofort automatisch behoben. Dadurch wurde mir sicher die eine oder andere Krankheit erspart. Mir wurde klar, daß ich als Arzt diesem automatischen Gesundheitssystem nichts entgegnen konnte. Zum ersten Mal in der Geschichte der Menschheit bedurfte es keiner Schmerzen oder Beschwerden mehr, um Menschen zu signalisieren, daß sie krank sind. Mehr noch – man wurde geheilt, bevor die Krankheit überhaupt ausbrechen konnte. Das System war sicher nicht perfekt, aber es war ein gewaltiger Schritt in der Medizin. Am Ende meines Persönlichkeitsmenüs war eine weitere Besonderheit aufgeführt, die mich sehr glücklich machte. Es handelte sich dabei um den Status meiner Programmierung. Ich konnte nachlesen, daß exakt an dem Tage, als ich mein Training bei Global Mind begann, die allgemeine Gedankensteuerung ausgeschaltet wurde. Es wurden zwar weiterhin Daten gemessen, aber das, was allen anderen Menschen an Programmen übermittelt wurde, betraf mich seither nicht mehr. An deren Stelle trat eben diese Sonderprogrammierung von Frank Miller. Die Programmierung bestand nur aus drei Schwerpunkten, nämlich Sicherheit, Leistungsfähigkeit und Gesundheit. Im Vergleich zur normalen Bevölkerung war ich also ein relativ freier Mensch. Zwar wurde auch ich überwacht, aber nur sehr geringfügig gesteuert. Frank Miller schätzte offenbar doch meine kritischen und naiven Anmerkungen, um sich davon inspirieren zu lassen. Für einen kurzen Moment schloß ich meine Augen und atmete tief ein und aus. Ich genoß die Ruhe, die meinen Körper in diesem Augenblick durchströmte. Irgendwann trat dann Tom Francisco ganz behutsam wieder in den Raum. „Ich denke, Sie können noch ein paar weitere Informationen von mir gebrauchen“, erklärte er mir. Ich empfand in diesem Moment tiefe Bewunderung für ihn, denn anscheinend besaß er ein wirklich unglaubliches Talent, Menschen und Situationen exakt analysieren zu können. Er übernahm wieder das Kommando über den Computer und sagte: „Wir sollten Ihre Daten nun verlassen und wieder zurück zu den Daten der gesamten Menschheit gehen. Unsere Abteilung interessiert sich, ehrlich gesagt, gar nicht so sehr für Einzelschicksale, sondern eher für die

Entwicklung aller Menschen. Das Menü, das ich Ihnen dazu nun zeigen will, trägt den Namen ‚Abweichungen'. Unter einer Abweichung verstehen wir eine Entwicklung oder ein Verhalten, das teilweise oder gar nicht mit den von uns geplanten Hirnprogrammierungen übereinstimmt." „Wie kann es überhaupt zu solchen Abweichungen kommen?" wollte ich von ihm wissen. Er beschrieb das Problem: „Dafür gibt es wirklich vielerlei Gründe. Es kann sein, daß wir schlechte Programme geschrieben haben oder unser Wissen über das Gehirn nicht ausreichend war. Oft kommt es in der Wirklichkeit der Menschen zu einem Zusammentreffen unterschiedlichster Faktoren, die dann ein anderes Ergebnis hervorbringen, als wir es gedacht haben. Es ist eben alles ein einziger Lernprozeß. Die schlimmste aller Möglichkeiten für eine Abweichung liegt sicherlich vor, wenn Sicherheitsgefahren, wie Sabotage oder Attacken auf unsere Systeme, auftreten; ausgelöst durch nicht geimpfte Personen oder durch technische Fehler in der Nanotechnologie. Mit unseren permanenten Kontrollen der Daten, verbunden mit den automatischen Sicherheitsvorkehrungen, können wir hier schnell reagieren."

Wir sahen uns also das Menü für Planabweichungen an. Es war in vier Kategorien eingeteilt. Erstens – keine Abweichungen, zweitens – Abweichungen innerhalb akzeptabler Parameter, drittens – gefährliche Abweichungen und viertens – ungeklärte Phänomene. Wir betrachteten das Gesamtergebnis, und mit Verwunderung konnte ich feststellen, daß es fast keine Probleme mit Abweichungen gibt. Tom Francisco bemerkte mein erstauntes Gesicht und sagte: „Sie wundern sich nun bestimmt, wie gut es uns gelingt, die Menschen nach unseren Vorstellungen zu leiten. Das war nicht immer so, und es bedurfte zahlreicher Lernprozesse. Aber dennoch, die Manipulation von Gehirnen ist ein so mächtiges Werkzeug, daß eigentlich gar kein anderes Ergebnis zu erwarten ist. Wir stellen hier nur sicher, daß es so bleibt, denn schon dann, wenn nur ein kleines Steinchen ins Rollen kommt, das nicht von uns bemerkt wurde, kann es zu verheerenden Folgen kommen."

Daraufhin fragte ich ganz direkt: „Was könnten Sie tun, wenn wirklich einmal etwas total schief geht?“ Die Frage schien ihn ganz und gar nicht zu beunruhigen, weshalb er mit ruhigen Worten erklärte: „Es ist nicht die Aufgabe unserer Abteilung, hier etwas zu unternehmen, wir müssen lediglich so schnell wie möglich feststellen, daß etwas nicht stimmt, und wir müssen diesen Fehler lokalisieren. Sie müssen bedenken, falls es wirklich zu schweren Zwischenfällen kommen sollte, also beispielsweise ein Totalausfall der Server, Störungen in der Übertragung, oder daß die Nanotechnologie auf breiter Ebene versagen würde, dann wäre unsere Abteilung arbeitslos. Die Grundlage zur Beobachtung und Analyse wäre uns dann entzogen!“ Mit dieser Antwort gab ich mich nicht zufrieden und fragte deshalb nach: „Seien Sie mir nicht böse, wenn ich nochmals nachhake, aber was macht Global Mind konkret, wenn solche Probleme wirklich einmal auftreten?“ Er holte tief Luft und sagte dann: „Ich kann es Ihnen wirklich nicht genau sagen, weil die Notfallprogramme sehr individuell konzipiert sind. Es kann gut möglich sein, daß – obwohl wir keine Kontrolle ausüben können – gar nichts Gravierendes passiert. So könnten wir versuchen, langsam die Kontrolle wieder aufzubauen. Aber ich will hier gar nichts schön reden. Sollten wirklich die Gehirne gegen uns arbeiten, also kein Global Mind sondern ein ‚Different Mind‘, dann käme das einer Kriegserklärung gleich. Und auf Krieg sind wir vorbereitet. Unsere Satellitensysteme können nicht nur weltweit Daten erheben und weiterleiten, sondern auch Waffen steuern. Und das kann ‚Different Mind‘ nicht.“ Ich versuchte, seinen Worten geistig zu folgen: „Soll das heißen, daß Sie unschuldige Leute töten würden, nur um Ihr System zu schützen?“ Er entgegnete mir in klaren Worten: „Das wäre sicherlich der letzte Schritt, den wir gehen würden. Wenn aber tatsächlich keine andere Möglichkeit bestünde, dann würden wir das ganz eindeutig tun!“ Für mich war diese Äußerung nicht leicht zu verdauen. Ich versuchte, zu verstehen und einzuordnen. In einer Welt, in der es nur noch einen einzigen Mächtigen gibt, entwickeln sich spezielle Gesetzmäßigkeiten. Es gibt keine feindlichen Länder oder Bündnisse mehr, der einzige Feind von Global Mind ist – der „andere Gedanke". Es genügte also, einfach nur „anders" zu sein, um einen Krieg und damit Tod und Vernichtung im schlimmsten Maße auszulösen. Francisco führte seine Ausführungen noch weiter, und es gelang ihm tatsächlich, meine Bedenken auf fast nüchtern-mathematische Art und Weise zu zerstreuen: „Aldwin, ich kann Ihre Sorgen in Ihrem Gesicht ablesen. Aber denken Sie doch einmal nach! Die Wahrscheinlichkeit eines Krieges war noch nie so gering wie jetzt. Die Menschen besaßen früher Waffen, mit denen die ganze Welt in Sekunden hätte ausgelöscht werden können. In der Geschichte der Menschheit gab es niemals eine Zeit, in der nicht irgendwo auf der Welt Kriege und militärische Auseinandersetzungen waren. Erst jetzt ist dies gelungen. Und der Grund dafür liegt darin, daß wir zum ersten Mal eine weltweite Einheit geschaffen haben. Es gibt keine militärischen Blöcke mehr, die sich feindlich gegenüber stehen. In diesem einheitlichen Prinzip, dem Global Mind, liegt die Kraft des Friedens für alle. Und wir werden diese Einheit nicht aufgeben, auch wenn es einmal zu dem sehr unwahrscheinlichen Fall kommen sollte, daß wir diese Einheit mit Gewalt verteidigen müssen." Er machte eine Pause, lächelte schelmisch und fuhr fort: „Machen Sie sich keine Sorgen, unsere Rechner haben ermittelt, daß die Wahrscheinlichkeit eines militärischen Einsatzes so gering ist, daß man diesen Gedanken völlig ignorieren kann!"

Seine Beschreibungen klangen sehr glaubhaft, und ich tröstete mich mit dem Gedanken, daß dieses System wirklich das bisher friedlichste Gesellschaftssystem war. Francisco drückte freundschaftlich meinen Arm und fuhr mit der Erklärung des Computerprogramms fort: „Wir haben hier ein weiteres Menü mit dem Titel ‚Allgemeine Entwicklung der Hirnaktivitäten'. Man könnte sagen, hier zeigt sich, wohin unser gemeinsames globales Gehirn sich entwickelt. Sie können die Leistungsfähigkeit und die Art der Entwicklung der Hirnaktivitäten in diesem Menü ablesen. Dieser Teil des Programms stellt für mich so eine Art ‚Weltnachrichten' dar". Er rief den nächsten Menüpunkt auf, „Notfälle", und beschrieb, was damit gemeint ist: „Sie haben mich eben gefragt, was passiert, wenn etwas schief geht. Unter diesem Menü wird all das aufgeführt, was in einem Krisenfall sofort und automatisch vom Programm gelöst werden kann. Wir können an der hier aufgeführten Statistik erkennen, wie groß das Risiko von Gefahren ist, und wie wir das automatische System noch verbessern und präzisieren können. Und jetzt folgt ein Menüpunkt, der Sie sehr interessieren müßte. Ihnen werden die hier aufgeführten Daten vielleicht sogar mehr sagen als mir, schauen Sie einfach einmal selbst!" Auf dem Monitor war zu lesen: „Gesundheitszustand der gesamten Bevölkerung". Als erste Statistik war in diesem Menü zu lesen: „In diesem Moment befinden sich 72% der gesamten Bevölkerung bei positiver Gesundheit, innerhalb normaler Toleranzen." Was unter normalen Toleranzen zu verstehen ist, wollte ich in dem Moment nicht weiter erörtern. Alle aufgetretenen Erkrankungen wurden minutiös aufgeführt und entsprachen im prozentuellen Anteil dem, was ich auch aus meiner Medizinerausbildung her kannte. Weiterhin war zu lesen, in welcher Anzahl automatische Sofortmaßnahmen zur Verhinderung von Krankheitsausbrüchen vorgenommen wurden. Am Schluß des gesamten Menüs gab es einen Vermerk, der in mir das Gefühl erweckte, daß das Global Mind-System über eine eigene Intelligenz verfügt. Es gab dort nämlich Vorschläge zur Verbesserung der allgemeinen Gesundheit, und es war wirklich sehr erstaunlich, was dort zu lesen war. Das System empfahl dringend, die Lebensbedingungen der Menschen durch Stärkung der Natur zu verbessern. Saubere Luft durch Abbau von Industrieanlagen und die Errichtung von natürlichen Lebensräumen. Das Programm hatte offenbar die Qualität des Wassers analysiert und festgestellt, daß die „Natürlichkeit" des Wassers wieder hergestellt werden müsse. Auch drohte den Menschen eine starke „Versäuerung", weshalb der Ph-Wert des Wassers dringend erhöht werden müßte. Der Wiederaufbau von reiner Natur würde sich positiv auf Nerven und Gesamtverfassung der Menschen auswirken. Auch die Problematik der vielen Funkwellen hatte das System als massive Beeinträchtigung der menschlichen Gesundheit erkannt. Ich war sprachlos, denn eine solche Analyse hätte ich von einem Computer nicht erwartet. Alle diese genannten Krankheitsverursacher wurden ja schließlich mehr oder weniger von Global Mind selbst verursacht. Francisco sah mich mit ernstem Gesicht an und sagte: „Wie Sie sehen können, gibt es hier viel für Sie zu tun." Wir sahen uns schweigend an, bis Francisco sich abwendete und das nächste Menü aufrief. Es trug die Bezeichnung „Leistungsentwicklung". Die Hirnleistung der gesamten Bevölkerung war dort abzulesen, und zwar sowohl als Gesamtleistung als auch in vielen unterteilten Einzelbereichen. Dazu gab es eine Grafik, auf der eine Leistungskurve zu sehen war. Francisco bemerkte dazu: „Wie Sie sehen, ging die Gesamthirnleistung aller Menschen kontinuierlich nach oben. Und diese Tatsache ist ausnahmslos auf unsere Steuerung zurückzuführen!"

Am Ende dieses Menüs gab es eine Zusammenstellung von Programmen, die erfolgreich in den Gehirnen der Menschen angewandt wurden, um eine Steigerung der Leistung zu bewirken. Es war ein geradezu teuflisches Sammelsurium von medizinischen Eingriffen, die alle auf ganz bestimmte Teile des Gehirns ausgeübt wurden. Tom Francisco erklärte dann: „Nun zeige ich Ihnen eine Rubrik, die Sie wahrscheinlich dringend für Ihre Arbeit benötigen werden – sie hat den Titel ‚Wissenschaft und Forschung-Datenbank'." Dieses Menü war der Schlüssel zur absoluten Weltherrschaft. Genau wie ein Lexikon aufgebaut, enthielt es zahlreiche Schlagworte und Begriffe, für die es jeweils exakte technische Anweisungen gab. Die Datenbank hatte einen geradezu erschreckend großen Umfang. Alles war alphabetisch angeordnet von A – wie Angst, bis Z – wie Zielgruppen. Selbst banal klingende Begriffe wie „Kopfschmerzen" waren aufgeführt. Und natürlich die ganz großen Themen: „Weltanschauung, Religion, Politik". Hinter jedem dieser Begriffe konnte man eine Unmenge von Forschungsergebnissen aufrufen und unzählige technische Anweisungen nachlesen. Der nächste Menüpunkt, den Francisco mir zeigte, war das Personenregister. Jeder registrierte Mensch war darin mit all seinen Daten aufgeführt. Francisco bemerkte dazu: „In diesem Menü herum zu stöbern, wird Ihnen bestimmt Freude machen! Darin stehen viele interessante Dinge über Freunde, Bekannte oder Nachbarn. Natürlich nicht nur die, sondern wirklich alle Menschen sind darin erfaßt. Sie werden stets die Möglichkeit haben, alles über den jeweiligen Menschen zu erfahren – wirklich ALLES!" So verlockend dieses Angebot auch klang, so unanständig empfand ich es auch. Zwar gab es schon einige Menschen, von denen ich wirklich gern mehr gewußt hätte, aber ich wollte deren Privatsphäre auf keinen Fall verletzen, auch dann nicht, wenn sie es selber niemals erfahren würden. Francisco rief den letzten Menüpunkt auf und sagte: „Das Programm hilft uns, typische Vertreter einer bestimmten Zielgruppe zu erfassen und zu beobachten, und macht Vorschläge, welche Menschen wir uns einmal stellvertretend genauer ansehen sollten. Wir können dann sozusagen in das ‚Wohnzimmer' dieser Leute blicken und beobachten, wie sie so sind. Sie werden das gleich miterleben können." Der kurze Überblick über das Programm war damit beendet. Wir schauten uns an, und mir fiel nichts anderes ein als der simple Satz: „So das ist es also – das Global Mind-System!" Francisco entgegnete darauf sofort: „Nein, das ist nur ein Teil des Global Mind-Systems. Es handelt sich um den Teil, den wir hier zur Beobachtung und Analyse benötigen. Global Mind hat als Gesamtsystem noch unzählige andere Bereiche. Wir arbeiten hier, wie gesagt, eher in einem passiven Bereich. Wir sehen nur zu, beobachten und treffen unsere Schlußfolgerungen. In den anderen Abteilungen werden dann aktive Maßnahmen getroffen, Programme geschrieben, Produkte entwickelt und vieles mehr."

Mein Gesprächspartner lehnte sich gemütlich in seinen Ledersessel zurück, und zwar so weit, daß es den Anschein hatte, er wolle gerade ein Schläfchen machen. Er starrte die Decke an und machte dabei einige kurze Atemübungen. Schließlich beugte er sich wieder nach vorne, lächelte mich freundlich an und sagte: „Das, was Sie bislang gesehen haben, war die theoretische Seite unserer Arbeit, damit beschäftigen wir uns hauptsächlich. Aber wir sind auch ganz nah am echten Leben der einzelnen Menschen dran – dann nämlich, wenn wir sie beobachten. Sie werden bei uns hier lernen, daß wir unglaublich viel beim Beobachten der Menschen lernen können. Wir können beispielsweise sehen, wie unsere Programme im konkreten Leben der Menschen sich auswirken. Wir sind also keine Spione im herkömmlichen Sinne, weil wir ja schon vorher wissen, was in den Köpfen der Menschen passiert. Also lassen Sie uns einmal einen Blick auf die Menschen werfen!" Er schaltete sein komplettes Kontrollsystem ein, alle Bildschirme gingen an, unzählige leuchtende Bedienelemente zeigten Daten an, und der Tisch, an dem wir die ganze Zeit saßen, leuchtete auf und wurde zu einem riesigen Kontrollfeld. So könnte man sich in Science Fiction-Romanen die Kommandobrücke von Raumschiffen vorstellen. Während er mit überprüfendem Blick einen Bildschirm nach dem anderen betrachtete, sagte er zu mir: „Auch wenn es im Moment nicht so aussieht, aber hier liegt die ganze Welt in unseren Händen." Und so blickte er mich dann auch an – wie ein Mann, der die ganze Welt gesehen hatte. Er wirkte unglaublich konzentriert und souverän, als er sagte: „Ich möchte Ihnen jetzt einmal ein paar Beobachtungen zeigen, die beispielhaft für unsere Arbeit sind." Er tippte mit seinem Finger leicht auf eine Bedienplatte, und der große Monitor in der Mitte zeigte plötzlich eine Szene aus einem Fußballstadion. Francisco kommentierte die Situation zuerst überhaupt nicht. Er schaltete immer wieder auf verschiedene Kameraeinstellungen um und sorgte auch dafür, daß Gespräche einzelner Fußballfans bei uns im Raum zu hören waren. Eigentlich kannte man solche Bilder aus dem Fernsehprogramm, was man aber nicht kannte, war die Tatsache, daß alle Daten der Menschen, die gerade auf dem Bildschirm zu sehen waren, unten auf einem Display für uns gut sichtbar eingeblendet wurden. Auch die Möglichkeit, in alle privaten Gespräche reinzuhören, hatte man sonst nicht. Francisco forderte mich auf, ganz intensiv die Stimmung in diesem Stadion zu erfassen und nachzuempfinden. Zu sehen waren Menschen, die vollkommen euphorisiert waren und rein emotional reagierten. Es gab Momente, in denen überschwänglich gefeiert wurde, oder man ärgerte sich ausgelassen. Man sah Leute, die nach einer Niederlage ihrer Mannschaft tieftraurig – ja geradezu depressiv waren. All diese Menschen auf den Bildschirmen schienen sich total mit Ihren Mannschaften identifiziert zu haben. Sie trugen die Kleidung ihres Vereins, hielten Spruchbänder nach oben und waren dadurch sofort als Fans zu erkennen. Ich war erstaunt über die Intensität der Gefühle dieser Menschen und teilte das Francisco auch mit. Er begann mir, seine Sichtweise zu erläutern und tat das mit einer Mimik und in einem Tonfall, der mich stark an Frank Miller erinnerte: „Sport ist eines der erfolgreichsten Marketingkonzepte, die wir haben. Ist es nicht unglaublich, wie diese Menschen ihren Gefühlen freien Lauf lassen? Es gibt nicht viele Möglichkeiten, Menschen auf eine derart emotionale Weise in eine einheitliche Masse zusammenzufassen. Diese Masse ist sehr leicht zu steuern und zu kontrollieren. Selbst ohne Gehirnkontrolle würden diese Menschen der Masse folgen. Dieses Prinzip verkörpert die ideale Vorstellung von einer Global Mind-Gesellschaft. Der einzelne Mensch vergißt in dieser Masse seine eigenen Probleme und unterwirft sich einer größeren Sache wie dem Verein. Daß dieser Verein seine Fehler hat und eigentlich rein gar nichts mit dem Leben des jeweiligen Menschen zu tun hat, spielt dabei keine Rolle. Keiner der Spieler stammt aus der Stadt, wofür er spielt, oft ist es sogar so, daß er heute für den Verein des Fans spielt und schon morgen für den ärgsten Konkurrenten. Die Fans stört das gar nicht, was zählt, ist die reine Zugehörigkeit. Beste Voraussetzungen für ein wunderbares Geschäft! Sie sehen ja, was die Fans da so alles konsumieren: Kleidung, Getränke, Eintrittskarten, Fanartikel. Wetten werden abgeschlossen und vieles mehr. Ein gigantischer Markt!

„Was haben die Server den Menschen programmiert, um sich so zu verhalten?“ wollte ich von ihm wissen. Er antwortete: „Die Server und das Programm sind nicht das, um was es mir hier geht. Interessant ist, daß wir eine Analyse und Beobachtung gemacht haben, über ein Phänomen, das sowieso bei den Menschen vorhanden ist. Wir haben uns dabei das sogenannte ‚Wir-Gefühl' zu Nutze gemacht. Diese Fans wollen Teil eines größeren Ganzen sein. Sie erleben Siege und Niederlagen, man steigt auf und ab, erringt Titel und produziert Skandale. Das eigene Leben wird also – zumindest teilweise – auf den Verein verlagert. Es heißt dann nicht mehr – der Verein hat gewonnen, sondern ‚wir haben gewonnen'. Bei diesem Geschäft haben wir also auf ohnehin vorhandene Anlagen im Gehirn bauen können und dies nur noch in die richtigen Bahnen lenken müssen. Nicht erwünschte Auswirkungen, wie die Gewaltbereitschaft mancher Fans, wurden durch uns herabgesetzt." Wir betrachteten noch für eine ganze Weile Bilder von Sportereignissen. Mit dem Hintergrundwissen, das ich jetzt hatte, wirkte der Anblick ganz anders auf mich als zuvor. Eigentlich fand ich bis zu diesem Moment die Begeisterung und die Gesänge der Sportfans als etwas sehr Angenehmes und durchaus Positives. Doch jetzt überkam mich das Gefühl, daß jemand wie Tom Francisco auf Knopfdruck Zehntausende von Menschen so dirigieren könnte, wie es ihm gerade gefällt. Der einzelne Mensch verschwand in dieser Masse, keine Anzeichen mehr von Individualität.

„Lassen Sie uns auf ein anderes Beobachtungsfeld wechseln", erklärte Francisco plötzlich. Auf dem großen Bildschirm erschienen zahlreiche Live-Video-Bilder von einem Wohnviertel, das an ein Ghetto erinnerte. Diese Videobilder könnten ohne weiteres von mehreren Überwachungskameras der Polizei stammen. In diesem Viertel gab es nichts anderes als trostlose Wohnblöcke, die wahrscheinlich schon vor langer Zeit für wenig Geld errichtet wurden. Die Leute hielten sich zum großen Teil draußen auf der Strasse auf. Kinder spielten, Erwachsene saßen auf den Eingangstreppen der Häuser, rauchten Zigaretten und tranken Alkohol. Die Bewohner retteten sich von der Einöde ihrer Wohnungen ins Freie. Wie mit einem Zoom konnte Francisco einzelne Personen groß auf den Bildschirm bekommen und dabei wiederum ihre Gespräche für uns hörbar machen. Die Leute unterhielten sich ausschließlich über das, was sie im Fernsehen gesehen hatten, über Sport und vor allem – über Konsumgüter. Andere Themen gab es nicht. Der Schwerpunkt ihrer Konsuminteressen lag eindeutig bei elektronischen Geräten und Autos. Selbst bei Kindern und Jugendlichen gab es kaum andere Themen. Die Menschen aus diesem Viertel gehörten ausschließlich zu Arbeiterfamilien mit geringen Einkommen. „Sie haben diese armen Teufel ja ganz schön auf Konsum getrimmt", sagte ich zu Francisco. „Das stimmt, aber auch in diesem Fall haben wir nur ausgenutzt, was ohnehin schon an gegebener Veranlagung vorhanden war. Wenn wir schon beim Thema Konsum sind, dann schauen Sie sich doch einmal die folgenden Bilder an." Francisco dirigierte die Kameras auf die Parkplätze. Dort standen fast nur neue und teure Fahrzeuge, und man mußte sich wirklich fragen, wie diese einfachen Arbeiter sich das eigentlich leisten können. Francisco konnte sogar mit Aufnahmen aus dem inneren dieser Wohnungen aufwarten. Zu sehen waren dort auch alte, kaputte Möbel, die direkt neben ganz neuen Möbel standen. Alles wirkte wie deplaziert in diesen häßlichen Wohnungen. Die Fernsehgeräte und Kommunikationsanlagen, die ich dort zu sehen bekam, waren ausnahmslos aufwendig und teuer. Selbst Kinder und Jugendliche benutzten nur die aktuellsten und teuersten elektronischen Mobilfunkgeräte. Irgendwie machte das alles einen mehr als bizarren Eindruck auf mich. Franciscos Gesicht wurde sehr ernst, als er sagte: „Die Zielgruppe, die Sie hier sehen, gehört zu denjenigen, die uns am meisten Sorgen macht. Wir sahen uns gezwungen, massiv auf ihre Gehirne einzuwirken. Würden wir das nicht tun, dann könnten wir beide jetzt Zeugen von Mord und Totschlag sein. Die Veranlagung zur Gewalt ist bei diesen Menschen sehr stark ausgeprägt. Seit ungefähr zwanzig Jahren hatte sich bei diesen Menschen eine Entwicklung angebahnt, die dafür sorgte, daß diese Zielgruppe keine Leistungen mehr erbringen wollte, und es auch gar nicht mehr konnte. Aldwin, bevor Sie mich jetzt mit kritischen Fragen bombardieren, will ich Ihnen gleich meine ganz persönliche Analyse dazu nennen. In diesen zwanzig Jahren hat der totale Konsum- und Medienterror die Menschen in eine künstliche Welt geführt, aus der sie sich nicht mehr befreien konnten. Gleichzeitig verschwanden damit ihre Chancen, im Leben beruflich erfolgreich zu sein – das soziale Abseits war unausweichlich. Das haben die Menschen auch gemerkt. Aber alles, was ihnen blieb, war zu resignieren. Sie betäubten ihre Hoffnungslosigkeit mit Konsumgütern, die sie sich eigentlich gar nicht leisten können und es auch nicht sollten. Sie bevorzugen zu hungern, als auf die Statussymbole, wie beispielsweise teure Autos, zu verzichten. Die Propaganda- und Marketingmaschine hat also bis aufs äußerste zugeschlagen! Die Differenz zwischen äußerer und innerer Realität kann eigentlich gar nicht größer sein. Das Fehlen jeglicher Leistungsfähigkeit hat diese Zielgruppe fast bis zur totalen Nutzlosigkeit geführt. Gewalt und Verbrechen schienen in dieser Gruppe die einzige verbleibende Alternative zu sein."

Francisco seufzte vor sich hin und sprach weiter: „Wir haben wirklich stark auf die Gehirne dieser Menschen eingewirkt, um Ihre Leistungsfähigkeit zu erhöhen. Reiner Konsum, ohne selbst Einkommen zu erwirtschaften, ist eben nicht möglich und stellt uns vor erhebliche Probleme. Die Menschen überschulden sich total, und Global Mind könnte letztlich Leidtragender sein. Wie Sie selber sehen können, haben wir dieser Zielgruppe ihre Konsumorientierung nicht genommen. Durch den Ausbau von Arbeitsplätzen im Niedriglohnbereich und der Steigerung ihrer Leistungsfähigkeit konnten wir die Situation doch noch erheblich verbessern."

„Sie meinen damit die Situation von Global Mind, nicht die Situation der Leute", merkte ich kritisch an. „Wenn wir nichts getan hätten, wären diese Leute vollkommen untergegangen, sie hätten sich entweder gegenseitig umgebracht oder wären alle in Gefängnissen gelandet. Es wird noch eine Weile dauern, bis unsere Programme ihre Wirkung zeigen werden, dann werden auch diese Menschen sich wieder neue

Möglichkeiten erarbeiten können", erklärte er mir eindringlich. Francisco spürte meine Verunsicherung und versuchte, mich zu beruhigen: „Glauben Sie mir, diese Leute sind bereits auf dem Weg der Besserung. Wir müssen ihnen neue Chance einräumen, denn so, wie sie sich bisher entwickelt haben, können wir sie nicht gebrauchen. Sie, Aldwin, können mit Ihrem Wissen aktiv an diesem Projekt mitarbeiten!" Er wartete einen Moment meine Reaktion ab, doch mir fiel nichts dazu ein. Also redete er weiter: „Vielleicht sollten wir mal zu einem anderen Extrem wechseln." Er schaltete ein völlig anderes Bild auf den Hauptmonitor, und ich war sehr – SEHR überrascht. Das Bild wurde von einer Kamera geliefert, die direkt auf der Zimmerdekke eines sehr feudalen Konferenzraumes montiert war. Zu sehen war ein riesiger Konferenztisch, an dem sehr elegant gekleidete Herren Platz genommen hatten. Zunächst dachte ich mir nichts weiter dabei, als ich plötzlich mit Schrecken feststellen mußte, daß am Tischende ein Mann saß, der mir sehr bekannt vorkam. Ich fragte Francisco: „Könnten Sie den Herrn am Tischende etwas vergrößert auf dem Monitor erscheinen lassen?" „Aber selbstverständlich", antwortete er in fast lasziver Art. Nun sah ich es genau, es handelte sich bei diesem Herrn um Dr. Richard Valentin, den Vorstandsvorsitzenden eines des größten Unternehmen der Welt, des Worldmarket Konzerns. Ich drehte mich zur Seite und beobachtete Francisco – denn in diesem Moment war er das interessantere Beobachtungsobjekt. Er zündete sich ganz langsam und genußvoll eine Zigarette an. Obwohl es möglich gewesen wäre, zu hören, was diese Herrenrunde spricht, bevorzugte er es, den Ton aus zu lassen. Er blickte ununterbrochen auf den Bildschirm. Seine Mimik wirkte auf mich wie ein Raubtier, das in aller Ruhe sein Opfer begutachtete, bevor es zum alles vernichtenden Angriff ansetzte. Ich sollte mich in dieser Einschätzung nicht irren. Mit ganz langsamen Worten begann er zu erklären: „Ich brauche Ihnen sicher nicht zu sagen, das der Worldmarket Konzern nicht zu Global Mind gehört." Nach dieser Feststellung machte er eine unfaßbar lange Pause und rauchte eine Zigarette nach der anderen, seinen

Blick unentwegt auf die Person des Vorstandvorsitzenden gerichtet. Franciscos Bewegungen erschienen jetzt fast wie in Zeitlupe. Schließlich fuhr er fort: „Ich habe als junger Mann auch einmal bei Worldmarket gearbeitet und dabei sehr erfolgreich für Umsatz gesorgt. Trotzdem hat man mir irgendwann aus völlig irrationalen Gründen gekündigt. Frank Miller hat mich sofort mit Freuden zu Global Mind geholt: Glück für mich, Pech für Worldmarket. Ich denke, daß war nicht der einzige Fehler, den Dr. Valentin begonnen hat. Statt mit Global Mind zu kooperieren, versuchte er seinen eigenen Weg zu gehen. Er dachte sogar daran, Global Mind zu attackieren und irgendwann zu übernehmen." Francisco lachte vor sich hin, immer den Blick auf Valentin gerichtet. Er erzählte weiter: „Leider beherbergen die Gehirne von Dr. Valentin und aller seiner Mitarbeiter ein paar schicke kleine Nanoteilchen, die so gar nicht mit diesen Plänen einverstanden sind, nein ganz im Gegenteil, sie zwingen ihn sogar dazu, etwas ganz anderes zu tun! Worldmarket wollte alles haben und nun werden sie alles verlieren!" Francisco wandte endlich sein Blick von Valentin ab und fragte mich: „Wissen Sie, Aldwin, was uns von Dr. Valentin unterscheidet?" Etwas zögerlich antwortete ich: „Ich könnte mir da schon so einiges vorstellen, aber ich weiß nicht genau, worauf Sie hinaus wollen!" Mit einem unglaublichen Zynismus in der Stimme beantwortete er seine Frage selbst: „Im Unterschied zu Dr. Valentin kennen wir genau das Datum und die Uhrzeit, wann der Worldmarket Konzern in seiner jetzigen Form aufhören wird zu existieren, um dann von uns verschlungen zu werden!" Etwas verstört von dieser Äußerung fragte ich: „Konnten Sie die internen Daten von Worldmarket ausspionieren?" Er dachte kurz nach und sagte: „Ausspionieren ist nicht das richtige Wort, wir haben Worldmarket dorthin dirigiert, wo wir sie gerne haben wollen. Es ging uns darum, ein ‚Schnäppchen' zu machen, also den Konzern zu möglichst günstigen Konditionen zu übernehmen. Eigentlich hätten wir Worldmarket einfach so übernehmen können, es gäbe keinerlei Möglichkeit, das zu verhindern. Aber wir wollten sehen, wie gut unsere Strategien funktionieren und haben ein nettes Spiel daraus gemacht. Die Worldmarket-Firmenleitung wurde von uns gezielt fehlgeleitet. Wir haben sie glauben lassen, sie wären an geheime Firmendaten von Global Mind gelangt, und sie daraufhin reagieren lassen. Unsere Reaktionen gestalteten wir absichtlich verdächtig, um Worldmarket glauben zu lassen, sie hätten wirklich einen schweren Spionageerfolg gegen uns gelandet. Tatsächlich wurden sie durch diese vermeintlichen Geheiminformationen nur dazu verleitet, Fehlinvestitionen zu tätigen und sich hoffnungslos in diverse Mißerfolge zu verstricken. Es macht Spaß, mitzuerleben, wie immer wieder die Worldmarket-Aktienkurse in den Keller sinken und wir dann in just diesem Moment Aktien von ihnen kaufen. Aber hören und sehen Sie selbst einmal, was der Vorstand von Worldmarket so alles plant." Er schaltete den Ton dieser Konferenz ein, und ich konnte Zeuge der Sitzung dieses riesigen, weltweit agierenden Konzerns werden. Man unterhielt sich über Strategien zur Übernahme diverser Firmen, analysierte und kommentiere die neuesten Umsatzzahlen und diskutierte über die Einführung neuer Produkte. Die Art, wie Valentin sein Unternehmen führte, wirkte auf mich ganz ähnlich wie die von Frank Miller. Auch Valentin befahl seinen Leuten, die Kontrolle über bestimmte Firmen und Organisationen zu übernehmen, und er wollte ebenso die technisch neuesten Entwicklungen vorantreiben. Er ordnete sogar an, Politiker zu kaufen oder zu erpressen. Hätte man nicht gewußt, in welcher Position sich Global Mind gegenüber Worldmarket befindet, so hätte einem angst und bange vor diesem Mann werden können. Mit den Informationen, die Francisco mir gab, wirkte Valentin nur noch wie eine witzige kleine Marionette auf mich. Seine ganze Gerissenheit und sein großes Wissen nützten ihm jetzt nicht mehr. Im Gegenteil, es wurde für ihn alles nur noch schlimmer. Er war bildlich gesprochen in der Höhle des Löwen angekommen, und es gab kein Entrinnen mehr. Gedankenversunken wie ich war, erschreckte ich, als Francisco plötzlich schallend lachte. Er sagte: „Schauen Sie mal auf den Bildschirm, was diese Idioten da gerade machen!" Auf dem Monitor war zu sehen, wie der Worldmarket

Vorstand gerade dabei war, mit Sekt auf die baldige erfolgreiche Übernahme von Global Mind anzustoßen. Francisco beruhigt sich wieder und sagte: „Wir haben das Gehirn dieser Leute so betäubt, daß sie in dem Moment ihres Untergangs auf ihren Erfolg anstoßen. Sie leben tatsächlich in dem Glauben, sie würden ihr Unternehmen noch selber leiten! In Wirklichkeit haben wir schon längst alle Fäden in der Hand!" Francisco sah sich weiter interessiert die kleine Feier bei Worldmarket an, seine Gesichtszüge entspannten sich wieder, und er sagte dann mit entspannter Stimme: „Nun, ich wollte Ihnen eigentlich mit diesen Bildern etwas ganz anderes zeigen. Es geht nicht darum, was wir mit Worldmarket machen werden. Sie sollten sehen, daß wir auch Einblick in die höchsten Chefetagen haben und erfahren können, was diese Firmen vorhaben. Man kann von diesen Leuten lernen, denn auf diesen Posten sitzen keine dummen Menschen." Ich entgegnete ihm: „Das glaube ich Ihnen gerne. Ich habe aber noch eine Frage. Das war ja nur die eine Seite der Macht. Wie sieht es aber mit der Politik aus, können Sie da auch so einfach reinblicken?" Francisco winkte ab und sagte: „Die Politiker wurden alle komplett von uns eingesetzt und sind in ständigen Kontakt mit der Abteilung für Politik und Propaganda. In unserer Abteilung beschäftigen wir uns deshalb überhaupt nicht mit ihnen. Betrachten Sie Staatsregierungen als Mitarbeiter von Global Mind. Wie gesagt, die Großen dieser Welt sind nicht das, was uns hier hauptsächlich interessiert. Lassen Sie uns deshalb wieder einen Blick auf die normalen Bürger werfen." Er schaltete eine völlig neue Szene auf den Hauptbildschirm. Es war ein Autohaus, zunächst von einer Kamera aus großer Entfernung gefilmt. Dann zeigte er Autos, mehrere Einstellungen direkt aus dem Autohaus, es muß dort zahlreiche Sicherheitskameras geben, die diese Bilder liefern. Dieser Autosalon war auf Luxusautos spezialisiert. Francisco ließ uns in einige Gespräche der Besucher des Autohauses hineinhören. Die Leute unterhielten sich über Ausstattungen, und immer wieder hörte man, wie toll die Fahrzeuge seien. Man konnte einige Verkaufsgespräche mitverfolgen. Da war zum Beispiel ein älterer

Herr, der sich als Arzt vorstellte, was auch von den Daten, die uns das Display anzeigte, bestätigt wurde. Ich war mehr als erstaunt, wie einfach strukturiert und naiv dieser Kollege von mir doch war. Wie ein kleiner Junge bestaunte er sein ausgewähltes Auto, und immer wieder flüsterte er seiner Frau zu, wie Nachbarn und Kollegen ihn bewundern würden, wenn er dieses Auto kauft. Der Verkäufer gab dem Herrn Doktor auch noch zu verstehen, daß die Entscheidung für den Kauf eines solchen Autos einer Entscheidung für einen ganz speziellen Lebensstil gleichkomme. Es klang fast so, als ob nur wirklich erfolgreiche und intelligente Menschen sich für ein solches Auto entscheiden würden. Aber auch die anderen Kunden ließen sich von ähnlichen Motiven leiten. Für diese Menschen waren das keine Autos, sondern käufliche Heiligenscheine. Und die Verkäufer gossen noch mehr Öl ins Feuer der Begierde. Nachdem ich mich intensiv mit diesen Begebenheiten auseinander gesetzt hatte, sagte Francisco zu mir: „Dieses Autohaus gehört zu einer Kette von Autohäusern, die alle Global Mind gehören. Wir können an den Gesprächen und Reaktionen der Leute erkennen, wie unsere Werbekampagnen und Hirnprogrammierungen bei den Kaufinteressierten eingeschlagen haben. Haben Sie gesehen, was für großartige Verkäufer wir haben?"
„Umwerfende Verkäufer", sagte ich in einem Ton der echten Bewunderung. Er entgegnete mir: „Verkaufsschulungen und Training in Neuromarketing von Global Mind sind eben wirklich klasse!" In der Zwischenzeit war mir eine merkwürdige Sache beim Betrachten der Bilder aufgefallen. Ich fragte Francisco: „In diesem Autohaus stehen viele wertvolle Fahrzeuge. Wie ich auf dem Monitor erkennen kann, ist kein einziges abgeschlossen, ja sogar die Schlüssel stecken. Gibt es da kein Sicherheitsrisiko?" Francisco lächelte und sagte: „Nein, gibt es nicht. Die Grundprogrammierung der Gehirne der Besucher ist derart angelegt, daß ein Diebstahl oder Beschädigung nicht möglich ist. Sollte entgegen dieser Programmierung doch einmal etwas passieren, dann zeige ich Ihnen jetzt, was dann passiert." Er warf einen Blick auf ein paar Daten und sagte dann: „Wie ich sehe, ist es in diesem Auto-

haus einmal zu einem Diebstahlversuch gekommen. In unserem Archiv befindet sich das Video von dem Diebstahl. Vier Sekunden nachdem der Verbrecher zugeschlagen hatte, wurde der Film den Servern zugespielt.“ Wir sahen uns die Aufzeichnung an, und es war wirklich nicht viel darauf zu erkennen, außer daß ein rotes Signal auf dem Video eingeblendet wurde. Francisco erklärte: „Die automatische visuelle Erkennung hat sofort den Diebstahl bemerkt und alle Sicherheitsvorkehrungen veranlaßt. Der Dieb ist gerade einmal ein paar Meter weit gefahren, als er gestoppt wurde. Aber von solchen Dingen werden Sie noch viel mehr bei Ihrem Praktikum in der Sicherheitsabteilung erfahren.“ Er schaltete dann den Hauptbildschirm um, bis dieser sich in drei nebeneinander liegende Bereiche aufteilte. Links war eine Fernsehsendung zu sehen, eine neue Serie mit jungen trendigen Schauspielern. Wie es so üblich ist, können Kunden die Kleidung, welche die Schauspieler tragen, direkt am Bildschirm bestellen. Im mittleren Teil des Bildes war ein Großraumbüro zu sehen, in dem die Bestellungen für diese Produkte eingingen. Auf dem rechten Teil des Bildes war ein Warenlager zu sehen, in dem offenbar die bestellten Produkte sofort erfaßt und verschickt werden. Francisco beschrieb, was auf den drei Szenen zu sehen war: „Die Daten, welche wir erheben, dienen dazu, den Zeitgeschmack der Leute zu erkennen und dafür Produkte anzubieten. In diesem Beispiel haben wir eine Telenovela für junge Leute entwickelt, in der wir Trends für viele Produkte setzen. Man bestellt direkt am Kommunikationsterminal, die Daten werden erfaßt und an die Auslieferungslager weitergegeben. Wir können also in Echtzeit ermitteln, wie gut unsere Produkte bei den Kunden ankommen und ob die Bestellungen mit den errechneten Bestellprognosen übereinstimmen.“ Mich verwunderte diese Aussage, paßte sie doch so gar nicht zu dem, was ich sonst von Global Mind kenne, also fragte ich: „Tom, seien Sie mal ehrlich – eine so große Überraschung sind die Bestelldaten doch gar nicht. Nach all dem, was ich von Global Mind gelernt habe, wissen Sie doch schon vorher ganz genau, wer was und wann bestellt!“ Francisco lachte und bestätigte meinen Verdacht. Er durchsuchte sogleich seine Datenbanken, um mir etwas ganz Besonderes zu zeigen. Der große Hauptbildschirm zeigte daraufhin wieder nur ein einziges Bild an. Man konnte die Live-Aufnahme aus einem öffentlichen Park sehen. Für einen Moment genossen wir einfach nur die schönen Bilder der Bäume, Sträucher und Blumen. Er präsentierte verschiedene Kameraeinstellungen, bis er schließlich auf eine Parkbank stieß, auf der ein Liebespaar zu sehen war. Die Daten der beiden Liebenden erschienen wie gehabt unten auf dem Display, und Francisco analysierte sie gründlich. Ich war noch zu unerfahren, um wirklich etwas mit den Daten anfangen zu können. Langsam begann Francisco mit der Analyse dieser Situation: „Dies ist ein zufälliges Beispiel, an dem Sie sehen können, wie wir Menschen beobachten und analysieren. Das, was ich Ihnen jetzt sage, beruht nur auf den erhaltenen Daten, ohne daß Global Mind sich hier irgendwie eingemischt oder gesteuert hätte. Also die empfangenen Daten sagen mir folgendes: Der Mann auf dem Bildschirm ist unsterblich in diese Dame verliebt. Die Daten der Frau entsprechen sehr genau seiner neurologischen Veranlagung. Ich würde sogar soweit gehen und sagen, daß er völlig fixiert auf sie ist, man könnte sagen – er ist ihr hörig. Auf Basis dieser Daten kann man sicher davon ausgehen, daß die Frau den Mann irgendwann verlassen wird, denn er entspricht nicht wirklich ihrer Veranlagung. Er ist wahrscheinlich nur ein vorübergehendes Abenteuer für sie. Diese hübsche Dame wird sich früher oder später einen wesentlich dominanteren Partner suchen, der auch körperlich anders gebaut sein muß. Sie ist sehr stark materiell ausgerichtet, und der verliebte Herr auf der Parkbank kann ihren materiellen Ansprüche nicht gerecht werden.“ Der junge Mann auf der Parkbank sah eigentlich sehr nett aus, und er tat mir leid. Also sagte ich: „Schade, daß wir diese Datenanalyse dem armen Kerl nicht zukommen lassen können!“ Francisco antwortete: „Das würde ihm nichts nützen, seine Emotionen haben eine Welt der Verliebtheit aufgebaut, die unfaßbar stark ist. Der Verstand wird hier keinerlei Chance haben, sich durchzusetzen, denn hier sind die grundlegendsten

Triebe der Menschen im Spiel. Ich kann an den Daten erkennen, daß er ein sehr intelligenter und leistungsfähiger Mensch ist. Daraus folgere ich, daß er das Problem verstandesmäßig wahrscheinlich sogar schon kennt, es aber nicht wahrhaben will.“ Francisco sah mich mit verschmitztem Lächeln an und sagte: „Ein nettes kleines Serverprogramm würde dem netten Herrn die Qual dieser Liebesbeziehung nehmen können! Schade, das wir für solche individuellen Probleme keine Kapazitäten haben.“ Ich versuchte, eine Schlußfolgerung zu ziehen: „Würden Sie also zustimmen, daß gute Liebesbeziehungen die Folge von Kompatibilität der Daten sind?“ Er antwortete: „Ja, so funktioniert Biologie eben, die Daten müssen sich ergänzen.“ Mir kam in diesem Moment eine Idee, die sowohl faszinierend als auch beängstigend war. Ich sagte: „Sie besitzen ja ein großes Analysetalent, was Liebesbeziehungen angeht, vielleicht können Sie auch einmal die Daten von mir und meiner Frau analysieren?“ „Wenn Sie das unbedingt möchten, dann gerne!“ antwortete er. Ich stimmte zu. Die Angaben von mir und meiner Frau erschienen dann auch prompt auf dem Bildschirm, und er betrachtete sie ausgiebig. Ich war so aufgeregt, daß ich gar nicht hinsehen konnte und nur auf seine Antwort wartete. Seine Reaktionen deuteten an, daß es sich um keine leichte Analyse handelte. Schließlich aber erklärte er mir: „Man muß die Beurteilung Ihrer Partnerschaft zeitlich in zwei Teile zerlegen, und zwar einmal vor Ihrem ersten Treffen mit Frank Miller, und dann danach. Was die Zeit davor betrifft – Sie haben viele gemeinsame Interessen und sogar eine ähnliche Ausbildung, Ihre Frau war aber deutlich emotionaler veranlagt als Sie. Das hätte einmal zu einem Problem werden können, man kann es aber nicht mit Bestimmtheit sagen. Obwohl Sie, Aldwin, selber auch sehr materiell ausgerichtet sind, so ist das bei Ihrer Frau noch viel ausgeprägter der Fall. In einer guten Position als Arzt hätten Sie da aber keine Probleme zu erwarten gehabt. Man kann ihre Partnerschaft nicht so eindeutig analysieren, es gibt zu viele Variablen. Macht aber auch keinen Sinn, denn seit Frank Miller sich persönlich um Ihre Beziehung gekümmert hat, ist sowieso alles anders. Frank Miller hat das Gehirn Ihrer Frau so programmiert, das sie fortan vollkommen auf Sie fixiert ist. Es geht Ihr eigentlich genauso wie dem jungen Herrn, den wir gerade auf der Parkbank gesehen haben – wahrscheinlich sogar noch viel extremer.“ Ich wunderte mich und fragte nach: „Was glauben Sie, wundert sich meine Frau nicht ein wenig, das sie plötzlich so starke Gefühle für mich hat?“ Francisco dachte nach und sagte: „Hier fallen zwei Dinge zeitlich zusammen, die für Ihre Frau wahrscheinlich die Erklärung sein dürften. Sie wird Ihre Arbeit bei Global Mind, also Ihren beruflicher Erfolg, für dieses starke Gefühl als Erklärung heranziehen. Die Aussicht auf ein Leben in Wohlstand hat eben auch einen erotischen Reiz. Und wieder einmal waren es die süßen kleinen Nanoteilchen, die sich als Quell der Liebesfreuden hervortun! Freuen Sie sich, Aldwin!“ So richtig freuen konnte ich mich darüber nicht. Etwas deprimiert stellt ich eine Frage: „Ist das nicht erniedrigend, wenn man nicht wegen der eigenen Person, sondern wegen eines Fixierprogramms geliebt wird?“ Francisco antwortete mit Entschiedenheit: „Wäre Ihnen eine problematische Beziehung lieber, die auch die Möglichkeit einer Trennung beinhaltet? Auch meine Frau ist total auf mich fixiert, und darüber bin ich sehr, sehr glücklich!“

Franciscos Argumente machten mich sprachlos. Ich mußte diese Angelegenheit mit mir alleine ausmachen! Deshalb versuchte ich, das Thema Liebe etwas herunterzuspielen und auf ein anderes Thema zu wechseln: „Nun gut, ich will mal sehen wie das Leben mit einer programmiert-verliebten Frau so ist.“ Einen Moment lang überlegte ich, wie ich am geschicktesten vom bisherigen Thema ablenken könnte, bis mir die rettende Frage einfiel: „Tom, ist es eigentlich erlaubt, wenn wir diese großartige Technik einfach einmal benutzen, um meine eigene Neugierde zu befriedigen?“ Francisco lächelte und sagte: „Also dann, Aldwin, spucken Sie es aus, welche Person soll ich für Sie auf den Bildschirm zaubern?“ Ich antwortete: „Mich interessiert schon seit langem, was für ein Privatleben John Stevens, der Inhaber des

Softwaregiganten VMAP, so führt und wie er tatsächlich seine Geschäfte betreibt. Können Sie einen solchen Mann, der so abgeschieden lebt und selber von neuester Technik umgeben ist, überhaupt überwachen?" Francisco verzog keine Mine und fragte mich: „Wollen Sie ein paar Aufzeichnungen von seinen wichtigsten Besprechungen der letzten Zeit sehen?" Der Vorschlag gefiel mir nicht wirklich, denn eigentlich war ich mehr am Privatleben von Stevens interessiert. Also antwortete ich: „Um ehrlich zu sein – ich würde gerne sehen, was er gerade in diesem Moment tut, sozusagen live!"

Auch dieser Vorschlag konnte Francisco nicht aus der Ruhe bringen. Er öffnete das Computermenü und forderte die Daten von John Stevens an. Mit Hilfe der Funkverbindung zu den Nanoteilchen ließ er dann den Aufenthaltsort von Stevens ermitteln. Es dauerte ein Weilchen, Francisco wurde etwas unruhig: „Wo steckt der Kerl bloß?" Dann erschien aber doch eine Meldung auf dem Monitor: „Aktueller Aufenthaltsort John Stevens: Brasilien, Amazonas." Es folgten eine Reihe von Koordinaten, die den genauen Aufenthaltsort definierten. Auf dem riesigen Monitor drehte sich plötzlich eine gewaltige Weltkugel und an der Stelle, wo Brasilien zu sehen war, blinkte ein Punkt auf, der den Aufenthaltsort von Stevens zeigte. Francisco wunderte sich: „Der Junge hält sich in einer gottverlassenen Gegend auf, weiß der Teufel, was er dort macht. Kann gut möglich sein, daß wir ihn gar nicht auf den Bildschirm bekommen. Mal sehen, was ich machen kann." Er übermittelte die Standortdaten an einen Satelliten, worauf wir ein Bild aus dem Weltraum auf unseren Monitor erhielten. Der Satellit visierte das Ziel an und zoomte mehrfach auf die Erde herunter, bis wir schließlich eine Gruppe von Menschen zu sehen bekamen. Es war für mich schockierend, mitzuerleben, was für kleine Objekte aus dem Weltraum per Satellit beobachtet werden können. Das Bild war nicht sehr präzise, und wir hatten nur die Sicht von oben. Was man sehen konnte, war eine Gruppe von Männern, die sich offenbar mitten in der Wildnis aufhielten. Einzig ein Indianerdorf konnten wir ganz in der Nähe ermitteln. Die Männer schienen auch dort zu wohnen, man konnte einige Dinge erkennen, die nicht von Indianern stammen können. Die Abenteurergruppe hatte sich anscheinend schon kräftig im Amazonas gebadet, denn es hingen etliche nasse Kleidungsstücke auf einer Wäscheleine. Irgendetwas sehr merkwürdiges flatterte ebenso auf dieser Leine. Es sah zunächst aus wie lauter kleine Wimpel oder eine Anreihung von Papierzetteln. Francisco war dies auch aufgefallen, und er versuchte, noch stärker heranzuzoomen. Zwar ergab sich kein klares Bild, doch es war dennoch zu erkennen, was da zum Trocknen hing – Dollarscheine! „Da hat der gute Stevens wohl sein Bargeld mit zum Baden genommen", sagte Francisco in scherzhaftem Ton. Und als ob dies nicht absurd genug gewesen wäre, so war bei der genauerer Betrachtung der Wohnhütten auch eine Reihe von Alkoholflaschen zu sehen, vermutlich Cognac. Man konnte es wirklich nicht genau erkennen, aber es sah so aus, als ob in diesen Cognacflaschen kleine Reptilien schwammen! So skurril hatte ich mir das Leben von John Stevens wirklich nicht vorgestellt! Francisco steuerte nun unser Sichtfeld direkt auf die Männergruppe am Amazonas zu. Wir achteten auf die Datenanzeige unterhalb des Bildschirms, um zu erkennen, wer in dieser Gruppe eigentlich John Stevens ist. Mit Hilfe der Datenanzeige ließen sich auch die anderen Männer aus der Gruppe identifizieren. Es handelte sich ausschließlich um erfolgreiche Geschäftsleute, die anscheinend gerade einen gemeinsamen Abenteuerurlaub machten. Mit Unterstützung der Nanotechnik gelang es uns, Teile ihrer Unterhaltung mithören zu können. Stevens und seine Begleiter sprachen davon, daß es sowohl Piranhas als auch Krokodile in diesem Gewässer geben soll. Sie waren sich aber sicher, trotzdem an dieser Stelle in das Wasser gehen zu können, da hier eine stärkere Strömung vorzufinden war, bei der man nicht mit diesen gefährlichen Tieren rechnen muß. Einer aus der Gruppe war besonders mutig und marschierte schon einmal voraus in den Amazonas. Wir identifizierten ihn als George Scotting, den Vorstand eines riesigen englischen Pharmakonzerns. Ich wollte gerade Francisco sagen, daß ich für heute genug von Stevens gesehen hätte, da passierte etwas Merkwürdiges an den Ufern des Amazonas.

Scotting verschwand für einen kurzen Moment von unserem Monitor, denn irgendeine undefinierbare Masse überdeckte ihn. „Was war das?“ fragte ich Francisco. „Ein Schwarm fliegender Fische“, antwortete er mir, ohne jeden Zweifel aufkommen zu lassen. Ich sah wieder auf den Monitor, und man konnte erkennen, daß Blut von der Stirn Scottings herunterlief. Der Schwarm fliegender Fische mußte ihn verletzt haben. Scotting drehte sich für einen Moment um und sprach zu seinen Begleitern, die gerade in das Wasser gestiegen waren. Was dann geschah, war skurril und witzig zugleich. Stevens und die anderen Abenteurer sahen nämlich, wie das Blut von Scotting in den Amazonas lief. Ohne auch nur einen Moment zu zögern, rannte sie wieder ans Ufer und ließen den armen Scotting als unfreiwilliges Opfer für Piranhas und Krokodile zurück. Natürlich geschah dem englischen Pharmaunternehmer gar nichts, und so kehrte auch er völlig unversehrt zurück ans Ufer. Die plötzliche Flucht seiner Kumpels war für ihn aber bestimmt alles andere als ein Freundschaftsbeweis.

Francisco konnte sich kaum halten vor Lachen, so daß er mehrmals vergeblich versuchte, einen Satz auszusprechen. Schließlich riß er sich zusammen und sagte: „Aldwin, ich schwöre bei allem was ich habe – mit dem, was wir gerade gesehen haben, hat Global Mind wirklich gar nichts zu tun! Daß wir nun Tiere mit Nanoteilchen impfen würden – so weit sind wir noch nicht. Wir waren hier wirklich nur Zeuge einer lustigen Begebenheit aus der Natur.“

Während Francisco sich noch weiter amüsierte, versuchte ich, noch einige Fetzen aus der Unterhaltung von Stevens mitzubekommen. Er erzählte, das er schon einige Tage zuvor nachts Krokodile gefangen hätte, man müsse nur an der richtigen Stelle zugreifen. Der Mann schien nicht wirklich Angst zu haben, vielleicht liegt darin das Geheimnis seines geschäftlichen Erfolges.

Bevor die Satellitenaufnahmen aus dem Amazonasgebiet langweilig wurden, schaltete Francisco die ganze Überwachungsanlage ab. Im Raum wurde es ganz still, und er begann zu erklären: „Aldwin, Sie haben nun ein wenig Einblick bekommen in das, was wir hier tun. Sie werden nun eine Woche bei meinen Mitarbeitern verbringen und zusehen, wie unser tagtägliches Geschäft tatsächlich aussieht."

Er stand auf, verabschiedete sich und entließ mich nach Hause. Es folgte eine Woche Arbeit, die weit weniger spektakulär war, als ich dachte. Es zeigte sich, daß die Kollegen in der Kontrollabteilung mit den Höhen und Tiefen des menschlichen Daseins bestens vertraut waren und sich eigentlich gar nicht mehr dafür interessierten. Für mich waren sie die „Beamten" von Global Mind. Zahlen, Daten, Prognosen und Vergleiche – das war die Welt des Tom Francisco und seiner Mitarbeiter.

6. Kapitel – Ein „untypischer“ Mastermind und sein Ende

Nach dieser Woche saß ich wieder einmal vor der Tür von Frank Miller und wartete darauf, hineingehen zu dürfen. Ich war gespannt darauf, zu erfahren, welche Abteilung von Global Mind ich nun kennenlernen sollte. Seine Assistentin führte mich hinein, und sein gewaltiges Büro wirkte diesmal schon wesentlich vertrauter auf mich. Frank Miller begrüßte mich, fast so als, ob wir alte Kumpels wären. Wir nahmen Platz, und er begann zu reden: „So, Aldwin, jetzt haben Sie also die Abteilung von Tom Francisco kennengelernt. Konnten Sie einigermaßen nachvollziehen, wie diese Abteilung funktioniert?“ Seine Frage entlockte mir ein Lächeln, und ich antwortete provokativ: „Verzeihen Sie, wenn ich etwas frech reagiere, aber ich glaube, Sie kennen die Antwort auf die Frage besser als ich!“ Miller lachte verschmitzt vor sich hin und sprach dann im ironischen Ton: „Verzeihen Sie mir, wenn ich etwas Smalltalk mit Ihnen halten wollte. Wenn es Ihnen lieber ist, dann führe ich einen Monolog. Also gut, ich weiß, Sie haben dort alles verstanden!“ Ich war etwas beschämt in dem Moment, denn es war eindeutig, das Frank Miller einfach nur freundlich sein wollte. Ich entschuldigte mich bei ihm. Er sah das alles jedoch nicht so eng und begann, mir zu erklären, warum er mich heute sehen wollte: „Sie werden ab heute die Abteilung für Verkaufspsychologie und Marketing kennenlernen. Den Leiter, Herrn Fornsbach, kennen Sie ja bereits.“ Ich entgegnete ihm: „Ich habe inzwischen auch mit einigen seiner Mitarbeiter in der Zentrale gesprochen. Herrn Fornsbach selber habe ich aber noch nie dort gesehen.“ Miller wippte eine Zeit lang unsicher mit dem Kopf hin und her, er rang nach den richtigen Worten, aber schließlich sagte er dann: „Nun diese Abteilung ist irgendwie... anders als die anderen. Sie werden bald merken, was ich meine. Dies ist auch der Grund, warum ich Sie sprechen wollte, bevor Sie dort hingehen.“ Er machte eine Pause, und mein Herz begann zu rasen, denn das Wort „anders“ weckte Ängste in mir. Miller sah dann zuerst auf seinen Monitor, dann auf mich und sagte: „Entspannen Sie sich wieder, Aldwin. Es gibt keinen Grund für Panik. Hören Sie erst einmal, was ich Ihnen zu sagen habe. Die Abteilung selbst unterscheidet sich gar nicht so sehr von den anderen, der eigentliche Unterschied liegt bei Friedrich Fornsbach selbst. Es hat schon seinen Grund, warum Sie ihn nie in der Zentrale treffen, er arbeitet nämlich – zu Hause!“ Es entstand eine lange Pause, und ich fragte dann: „Wie soll ich das verstehen – von zu Hause? Haben Sie ein neues Arbeitskonzept für ihn entwickelt?“ Miller entgegnete mir: „Nein, ganz und gar nicht. Fornsbach selbst wollte das so, und ich konnte ihn nicht davon abbringen. Sie müssen das Wesen seiner Tätigkeit verstehen. Sein Geschäft sind die Emotionen, und um emotional sein zu können, betrachtet er es als Notwendigkeit, auch in seinem eigenen Leben diese Emotionalität frei und ungebunden leben zu können. In grauen Büroräumen mit dem ständigen Blick auf irgendwelche Bildschirme fühlt er sich fehl am Platze. Friedrich Fornsbach ist der Meinung, das Verkaufen in erster Linie bedeutet, die Menschen und ihre Gefühle zu verstehen. Und dazu muß ich akzeptieren, daß Fornsbach es sich herausnimmt, so zu leben und zu arbeiten, wie es ihm gefällt. Bei ihm werden Sie den totalen Gegenpol zu der Welt von Daten und Zahlen, die Sie gerade bei Francisco kennengelernt haben, erleben.“

Millers Erklärung ließ in mir den Verdacht aufkommen, daß Fornsbach eine Art Sicherheitsrisiko für Global Mind darstellt. Also fragte ich: „Frank, Sie haben doch nichts bei Global Mind dem Zufall überlassen, alles ist berechnet, alles kontrolliert. Und nun leisten Sie sich einen Hofnarren, der machen kann was er will?“ Miller lachte lauthals los, eine derartig heftige Reaktion hatte ich noch nie zuvor bei ihm gesehen. Noch mit einem Lachen im Gesicht antwortete er mir: „Sie haben das wirklich sehr schön ausgedrückt, und ich kann nur sagen – ja, Sie haben recht, wir leisten uns diesen Hofnarren.“ Er bemühte sich, wieder ernsthafter zu werden und erklärte weiter: „Wissen Sie, Aldwin, wir konnten viele menschliche Geheimnisse lüften, und trotzdem bleibt immer ein Rest, den wir nicht ganz berechnen können. Ein Mann wie Fornsbach besitzt ein intuitives Gespür für den Umgang mit Menschen. Er weiß genau, welche Produkte zu welchem Zeitpunkt Menschen kaufen wollen. Im direkten Gespräch mit Kunden hat er einen Instinkt entwickelt, wie er am besten individuell auf sie eingeht und am schnellsten ihre Bedürfnisse erkennt. Mastermind Fornsbach besitzt das außergewöhnliche Talent, den Menschen ein Gefühl des Wohlbefindens zu verleihen. Das zeichnet ihn aus."

Frank Miller machte wieder ein ernsteres Gesicht, als er seine Erklärungen zu Fornsbach fortsetzte: „Sie können mir glauben, ich habe bereits alles versucht, um die Arbeit von Fornsbach auf technischem Wege zu erledigen. Aber ich mußte mich geschlagen geben, die Verkaufserfolge von Fornsbach sind einfach einzigartig. Versuchen Sie bitte, etwas von dem Geist, der Fornsbach umgibt, aufzunehmen. Versuchen Sie, zu verstehen, wie er die Menschen erreicht." Ich fragte ihn daraufhin: „Frank, ich bin mir sicher, daß diese Bitte nicht alles ist, weshalb Sie mich her gebeten haben!" Miller nickte zustimmend und sagte: „Nein, da haben Sie recht. Ich wollte Sie einfach persönlich auf den Besuch bei Friedrich Fornsbach vorbereiten. Was ich sagen will, ist folgendes: Sie werden dort einen Mann erleben, der vollkommen aus dem Rahmen fällt. Er ist mit keinem anderen Mastermind vergleichbar. Er benimmt sich anders, nutzt seine Zeit anders und hat in vielen Dingen eine Sicht der Dinge, die nicht so ganz mit meiner übereinstimmt. Dennoch schätzen wir uns sehr, und ich weiß, daß er keine Gefahr für Global Mind darstellt. Ganz im Gegenteil, er identifiziert sich total mit unserem Unternehmen. Meine Botschaft an Sie, Aldwin, lautet: Erschrecken Sie nicht über die Eigenarten von Fornsbach, akzeptieren Sie in völlig, so wie er ist, und versuchen Sie, sein System zu verstehen. Und trotz all dieser Toleranz ihm gegenüber sollten Sie eines auf keinen Fall tun – Friedrich Fornsbach als Vorbild nehmen!" Seine Bitte machte mich völlig perplex. Ich stammelte ein paar Wörter hervor: „Wie bitte soll ich das verstehen? Hat Herr Fornsbach als Mastermind keine Vorbildfunktion?" Frank Miller wägte sehr genau seine Worte ab: „Sie können etwas von ihm lernen, sollten aber nicht seine Art übernehmen. Ihre zukünftige Aufgabe ist die eines Wissenschaftlers, der nüchtern und sachlich seine Forschung betreibt. Der Erfolg Ihrer Arbeit wird nicht davon abhängig sein, ob es Ihnen gelingt, andere Menschen von einer Sache zu überzeugen. Bei Ihnen zählen nur Ergebnisse. Das gesamte Mastermind-Team sieht mit mehr oder weniger großer Bewunderung auf Fornsbach. Aber niemand käme auf die Idee, seiner Arbeitsauffassung zu folgen."

Ich versuchte, ein Resümee zu ziehen: „Sehe ich das richtig – Friedrich Fornsbach ist ein bunter Vogel, ein Exot, der in einer anderen Welt lebt als wir. Das restliche Mastermind-Team sieht mit Erstaunen zu, was er so macht, ohne dabei jemals selber Teil dieser Welt zu werden." Miller nickte und sagte: „Sie haben es genau richtig erfaßt. Als Gegenpol zu Ihrer bisherigen medizinischen Ausbildung wird es von großer Wichtigkeit sein, die Emotionalität unseres Geschäftes zu erkennen, und Ihre Arbeit daran neu auszurichten."

Miller erhob sich, reichte mir die Hand und sagte: „Ich wünsche Ihnen viel Spaß bei Friedrich Fornsbach und eine gute Reise in die Provinz." Ohne weiter nachzuhaken, was er genau unter „Provinz" verstand, verabschiedete ich mich ebenfalls von ihm und verließ sein Büro. Mein Fahrer Daniel wartete bereits in der Tiefgarage auf mich, wir fuhren direkt zu dem privaten Anwesen von Friedrich Fornsbach. Während der Fahrt befragte ich das Computersystem, in was für eine Gegend wir nun eigentlich fahren. Die Daten zeigten an, daß die Heimat Fornsbachs ein Berg sein muß, auf dem er mit seiner Familie in direkter Nachbarschaft zu einem Großindustriellen wohnt. Andere Bewohner gab es offenbar in einem größeren Umfeld nicht. Mich sollte also Natur pur erwarten. Je länger wir fuhren, desto weniger bewohnt war die Gegend, und allmählich wurde mir klar, was Miller mit „Provinz“ gemeint haben muß. Plötzlich sagte Daniel zu mir: „So, wir wären da.“ „Sind Sie sich sicher?“ fragte ich verlegen. „Absolut“, antwortete er selbstsicher. Es war eigentlich nichts zu sehen außer unzähligen Nadelbäumen, welche die Sicht auf den vor uns liegenden Berg verdeckten. Einzig und allein ein winzig kleines Häuschen stand an der Einfahrt in den Wald. Wie ein Grenzsoldat stand dort ein Wachmann vor einer elektronischen Sicherheitsanlage, um zu kontrollieren, wer hier hereinfahren möchte. Er begrüßte uns, warf einen kurzen Blick ins Fahrzeug, erklärte uns, wo das Haus Friedrich Fornsbachs liegt und ließ uns dann ohne jede weitere Kontrolle passieren. Wir fuhren ein Stück den Berg hoch, auch als schon das Haus von Fornsbach zu erkennen war. Es war ein unscheinbares Haus mit großem Vorplatz, umgeben von wunderbarer Natur. Kinderspielzeug lag verstreut auf dem Boden, und ein wirklich gefährlich aussehender Hund bellte laut auf. Erfreulicherweise war das Tier an einer langen Leine festgebunden, direkt unter einem Baumhaus. Alles wirkte sehr verspielt, man hatte das Gefühl, in ein Ferienhaus zu kommen. Von Global Mind war hier absolut nichts zu spüren. Daniel verabschiedete sich, er würde mich am späten Nachmittag wieder abholen. Etwas unsicher begab ich mich an die Haustür und klingelte. Nach einiger Zeit öffnete Fornsbach persönlich und sagte: „Hallo Aldwin, schön Sie zu sehen!“ Fornsbach war alles andere als geschäftsmäßig angezogen. Er trug Sandalen, sein buntes Hemd war weit geöffnet und hing aus der Hose heraus. Er sah sehr verschlafen aus, und ich hätte wetten können, daß es nicht allzu lange her war, als er seine Nachtruhe beendet hatte. Das alles verunsicherte mich sehr, denn es paßte so gar nicht zu dem, was ich bislang bei Global Mind kennengelernt hatte. War dies die Fortsetzung meines Einstellungstest? Doch dann erinnerte ich mich an die Worte Frank Millers, der mich schließlich eingehend vor den Eigenarten Fornsbachs gewarnt hatte. Aber Fornsbach hatte dennoch eine sehr authentische Ausstrahlung, ich konnte mir nicht vorstellen, daß er das alles nur spielt. Er stellte mir seine Frau Gabrielle und seine kleine Tochter Tanja vor. So ruhig und entspannt Fornsbach wirkte, so geschäftig und aktiv war seine Frau. Ihre Art paßte schon wesentlich besser zu Global Mind. Sie schien die totale Kontrolle über alle Dinge zu haben, fast so wie Frank Miller, hatte sämtliche Termine im Kopf und war permanent beschäftigt. Bei den beiden hatte sich wohl das Sprichwort bestätigt, daß Gegensätze sich anziehen. Fornsbach bat mich, auf seiner Terrasse Platz zu nehmen. Ohne zu fragen, ob ich etwas trinken wollte, schenkte er mir ein Glas Rotwein ein, zündete sich eine Zigarette an und ließ mich einfach sitzen – er habe noch ein paar Telefonate zu führen. In diesem Hause hatte man offenbar die Ruhe weg. Nach einigen Minuten kehrte er zurück, betrachtete die Pflanzen in seinem Garten und erklärte mir, was dort alles so am Wachsen war. Er berichtete davon, wie leidenschaftlich er Pilze sucht, um diese dann selber zu entsprechenden Speisen zuzubereiten. Die ganze Zeit fragte ich mich, wann Fornsbach endlich zur Sache kommen würde. Doch alles, was er tat, war eine Zigarette nach der anderen zu rauchen und sich über diesen schönen Tag zu freuen. Da er mir aber mit einer solchen Begeisterung von seiner schönen Welt erzählte, schien es mir nicht angebracht zu sein, ihn in seiner Leidenschaft zu unterbrechen. Verzweifelt überlegte ich, wie ich es anstellen könnte, ihn ganz unauffällig auf das Thema Global Mind zu dirigieren. Ich versuchte es: „Friedrich, Sie leben hier wirklich wunderschön, beneidenswert daß Sie von hier aus arbeiten können. Wie kam es eigentlich dazu?" Seine Antwort war die eines alten Profis, der schon viel erlebt hatte: „Ach, wissen Sie, das mit dem Büro in der Stadt war früher einmal ganz okay. Ich habe im Laufe der Zeit ein System entwickelt, das es mir ermöglicht, alles von hieraus erledigen zu können. Zusammen mit meiner wunderbaren Ehefrau, die mit all der neuen Telekommunikationstechnik bestens umgehen kann, gelingt das ganz hervorragend. Selbst Geschäftspartner kommen lieber hierher zu mir, als in die nüchterne Büros in der Stadt." Ich sah mich um und reflektierte, was hier geschah. Wir saßen also während eines normalen Arbeitstages auf einer Terrasse, tranken Wein, sahen zu, wie die kleine Tochter Tanja fröhlich vor sich hinspielte, und Friedrich Fornsbach machte nicht die geringsten Anstalten, auch nur den kleinen Finger zu heben, um irgendetwas zu arbeiten. Was allerdings typisch für Global Mind war, war die Tatsache, daß auch Fornsbach Dinge sagte, die mich sehr verwirrten. So sagte er: „Schön hier, nicht wahr, Aldwin, Sie denken jetzt bestimmt – was ist dieser Fornsbach nur für eine faule Sau. Sollten Sie wirklich ein Mensch sein, der so etwas über seine Kollegen denkt, ja praktisch vorverurteilt, dann muß ich Ihnen aber ganz klar und unmißverständlich sagen – Sie haben vollkommen Recht!"

Kein Zweifel – mir gegenüber saß der wohl einzige Mastermind, der wirklich viel für Humor übrig hatte und sich dabei noch ganz offen zur Faulheit bekannte. Aber trotzdem, er war ein Mastermind, und das machte die Sache für mich undurchschaubar. Er bat mich darum, ein wenig über mich zu erzählen, insbesondere über meinen Beruf. Während ich also zu erzählen begann, merkte ich an seinen Kommentaren, daß er in wissenschaftlichen Dingen kein wirklicher Experte war. Was ihn allerdings von anderen unterschied, war die Tatsache, daß er von den unterschiedlichsten wissenschaftlichen Disziplinen immer ein wenig wußte. Er erzählte mir dann aus seinem Leben, er hatte wirklich viel zu erzählen! Sein Leben war anscheinend ein einziger Abenteuerspielplatz, er hatte die ganze Welt bereist und sowohl mit den ärmsten Bettlern als auch mit den reichsten Unternehmern gelebt. Aus der Harmlosigkeit dieser Unterhaltung ragten bald ein paar seltsame Spitzen hervor, die mich doch daran erinnerten, hier vor einem Mastermind von Global Mind zu sitzen. Er hatte nämlich die Eigenart, Dinge zu erzählen und dann völlig unverhofft zu fragen: „Was habe ich gerade erzählt?" Diese merkwürdige Eigenart erinnerte doch sehr stark an Schulunterricht für Kinder, doch ich traute mich und sprach ihn direkt darauf an. Er erklärte bereitwillig sein Fragesystem: „Wissen Sie, man kann auf diese Art entdecken, ob Menschen wirklich wissen, wovon sie reden." Das wollte ich aber genauer wissen: „Machen Sie so etwas auch im direkten Umgang mit Kunden? Verzeihen Sie, wenn ich so direkt bin, aber dieses Prinzip hat etwas Lehrmeisterhaftes an sich und wirkt alles andere als sympathisch!" Mit dieser Frage hatte er nicht gerechnet, doch er antwortete bereitwillig: „Natürlich geht so etwas nicht bei Kunden. Die Kunden müssen sich wohlfühlen, das ist mein oberstes Gebot. Verzeihen Sie, wenn meine Fragerei etwas respektlos erschien, das war nicht meine Absicht." Mehr wollte er offenbar nicht dazu sagen, und so stellte ich auch keine weiteren bohrenden Fragen zu diesem Thema. Wir schwiegen eine Weile lang und blickten in das herrliche Grün der Natur, das uns überall umgab. Es war wirklich merkwürdig, denn seine Frau Gabrielle nahm keine Sekunde lang Platz an unserem Tisch. Sie arbeitete am Computer, kümmerte sich um die Tochter und hatte eine Menge Arbeiten im Haushalt zu verrichten. Ich mußte an Frank Miller denken, und dabei beschlich mich ein Verdacht. Ohne jede Umschweife fragte ich Fornsbach: „Verzeihen Sie meine Direktheit, aber wenn ich Ihre Frau so sehe, dann habe ich den Verdacht, daß vollkommen von den Global Mind-Servern gesteuert wird." Er streckte seinen Kopf auf die Seite, um zu sehen, ob seine Gattin in der Nähe war, er wollte sicher sein, daß sie nicht hört, was hier gerade gesprochen wird. Mit etwas leiserer Stimme sagte er: „Sie haben vollkommen recht, Gabrielle unterliegt einer starken Programmierung. Sie, Aldwin, und ich, wir haben das seltene Privileg, einen fast vollständigen freien Willen zu besitzen, die Server achten lediglich darauf, daß es uns gut geht. Bei mir ist der freie Wille eine bedeutende Maßnahme, um meine Arbeit für Global Mind optimal erbringen zu können. Was aber meine Frau betrifft – wir sind wie das chinesische Ying und Yang, wie Tag und Nacht, wie Himmel und Erde. Ohne sie könnte ich gar nicht existieren, sie hält mir den Rücken frei, um meine Art des Verkaufens ungebremst entwickeln und leben zu können." Ich verstand, was er meinte, hatte aber, genau wie bei meiner Frau, Schwierigkeiten, dieses Prinzip des Zusammenlebens zu akzeptieren. Ich sprach ihn darauf an: „Haben Sie kein schlechtes Gewissen, daß der freie Wille Ihrer Frau ausgeschaltet wurde, und sie nun zu einer Art Untergebenen von Ihnen programmiert worden ist?" Fornsbach machte ein kritisches Gesicht und antwortete: „Sie sehen das zu negativ. Wir sind sehr glücklich, und es geht uns doch sehr gut. Ich glaube, die Programmierung hat nur etwas verstärkt, was sowieso schon vorhanden war. Ich glaube, Gabrielle macht es sehr glücklich, mich in meiner Arbeit unterstützen zu können, sie kennt deren Wert. Außerdem behandele ich sie nicht wie meine Untergebene, ganz im Gegenteil – Gabrielle entscheidet fast alles alleine, was bei uns geschieht. Ich beuge mich stets ihrem Charme und ihrer Kompetenz." Man konnte nicht anders, als ihm zu glauben. Ihn umgab eine eigenwillige Aura, der man sich nicht entziehen konnte. Es war zu spüren, daß er es verstand, Dinge zu verkaufen. Sicherlich hätte aus ihm auch so etwas wie ein brillanter Heiratsschwindler werden können. Langsam wunderte ich mich nicht mehr über seine entspannte Art, mich hier über seine Abteilung einzuweisen. Das, was man von ihm lernen konnte, waren keine technischen Errungenschaften, keine Gesellschaftsphilosophien und keine bösartigen Vernichtungs- und Weltbeherrschungsstrategien. Nein, seine Botschaft war – das Leben selbst! Seine Person widersprach völlig meinen sonstigen medizinischen Kenntnissen. Gerade sensible Menschen sind oft sehr anfällig für Depressionen und können oft nur schwer mit belastenden Situationen umgehen. Bei ihm war das anders. Während wir auf seinem Gelände einen Pfad entlang liefen, den er angelegt hatte, um die Natur in verschiedenster Art erleben und erfühlen zu können, kam immer wieder seine Frau Gabrielle hinzu und hatte mehrere sorgniserregende Nachrichten zu verkünden. Dabei ging es stets um sinkende Umsatzzahlen und andere Probleme, die bei Global Mind entstanden sind. Er ließ sich davon jedoch in keinster Weise in seinem Naturerleben abhalten. Für seine vollkommene Ignoranz gegenüber Druck und Problemen jeglicher Art bewunderte ich ihn sehr. Wir liefen den Berg hinunter, bis wir an einen See kamen, wo wir uns an das Ufer setzten. Obwohl die Landschaft hier völlig anders aussah als auf dem Anwesen von Frank Miller, so erinnerte sie mich dennoch daran. Grund dafür war sicherlich die totale Ruhe, denn hier war kein einziger Mensch zu sehen oder zu hören. Fornsbach schien in dem Moment zu wissen, was ich gerade dachte und sagte: „Schön diese Ruhe, nicht wahr? Es ist schon toll, daß ich für ein so großes Unternehmen wie Global Mind arbeite und gemeinsam mit meinem Nachbarn es mir leisten kann, ein so großes Areal vollkommen hermetisch abzuriegeln."

„Beneidenswert", antworte ich mit einem Seufzer. Er entgegnete mir: „Aber, aber, Aldwin, machen Sie sich nicht kleiner, als Sie sind! Wenn Sie erst einmal eingearbeitet sind und erste gute Ergebnisse bringen, dann werden Sie als Mastermind sich ebenfalls solche Träume erfüllen können. Ein schickes Haus samt See und Berg oder eine nette kleine Insel irgendwo, das ist doch für unsere kleine Gruppe der Weltbeherrscher überhaupt kein Problem! Bei Bedarf dürfen Sie sich gerne auch in diesen Angelegenheiten an mich wenden. Wenn es darum geht, Wohn- und Lebensträume zu erfüllen, werden Sie keinen besseren finden als mich. Ich besitze selber noch ein paar zauberhafte Anwesen, die Sie sich gerne mal ansehen können." Friedrich Fornsbach war eben Verkäufer durch und durch. Seine Absicht, mir etwas verkaufen zu wollen, obwohl er das nicht im Geringsten nötig hatte, empfand ich dann doch als sehr charmant.

Wir saßen längere Zeit an diesem See, ohne ein einziges Wort zu reden, den Blick auf die ruhige, fast bewegungslose Oberfläche des Wassers gerichtet. In dieser meditativen Stimmung begann Friedrich Fornsbach zu erzählen: „Sie haben bestimmt schon gemerkt, daß ich ein bißchen anders bin als die anderen Masterminds. Ich gehöre zu den wenigen, die sich trauen, Kritik, auch und gerade an Global Mind, offen auszusprechen." „Sieht der allmächtige Frank Miller Sie nicht als ein Sicherheitsrisiko an?" fragte ich neugierig.

Fornsbach warf einen Stein in das ruhige Gewässer und antwortete: „Frank Miller ist nicht wirklich so bedrohlich, wie es manchmal scheint. Für mich ist er Frank, der Schäfer, und seine Schafherde ist die gesamte Menschheit. Alles was er will, ist, daß keines seiner Schäfchen aus dieser Herde ausbricht. Daß in seiner Schafherde auch einmal ein schwarzes Schaf, wie ich es bin, auftaucht, sieht er als ganz normal an. So lange das schwarze Schaf schön bei der Herde bleibt, kann er damit leben." Ich war verunsichert und fragte: „Fürchten Sie nicht seine Kontrolle? Er kennt wahrscheinlich alle Ihre Gedanken und womöglich verfolgt er gerade jede Silbe unserer Unterhaltung!" Fornsbachs antwortete in aller Ruhe: „Ja und – was sollte das an meinem Leben ändern? Mein lieber und auch wirklich sehr geschätzter Freund Frank darf mich Tag und Nacht total kontrollieren, ich wünsche ihm viel Spaß dabei und lebe fröhlich weiter!" So locker hatte ich die Sache noch nie betrachtet, war mir aber nicht sicher, ob Fornsbach mir nur etwas vorspielte. Mir lag eine provokative Frage auf den Lippen: „Sie sagen, Sie leben fröhlich weiter, was aber wenn Frank Miller Ihnen die Freiheit nimmt und Sie mit einem Programm versieht, mit dem Sie gar nicht mehr so fröhlich weiterleben können?"

Er hatte es nicht eilig, mir zu antworten. Erst zündete er sich genüßlich eine weitere Zigarette an, blickte dann lange in den Himmel und sagte schließlich: „Frank Miller ist ein sehr kluger Mann. Er weiß genau, daß er nur optimale Leistung von mir erhält, wenn er mir meine Freiheit läßt. Als programmierte Marionette bin ich wertlos. Frank hat schon oft versucht, junge Nachwuchstalente in meiner Abteilung zu etablieren, die alle schön und korrekt zur Arbeitszeit im Büro erschienen und versucht haben, zu zeigen, wie man richtig Umsatz macht und Geld verdient. Die Ergebnisse waren aber stets so bescheiden, daß Frank mittlerweile nichts anderes übrig bleibt, als sich auf den Lobgesang über den verrückten Spinner Friedrich Fornsbach einzustimmen." Ich blickte ihm tief und fordernd in die Augen. Mit einem Ton absoluter Stärke fragte ich ihn: „Lieber Friedrich, was ist es, was Sie ausmacht, was ist das tatsächliche Erfolgsgeheimnis des Friedrich Fornsbach?" Er erklärte: „Es mag sein, daß die Antwort, die ich Ihnen jetzt gebe, lächerlich klingt, so als ob nichts Besonders dahinter steckt, aber ich meine es todernst. Die Wahrheit ist nämlich – die Menschen haben zwar kleine Maschinen in ihrem Kopf, die ihnen sagen, was sie zu tun haben. Die Menschen selber aber... SIND KEINE MASCHINEN. Und dieses Wissen ist mein ganzes Geheimnis!“ Dies war der wohl sympathischste Satz, den ich bislang von ein Funktionär von Global Mind gehört hatte. Dennoch war mir sofort klar – Frank Miller denkt anders, völlig anders! Ich wollte dieser Diskrepanz auf den Grund gehen und sagte: „Ich habe mich lange und ausführlich mit Frank Miller unterhalten, und ich glaube, sagen zu können, daß er eine ganz andere Strategie verfolgt, als Sie es tun. Ich weiß nun, ehrlich gesagt, nicht mehr, woran ich glauben soll!“ Fornsbach wirkte plötzlich ruhig und konzentriert, die witzige, leichtlebige Art, die er bis zu dem Moment gezeigt hatte, war verschwunden. Endlich ging er auf den Kern des Problems ein: „Wollen wir einmal die Tatsache, daß Frank Miller mit Global Mind auch seine egoistischen Bedürfnisse befriedigt, beiseite lassen. Was dann noch bleibt, ist ein System, das ich gerne mit Ihrem Fachbereich, der Medizin, vergleichen will. So gesehen ist Miller ein Arzt, dem es gelingt, die Symptome einer Krankheit zu bekämpfen, ohne jemals danach gefragt zu haben, worin eigentlich die Ursachen liegen.

Die eigentlichen Gründe für Kriege, soziale Mißstände, Armut, Bildungsmangel und andere menschliche Katastrophen haben ihn erst gar nicht interessiert. Seiner permanente Angst vor unsicheren Zuständen begegnet er mit einer totaler Kontrolle der Menschen. Dabei ist es ihm tatsächlich gelungen, die Lebensverhältnisse der Menschheit gewaltig zu verbessern. Frank Miller handelt also nach der uralten Medizinerweisheit – wer heilt, hat recht! Er kann die Menschen ganz nach Lust und Laune lenken und kontrollieren, deshalb werden sie trotzdem niemals völlig zu Maschinen werden. Immer dann, wenn die Nanoteile in den Gehirnen der Menschen kein Programm zur Verfügung bekommen, werden die Leute als Menschen handeln, und das weiß auch Frank Miller“.

Ich erinnerte mich in diesem Moment an das gerade absolvierte Praktikum bei Tom Francisco und merkte dazu an: „Ich habe in der Kontrollabteilung von Tom Francisco bereits erfahren, daß es immer einen Rest von Unsicherheit gibt, was die Anwendung von Programmen betrifft. Es treten ‚Nebenwirkungen' auf, die durch mathematische Berechnungen nicht vorhersehbar waren." Fornsbach nickte zustimmend mit dem Kopf und sagte: „Genau das meine ich! Und weil dem so ist, hält sich Frank Miller ein sozusagen ‚biologisch-seelisches' Nanoteilchen in Form vin meiner Person. Durch mich kann er sicher sein, daß Lebensfreude und Spaß immer einen Platz haben werden in dieser kontrollierten Gesellschaft – und daß, obwohl es bei mir eigentlich um Kommerz geht." Wir sahen uns äußerst belustigt an. Langsam wurde mir immer klarer, welche Aufgabe dieses bunte und lustige Mosaiksteinchen namens Friedrich Fornsbach im Gesamtbild von Global Mind einnahm. Mir gefielen seine Vergleiche aus der Medizin, und ich fragte nach: „Um weiter in meiner Disziplin zu bleiben – wenn Global Mind nur die Symptome einer Krankheit bekämpft, haben dann wenigstens Sie eine Ahnung davon, was die tatsächlichen Krankheitsursachen sind?" Er zögerte und sagte: „Ich bin kein Arzt, na ja, vielleicht manchmal doch, ein Seelenarzt. Unser ganzes Leben ist so wie bei mir und meiner Frau. Sie verkörpert die Stärke und ich die Sanftheit. Beide Eigenschaften sind dringend notwendig, und das eine beeinflußt das andere. Bevor Global Mind die Weltherrschaft übernahm, entwickelten sich die Menschen nur noch nach dem Prinzip der Stärke. Dinge wie Liebe, Kultur oder einfach nur Freude wurden in dieser Welt der Stärke zu Produkten und Dienstleistungen; die Folgen waren fatal. Es gab in der Menschheitsgeschichte auch Kulturen, die sozusagen ‚eine Schwäche für die Schwäche' hatten. Menschliche Fehler und Schwächen wurden als liebenswert empfunden, denn sie machen gerade das Menschliche aus. Sie dürfen mich aber nicht falsch verstehen, eine Gesellschaft, die nur auf das Sanfte und Menschliche setzt, würde genauso in einer Katastrophe enden. In der vergangenen Welt der Stärke wurden die Menschen irgendwann von ihrer eigenen Stärke erschlagen. Depression, Drogen, Gewalt, Fanatismus und vieles andere waren die Symptome dieser gestörten Gesellschaft. Frank Miller entwickelte daraufhin eine Bösartigkeit, die man irgendwie sogar nachvollziehen kann. Er sah eine Masse von gelangweilten, unfähigen und gefährlichen Menschen, denen er den Kampf ansagte. Und fortan überließ er nichts mehr dem Zufall. Er bestimmte nun, was diese Leute zu denken, zu fühlen und zu arbeiten haben. Miller wußte sehr genau, daß auch die sanften Elemente notwendig sind, um Kommerz machen zu können. Die Menschen hatten zuvor übersehen, das die ‚weichen' Eigenschaften wie Vertrauen, Ehrlichkeit, Korrektheit und Anstand dringend notwendig sind, um überhaupt vernünftig und dauerhaft Geschäfte machen zu können. Wenn man keine Waren mehr ausliefern kann, ohne befürchten zu müssen, dabei überfallen zu werden, wenn man keine Geschäfte mehr eröffnen kann, ohne befürchten zu müssen, täglich ausgeraubt zu werden, kurz gesagt – wenn es kein Vertrauen mehr in geschäftlichen Dingen gibt, dann bricht sowieso alles zusammen. Wie gesagt, Frank hat dieses Problem tatsächlich schnell und gründlich gelöst, allerdings auf seine ganz eigene Art." Ich entgegnete ihm: „Da sprechen Sie etwas Interessantes an. Frank Millers Argumente waren für mich, emotional gesehen, immer eine einzige Berg- und Talfahrt. Einerseits hat er den Menschen tatsächlich Wohlstand, Frieden und Weiterentwicklung gebracht, ihnen dabei aber auch den freien Willen genommen. Ein sehr hoher Preis!" Fornsbach holte tief Luft und sagte: „Wissen Sie, Aldwin, das Schlimme an der Sache ist, daß ich davon überzeugt bin, daß Global Mind unter allen denkbaren Möglichkeiten für die Menschheit noch die beste Lösung war. Die menschliche Entwicklung im zwanzigsten und einundzwanzigstem Jahrhundert verlief wie eine Sinuskurve. Zunächst war man ganz unten, führte menschenverachtende Kriege und zerstörte alles. Dann stieg man ganz nach oben auf der Kurve. Wissenschaft und Industrie erreichten ungeahnte Höhen, und auch im menschlich-moralischen Bereich wurden in vielen Ländern absolute Spitzenstandards gesetzt. Es war eine Zeit der Bildung und der Ernsthaftigkeit. Und dann – dann kam der Kommerz, und man steuerte rasant wieder auf den unteren Teil der Kurve zu. Die Medien verbreiteten ihre Dummheit und absolute Anspruchslosigkeit und vergifteten damit die Gehirne, insbesondere der jungen Menschen. Plötzlich entstand in wohlhabenden Ländern eine Unterschicht. Kinder und Jugendliche ohne jede Chance auf Arbeit und Zukunft. Eltern, meist arbeitslos und alkoholabhängig, die ihre Kinder mißhandelten, verhungern ließen oder sogar töteten. Und auf der anderen Seite die Oberschicht – maßlos und gierig. Und zu allem Überfluß noch Regierungen, verlogen und korrupt, die immer schlimmere und menschenverachtendere Waffen produzierten. Also, Aldwin – wo wären wir gelandet, wenn es so weitergegangen wäre? Noch mal ein Weltkrieg, als Auslöser für Vernunft und Besinnung? Den hätte die Menschheit nicht überlebt. Auch wenn es ganz und gar nicht in meine Welt des Denkens und Fühlens paßt, aber ich sage Ihnen – Global Mind hat die Welt gerettet!“ Frank Miller hatte mir schon einmal in ähnlicher Art diese Thesen vorgehalten, aber aus dem Munde von Friedrich Fornsbach wirkten sie umso erschütternder auf mich. Ich war sehr verwirrt und sehnte mich danach, endlich wieder Orientierung in dieser eigenartigen Welt zu finden. Ich fragte nach: „Wie können Sie damit leben, wenn Sie einerseits Global Mind kritisch sehen, andererseits es doch als das beste System betrachten?“ Die Antwort schoß nur so aus ihm heraus: „Obwohl es mir darum geht, optimale Geschäfte für Global Mind zu machen, so passiert das doch immer auf einer menschlichen Grundlage. Vielleicht kann ich nach und nach dazu beitragen, neue Gedanken auszubreiten und neue Orientierung für die Menschen zu bewirken.“ Verdutzt fragte ich: „Wie sollen sich die Menschen orientieren, schließlich werden sie orientiert – und zwar von Global Mind!“ Doch er erklärte: „Dann will ich es einmal so ausdrücken, ich bestimme mit beim Schreiben der Serverprogramme, und Sie können sich denken, welchen Vorteil das den Menschen bringt.“ Ich fragte ihn: „Okay, so weit so gut, aber können Sie einmal konkrete Beispiele geben, wie Sie für mehr Orientierung sorgen?“ Er kniff seine Augen zusammen und sagte: „Der Kommerz hat den Menschen die Orientierung genommen und damit sogar gesundheitliche Schäden verursacht. Die Menschen essen nicht mehr zu den Mahlzeiten, sondern dann irgendwann mal zwischendurch, sie lassen sich 24 Stunden lang von Medien berauschen und kommuniziert wird nicht mehr von Mensch zu Mensch, sondern per Elektronik. Man ist frei – und verloren. Keine Orientierung mehr. Der natürliche Rhythmus des menschlichen Lebens ist zerstört, was bleibt sind massive Schlafprobleme, Übergewicht und Depression. Wo sind die natürlichen Ruheräume der Menschen geblieben? Wer kann noch die Natur genießen, ohne Gedanken an Termine und Entscheidungen? Ich möchte der Welt wieder gerne ein Lächeln schenken!“ Seine guten Absichten bezweifelte ich nicht, was ich allerdings bezweifelte, war, daß er damit Erfolg haben würde. Er sollte meine ehrliche Meinung dazu erfahren: „Bei allem Respekt, aber nach allem, was ich von Global Mind erfahren habe, so glaube ich nicht, daß Sie sich damit durchsetzen können. Nicht nur Frank Miller ist Ihnen gegenüber kritisch eingestellt, nein auch Ihre eigenen Mitarbeiter in der Zentrale sind sehr reserviert, wenn man sie auf Ihre Person hin anspricht. Wie wollen Sie bei soviel Widerstand Ihre Ideen durchsetzen?“ Fornsbach reagierte mit Gelassenheit und sagte: „Da gibt es ein sehr einfaches und bislang stets wirksames Mittel namens ERFOLG! Was gibt es schöneres als zufriedene und glückliche Kunden, die so ganz nebenbei gewaltig die Global Mind-Kassen klingeln lassen? Sicher, es gibt ein paar Leute in unserem Unternehmen, die mich als Sicherheitsrisiko einstufen und mich gerne aus der Geschäftsleitung entfernen würden. Dazu kann ich nur sagen – man kann über Frank Miller denken, was man will, aber so dumm, um auf mich zu verzichten, ist er nun wirklich nicht!“

Fornsbach stand auf und schlug vor, wieder ins Haus zurückzukehren. Auf dem Weg dorthin sagte er zu mir: „Was halten Sie davon, heute bei uns zu bleiben und hier in unserem Gästehaus zu übernachten? Dort können Sie ungestört und in völliger Sicherheit die Nacht verbringen. Sie könnten nachher mit Ihrer Familie in Kontakt treten und Bescheid geben, und Ihren Chauffeur werde ich dann benachrichtigen.“ Ich nahm die Einladung gerne an. Wir marschierten weiter durch das Gelände, und es verunsicherte mich sehr, als Fornsbach plötzlich aus heiterem Himmel heraus sagte: „Ihr Chauffeur weiß Bescheid, er holt Sie morgen Abend dann wieder ab!“ In dieser Ruhe, umgeben von reiner Natur, hatte ich völlig vergessen, über welche technischen Möglichkeiten Global Mind verfügt. Fornsbach hatte bestimmt per Nano-Gedankenübertragung die Benachrichtigung an meinen Chauffeur veranlaßt. Während wir den Berg weiter hoch gingen, zeigte er mir unendlich viele Pflanzen, erzählte mir über deren Wurzeln und viele andere Dinge, die mich in diesem Moment überhaupt nicht interessierten. Woher nahm er diese absolute Unbekümmertheit? Es war offensichtlich, daß die wichtigsten Dinge in seinem Leben andere waren als die eines Frank Miller. Wieder an seinem Haus angekommen, führte er mich durch alle Räume. Er sagte mir, ich solle mich hier wie zu Hause fühlen. Zuletzt führte er mich in sein Büro, in dem ich auch die Möglichkeit haben sollte, mit meiner Frau zu kommunizieren. Es war ein kleiner Raum, nicht größer als das Büro bei mir zu Hause. Nachdem ich die gewaltigen Büropaläste von Frank Miller und Tom Francisco gesehen hatte, konnte ich kaum glauben, daß Mastermind Fornsbach in diesem kleinen Zimmerchen seiner Arbeit nachgeht. Er ließ mich alleine im Büro zurück, um mir Gelegenheit zu geben, in Ruhe mit meiner Familie in Kontakt zu treten. Nachdem ich meiner Frau kurz Bescheid gegeben hatte, daß ich bei Fornsbach über Nacht bleiben würde, schlenderte ich ein wenig durch das Anwesen. Fornsbach und seine Frau Gabrielle hatten in der Zwischenzeit ständig telefonischen Kontakt zu irgendwelchen Geschäftspartnern. Sie kümmerten sich nicht weiter um mich. Die kleine Tochter Tanja spielte im Garten. Das Mädchen war die ganze Zeit mit sich selbst beschäftigt, spielte fröhlich und stellte somit keinerlei Belastung für ihre Eltern dar. Übernahmen die Server hier die

Funktion der Eltern? Ich setzte mich kurz neben sie auf den Boden der Terrasse und sah ihr beim Spielen zu. Das Mädchen erklärte mir, daß sie sich gut mit Holz auskenne, sie könne fast alle Holzarten am Aussehen und viele sogar nur am Geruch erkennen und benennen. Keine Frage, die Tochter Friedrich Fornsbach hatte die Naturliebe ihres Vaters geerbt. Daß dieses Kind wesentlich intelligenter war als die meisten anderen vierjährigen Kinder, sollte eigentlich nicht verwunderlich sein. Dennoch war ich mir sicher, daß die Server nicht völlig die Kontrolle über sie hatten, denn sie schien doch einige Freiheiten zu haben. Ab und zu war sie nämlich gar nicht mehr so pflegeleicht, ja sogar erstaunlich trotzig und eigensinnig. Mit Nachdruck setzte sie dann ihre Wünsche durch. Vermutlich war es Friedrich Fornsbach wichtig, daß seine Tochter sich später einmal ebenso durchsetzen wird wie er. Dafür nahm er dann auch ein paar nervenaufreibende Momente in Kauf. Ich schlenderte weiter durch das Haus. Auf der Toilette des Hauses kamen nostalgische Gefühle in mir auf, ich erinnerte mich an meine Kinderzeit. Dort lagen nämlich stapelweise gedruckte Bücher und Zeitschriften, allesamt über wissenschaftliche Themen. Von Computerterminals keine Spur. Wie sehr unterschied sich doch dieses Haus von dem, was ich bei Frank Miller und Tom Francisco gesehen hatte. Außer einem Monitor im Büro war sonst keine einziger im ganzen Haus zu sehen. Ebenso schien man hier nicht auf Schritt und Tritt von irgendwelchen Nanoscannern kontrolliert zu werden. Die beiden Fornsbachs machten mittlerweile doch einen sehr beschäftigten Eindruck. Fornsbach fragte mich zwischendurch: „Würde es Ihnen etwas ausmachen, mit unserem Hund etwas spazieren zu gehen? Sie brauchen sich vor dem dunklen Wald nicht zu fürchten, wir haben jeden Zentimeter überwacht. Sollte Ihnen was passieren, wird man Ihnen helfen, ohne daß Sie irgendetwas selbst veranlassen müssen!" Ich stimmte zu. Der wirklich gefährlich aussehende Hund war zwar sehr wild, aber mir gegenüber ganz brav. Fast hätte man glauben können, er wäre ebenso mit Nanoteilchen geimpft. Der Hund und ich durchliefen das riesige Waldgelände, das nie aufzuhören schien. Ich genoß die vollkommene Ruhe und empfand ein Gefühl des Friedens. Gleichzeitig fragte ich mich, wie es wohl möglich sei, dieses große Anwesen wirklich vollständig zu überwachen. Es gab keinerlei technische Anlagen zu sehen, und die Bäume waren nach oben hin so dicht, das auch Satellitenaufnahmen nicht viel helfen würden. So sehr ich auch überlegte, ich fand keine Antwort auf diese Frage. Stattdessen warf ich meinem tierischen Begleiter mehrmals einen Stock, den er stets brav zurück brachte. Als der Hund im Dickicht verschwunden war, setzte ich mich auf den Waldboden, um auf seine Rückkehr zu warten. Innerlich reflektierte ich das bisherige Treffen mit Fornsbach. War er wirklich das Licht im Dunkel von Global Mind? Oder war er nur der Hofnarr, den der König irgendwann köpfen wird, sobald er sich nicht mehr von ihm amüsiert fühlt? Die Situation hatte Ähnlichkeit mit meinem Einstellungstest bei Global Mind. Genau wie damals wurde jetzt eine bestimmte Situation hervorgerufen, in der man mir sehr glaubhaft ein bestimmtes Denken und Lebensgefühl vorgaukelt, um dann zu sehen, wie ich mich verhielt. War Fornsbach einfach ein brillanter Schauspieler, der versuchte, Stimmung gegen Frank Miller in mir zu erzeugen? War das also alles nur ein weiterer Loyalitätstest? Es blieb mir nichts anderes übrig, als den Dingen seinen Lauf zu lassen. Der Wald war die reinste Erholung, und so vergaß ich die Zeit, bis ich schließlich bemerkte, daß es langsam Abend wurde. Der Hund hatte sich sehr gründlich ausgetobt. Wir kehrten zurück ins Haus.

Frau Fornsbach hatte bereits begonnen, das Abendessen zuzubereiten. Was für ein Unterschied zu den anderen Masterminds von Global Mind! Hier waren keine Assistentinnen zu sehen und keine Teams, die nur darauf warteten, einem jede nur erdenkliche Arbeit abzunehmen. Nein, hier gab es nur eine Ehefrau mit lockigem Haar, die wirklich alles erledigte. Die ganze Familie Fornsbach und ich nahmen Platz auf der Terrasse, und wir begannen mit dem Abendessen. Ich sagte: „Friedrich, Sie können stolz sein mit dieser Frau verheiratet zu sein! Ich glaube für Gabrielle ist Global Mind,..." Den Satz konnte ich nicht mehr beenden, denn meine Kehle schürte sich zu, mir wurde unendlich schlecht. Gabrielle Fornsbach machte einen besorgten Eindruck und wollte mir helfen. Doch ihr Ehemann stand auf und sagte: „Laß nur gut sein, Schatz, ich werde mit unserem Gast ein paar Schritte gehen, dann wird es bestimmt wieder besser. Eßt einfach in Ruhe weiter." Wir gingen um das Haus herum, bis seine Frau uns nicht mehr sprechen hören konnte. Fornsbach schaute mich mit wissenden Blick an und sagte: „Aldwin, genau wie Ihre Familie, so ist auch meine Familie nicht eingeweiht. Sie waren gerade dabei ein Geheimnis preiszugeben, als der Sicherheitsmechanismus in Ihrem Gehirn sich einschaltete, ich kenne das Symptom nur zu genau. Also keine Panik, es fehlt Ihnen nichts. Wenn wir nun wieder zurückgehen, dann sagen wir, Sie hätten sich einfach nur verschluckt, und es ist nichts weiter passiert." Tatsächlich hatte ich in dieser entspannten Atmosphäre mein Schweigegelübde vergessen und war froh, so schnell den Grund für den Vorfall zu verstehen. Mir wäre es nämlich schwer gefallen, den Grund für das Symptom zu diagnostizieren. Fornsbach hielt mich am Arm fest und sagte weiter: „Wir haben hier praktisch gar nichts mit Nanotechnologie am Hut. Meine ganze Arbeit beruht auf dem Verhalten von Mensch zu Mensch. Somit ist mein ganzes Werk gar nicht geheim, jeder kann es wissen. Meine Frau arbeitet praktisch uneingeschränkt an meinen Projekten mit. Dennoch, es gibt das große Geheimnis von Global Mind, und daran müssen wir uns auch hier halten. Vergessen Sie das bitte nicht!"

Wir gingen zurück an den Eßtisch und taten so, als sei gar nichts Schlimmes vorgefallen. Den Satz, den ich eigentlich an Gabrielle Fornsbach richten wollte, nämlich das sie bestimmt froh sei, von den Servern Unterstützung zu bekommen, mußte ich für mich behalten. Anstattdessen konnte ich die Wirkung der Nanotechnologie bei ihr „am lebenden Objekt" direkt miterleben. Sie hatte alle geschäftlichen Daten im Kopf, wußte alle Termine und berichtete von allen sonstigen Arbeiten, die anfielen. Man konnte meinen, daß Friedrich Fornsbach anstelle gewaltiger Computerterminals einfach nur seine Frau brauchte, um sein Business zu machen.

Schließlich brachte sie das Kind ins Bett um dann – ich konnte es kaum glauben – weiter am Computer zu arbeiten. Sie ließ uns mit einer Flasche Rotwein alleine zurück auf der Terrasse. Während der Alkoholpegel beständig bei uns beiden stieg, unterhielten wir uns, hauptsächlich über wissenschaftliche Themen, an denen Fornsbach großes Interesse hatte. Es wurde immer später und später, bis irgendwann auch Gabrielle ihre Arbeit beendete und schlafen ging. Fornsbach machte urplötzlich das Gesicht eines kleinen Jungen und sagte: „Lassen Sie uns runter zum See gehen und eine Runde schwimmen. Es ist herrlich erfrischend, und Sie werden mir als Mediziner sicher recht geben, daß noch ein wenig Bewegung vor dem Schlafengehen uns nur gut tun kann!" Er war dermaßen von dieser Idee begeistert, daß ich ihm den Spaß nicht verderben wollte und mich einverstanden erklärte, mitten in der Nacht Schwimmen zu gehen. Also gingen wir, mit einer Taschenlampe ausgerüstet, durch den Wald den Berg hinunter, und mir wurde immer unheimlicher. Als wir am See angekommen waren, stellte ich mit Erleichterung fest, daß immerhin eine Lampe am Seeufer installiert war, die wenigstens etwas Licht ins Dunkel brachte. Dort legten wir auch unsere Kleider ab und begaben uns dann ins Wasser. Ich schwamm in einem dunklen schwarzen Etwas, nicht wissend was vor, neben und vor allem unter mir war. War das etwa ein Belastungstest, und gleich würde ein Seemonster aufsteigen, um mich bis auf die Knochen zu erschrecken? Es war unheimlich. Ich konnte Fornsbach nicht wirklich sehen, sondern nur hören, er schwamm wesentlich schneller als ich und drehte sich anscheinend immer wieder mir zu, um zu fragen, ob alles in Ordnung sei. An den Geräuschen, die aus seiner Richtung kamen, war zu entnehmen, daß es ihm wahnsinnigen Spaß machte, in diesem schwarzen Wasserloch zu schwimmen, er tobte und schwamm wie ein kleiner Junge. Es wurde plötzlich ganz ruhig, nichts mehr war von ihm zu hören. Ich schwamm langsam in die Richtung, von der ich glaubte, ihn zuletzt gehört zu haben. Als plötzlich die Umrisse seines Kopfes direkt neben mir zu erkennen waren, bekam ich einen Schreck, und mir blieb fast das Herz stehen. Davon bekam er aber gar nichts mit. „Ist das nicht toll hier?“ fragte er mit großer Begeisterung. Mit zugeschnürter Kehle stieß ich ein leises „Ja, toll!“ heraus. Er sprach weiter: „Lassen Sie uns ein wenig auf dem Rücken schwimmen und dabei den tollen Sternenhimmel betrachten.“ Das taten wir dann auch, und ich fühlte mich dabei wesentlich wohler. Meine Augen gewöhnten sich immer mehr an die Dunkelheit, und das Mondlicht sorgte dafür, daß wenigstens ein bißchen Licht im Dunkel war. Wir sahen uns die verschiedenen Sternbilder am Nachthimmel an, und langsam verschwand mein Unbehagen. Nach einer Weile des entspannten Genießens sagte er dann: „Ach, ich habe ganz vergessen, ich werde morgen hier eine Schulung für Verkaufspsychologie abhalten, und ich möchte Sie gerne dabei haben.“ „Gibt es hier in der Nähe Schulungsräume von Global Mind?“ fragte ich ihn. Er antwortete: „Nein, die Schulung wird bei mir oben im Haus stattfinden, genauer gesagt, in unserem Baumhaus.“ Ich konnte nicht anders, als nachzufragen, was wohl eine Schulung in einem Baumhaus zu bedeuten habe: „Gibt es einen speziellen Grund, daß dieses Seminar ausgerechnet in Ihrem Baumhaus stattfindet?“ Er antwortete in lockerem Ton: „Machen Sie sich darüber keine Gedanken. Betrachten Sie es als eine Art Sinneserweiterung.“ „Erweiterung zu was?“ fragte ich nach. Er wartete ein paar Sekunden – es waren mehr als drei – und sagte dann: „Wenn die Menschen weiterkommen wollen, dann müssen Sie bereit sein, ihre eingefahrenen inneren Strukturen zu ändern. Sie müssen anders denken und fühlen, sich vollkommen dem Neuen öffnen. In ihrem Kopf entsteht ein Abenteuerspielplatz, in dem sie sich auf die Suche nach dem großen Erfolg machen. So neu und abenteuerlich soll auch das Umfeld der Schulung auf die Teilnehmer wirken. Kreativität ist wichtig im Umgang mit Menschen – denn man hat es immer wieder mit den unterschiedlichsten menschlichen Situationen zu tun. Und Kreativität entsteht nur, wenn man bereit ist, sich für neue Gedanken zu öffnen. Deshalb also das Baumhaus.“ Ich entgegnete ihm, nicht ohne ein gewisse Ironie in meiner Stimme: „Ich nehme mal stark an, das Frank Miller nicht gerade vor Begeisterung in die Luft springt, wenn man ihn auf diese Baumhaus-Schulung anspricht!“ Fornsbach hatte während meines bisherigen Aufenthaltes immer mal ein herzliches Lachen auf den Lippen. Aber so laut und schallend lachen, wie nach diesem Kommentar von mir, hatte ich ihn bisher noch nicht gehört. Nachdem er sich wieder beruhigt hatte, gab er mir noch einige Erklärungen für das kommende Seminar: „Ich werde Sie morgen als einen Assistenten von mir vorstellen, ohne weiter zu erklären, wer Sie sind. Sie werden morgen einfach nur beobachten und mehr oder weniger passiv an dem Seminar teilnehmen. Achten Sie darauf, wie die Leute sich verhalten, was ihre Probleme sind, und wie wir das lösen werden. Bedenken Sie auch, daß Sie und ich die einzigen morgen sein werden, die ‚frei‘ denken können! Alle anderen Teilnehmer werden wie alle anderen Menschen von Global Mind gesteuert. Wir wollen ja nicht, daß Ihnen während des Seminars schlecht wird!“ Für diese Information war ich ihm dankbar, wollte aber noch mehr wissen: „Wer sind diese Leute morgen und warum überhaupt dieses Seminar, wenn Sie doch sowieso gesteuert werden?“ Fornsbach erklärte: „Wir haben diese Frage ja im Grunde schon besprochen, aber ich erkläre es gerne noch einmal. Die Teilnehmer morgen sind ausnahmslos in führenden Positionen, Verkauf, Vertrieb und Marketing. Sie stammen aus ganz unterschiedlichen Unternehmen, einzige Gemeinsamkeit ist nur, daß alle diese Firmen Global Mind gehören. Und nun wollen Sie noch wissen, warum ein Seminar, wenn wir doch sowieso alles programmieren.

Wie gesagt, Sie kennen die Antwort schon. Die Programme können nicht wirklich Stil, Charme, Verständnis, Einfühlungsvermögen und solche Dinge vermitteln. Wir können bestimmte Gehirnteile aktivieren und deaktivieren, um bestimmte Arten von Gefühlen und Denkweisen zu fördern oder zu unterdrücken. Wir können auch holographische Bilder übermitteln, nach denen die Menschen handeln. Aber genau, wie man es bei Kindern kennt, so möchte auch im erwachsenen Alter das Gehirn etwas vorgelebt bekommen. Man kann konkrete Erfahrungen nur bis zu einem gewissen Grade per Funk an die Menschen übertragen. Deshalb gehen wir lieber auf Nummer sicher und halten solche Seminare ab, damit die Menschen wirklich begreifen, um was es beim Verkaufen geht." Die Erklärung war plausibel, dennoch klang seine Stimme so, als ob ihm irgendetwas dabei nicht gefiel. Ich fragte nach: „Täusche ich mich jetzt, wenn ich das Gefühl haben, das Sie dabei irgendetwas stört?" Er bestätigte meinen Verdacht: „Sie haben recht. Dabei sehe ich nicht das Seminar kritisch, sondern eher das, was danach passiert." Er machte eine sehr lange Pause, ich spürte eine große Ernsthaftigkeit bei ihm und wollte in diesem Moment keine weiteren Fragen stellen. Er erklärte dann aber weiter: „Wissen Sie, die Technik macht es möglich, meine Persönlichkeit wie eine Art Kopierstempel zu benutzen. Die morgigen Teilnehmer machen die Erfahrung des positiven Verkaufens. Diese konkrete Erfahrung wird anschließend durch die Server noch massiv verstärkt, ja regelrecht ins Gehirn gebrannt. Diese Teilnehmer sind dann ein kleiner Abdruck meiner Persönlichkeit, und können diese Erfahrung anschließend an beliebig viele Personen weitergeben." „Und irgendwann wird Ihre Arbeit überflüssig", ergänzte ich seine Ausführung. Er beschwichtige aber: „Das ist in der Tat eine kleine Angst, die ich habe. Grundsätzlich ist es aber so, daß ich mich freue, wenn andere Menschen etwas von mir lernen können. Ganz besonders erhebend ist es natürlich, festzustellen, daß ein positiver Geist, der von mir ausging, praktisch die ganze Welt erobert. Ein bißchen Verrücktheit, Freundlichkeit und Kreativität tut der Menschheit sicher gut. Außerdem hat sich herausgestellt, daß die Seminare, die ich gebe, nicht ausreichen, um der Komplexität des menschlichen Verhaltens beim Verkauf von Produkten immer und jederzeit gerecht zu werden. Man wird sich wohl noch sehr lange meiner Arbeit bedienen!“

Das Schwimmen im See fiel länger aus als geplant, und wir beschlossen, so schnell wie möglich ins Haus zurückzugehen. Dort tranken wir noch ein Glas, und dann führte mich Fornsbach zu seinem Gästehaus, wo ich die Nacht verbringen würde. Er bat mich, spätestens um 9 Uhr zum Frühstück zu kommen, da um halb elf das Seminar beginnen würde. Bevor ich mich schlafen legte, setzte ich mich auf den Balkon des Gästezimmers. Von dort aus konnte man die bewachte Einfahrt zum Gelände sehen. Ich sah in dem kleinen Wachhäuschen, in dem eine Wachmannschaft ununterbrochen dafür sorgte, daß Friedrich Fornsbach 24 Stunden am Tag ungestört seinen verrückten Ideen freien Lauf lassen kann, das Licht brennen. Dann legte ich mich schlafen, um für die Schulung fit zu sein.

Am anderen Morgen erschien ich pünktlich zum Frühstück, Gabrielle Fornsbach hatte bereits den Tisch gedeckt. Von ihrem Mann war nichts zu sehen. „Er schläft noch“, sagte sie völlig unbekümmert. An diesem Zustand sollte sich auch im Verlaufe der nächsten Stunde nichts ändern. Dann traf ein Bus von Global Mind ein, in dem die Seminarteilnehmer sich befanden. Gabrielle Fornsbach sprach mich daraufhin an: „Ich will mal sehen, daß Friedrich endlich aufsteht, könnten Sie vielleicht unsere Gäste schon einmal empfangen und etwas vertrösten? Vielleicht bringen Sie die Leute in den Wintergarten des Hauses, und ich serviere dann erst einmal einen Kaffee.“ Die ganze Situation wirkte auf mich extrem unbekümmert und improvisiert. Sollte es tatsächlich so sein, daß der Leiter dieser Veranstaltung wenige Minuten vor Beginn des Seminars noch nicht aus dem Bett aufgestanden ist? Es gab keinen Zweifel – es war so! Sehr verunsichert begrüßte ich die Mitarbeiter und stellte mich als Assistent von Friedrich Fornsbach vor, ganz so wie er es geplant hatte. Wir gingen in den Wintergarten des Hauses, und ich kündigte an, daß Herr

Fornsbach jeden Moment kommen wird. Währenddessen betrachtete ich mir eingehend die Damen und Herren, die darauf warteten, geschult zu werden. Er war klar, daß keiner von ihnen auch nur im Ansatz auf die Idee kommen würde, sich über die Verspätung von Fornsbach zu beschweren. Bei diesen Leuten regierte die Nanotechnologie von Global Mind, und ein Mastermind wie Fornsbach war in dieser Hinsicht unantastbar. Alle waren fein angezogen und verhielten sich absolut ruhig. Sie kamen mir vor wie Marionetten, die darauf warteten, von Fornsbach zum Leben erweckt zu werden. Er wußte sicher, an welchen Fäden er ziehen muß, um sie so tanzen zu lassen, wie es ihm gefällt. Nach einiger Zeit betrat der große Lehrer dann endlich den Raum, riß die Arme weit auseinander und begrüßte die Leute euphorisch: „Hallo, meine lieben Kollegen, ich freue mich, Sie hier begrüßen zu dürfen!" Er trug wie immer sehr legere Kleidung, und der erst kürzlich beendete Schlaf war ihm auch an diesem Vormittag wieder deutlich anzusehen. Den Mitarbeitern von Global Mind war das völlig egal. Auf ihren Gesichtern breitete sich ein freudiges Lächeln aus. Noch bevor die eigentliche Show begann, hatte der Mastermind Friedrich Fornsbach die Herzen der Teilnehmer im Sturm erobert. „Meine Damen und Herren, ich darf Sie bitten, mir zu unserem Seminarraum zu folgen. Es handelt sich um ein wunderschönes Baumhaus, eine besondere Atmosphäre, die Ihre Kreativität und Ihr Wohlbefinden positiv beeinflußen wird." Die Gruppe der Teilnehmer folgte ihm aufs Wort, und so begab man sich in das Baumhaus. Mir selber fiel der Aufstieg in diesen seltsamen Unterrichtsort nicht leicht, denn man mußte schon ein wenig schwindelfrei sein. Oben angekommen, nahmen alle sofort Platz, niemand wagte es, ein Wort zu reden, der Respekt vor dem übermächtigen Mastermind schien grenzenlos zu sein.

Bei aller Begeisterung, die Fornsbach verstreute, so konnte ich ihm dennoch ansehen, daß er eigentlich gar keine Lust hatte, dieses Seminar abzuhalten. Mir sollte erst später klar werden, warum ich der einzige war, dem dies aufgefallen ist. Fornsbach stellte mich als seinen Assistent vor, dennoch nahm keiner der Teilnehmer auch nur die geringste Notiz von mir, gerade so, als ob ich gar nicht anwesend wäre. Der große Mastermind verteilte an seine Schüler Arbeitsmappen, auf denen vorne das Global Mind-Logo aufgebracht war. Unterhalb dieses Logos war eine Weltkugel zu sehen, wohl absichtlich viel kleiner gehalten als das Logo. Es war klar zu erkennen, wem diese Welt untergeordnet ist.

Die Leute wurden dann in Gruppen von jeweisl nur zwei Personen aufgeteilt. Man sollte sich gegenseitig interviewen, um sich besser kennen zu lernen und dadurch auch zu erforschen, welche Probleme im geschäftlichen Alltag auftreten. Das Ergebnis dieser Unterredung sollte aufgeschrieben und anschließend vorgetragen werden. Die Teilnehmer sollten sich für das Interview ausführlich Zeit nehmen. Mir war sofort klar, was Fornsbach da vor hatte; er wollte sich dem Seminar wenigstens für eine gewisse Zeit entziehen und die Unterrichtsgruppe alleine im Baumhaus zurücklassen.

„Sie sollen ganz ungestört sein, deshalb werde ich Sie nun für ungefähr eine Stunde hier oben sich selbst überlassen“, sagte er in einem überzeugenden Ton, gerade so, als ob er wirklich nur das Wohlbefinden der Teilnehmer im Sinn hatte. Sein Blick richtete sich dann auf mich und seine Augen verrieten eine seltsame Ernsthaftigkeit. Er sagte zu mir leise: „Kommen Sie mit, Aldwin, wir kommen später wieder zurück!“ Schweigend verließen wir das Baumhaus und begaben uns direkt auf seine Terrasse hinter dem Haus. Sein Gesicht blieb weiterhin ernst, so hatte ich ihn bisher noch nicht erlebt. Er zündete sich eine Zigarette an und blickte völlig ausdruckslos vor sich hin. Ich gönnte ihm seine Ruhe und vermied es, ihn anzusprechen. Nach einer unendlich langen Zeit des Schweigens sagte er dann: „Ist das schön, diese Ruhe, niemand will etwas von mir! Es ist sehr freundlich von Ihnen zu schweigen, Aldwin, das tut mir gut. Sie dürfen aber jetzt gerne wieder das Wort ergreifen!“ So völlig abrupt konnte ich gar keinen passenden Gesprächsstoff finden. Dann fiel mir etwas ein, was zunächst völlig banal und belanglos erschien. Ganz beiläufig sagte ich also: „Die Seminarteilnehmer kommen mir vor, als ob sie Marionetten wären.“ Fornsbach drehte seinen Kopf, sah mich mit fast brutalem Gesichtsausdruck an und sagte: „Warum sagen Sie – ‚als ob‘?“

Diese eigenartige Bemerkung verstörte mich sehr und zwang mich zunächst, einmal darüber nachzudenken. Bei meiner Antwort ließ ich die bisherigen Erfahrung bei Global Mind einfließen und sagte dann: „Gut, ich verstehe, was Sie meinen, die Leute sind ja in gewisser Weise tatsächlich die Marionetten von Global Mind. Oder aber..., das was mein Gehirn von diesen Menschen wahrnimmt, entspricht dem einer Marionette. Somit ist das die einzige Realität für mich, und das ‚als ob‘ erübrigt sich dann. Habe ich recht?“ Zu meiner großen Überraschung schüttelte Fornsbach mit dem Kopf. Ich sollte tatsächlich nicht Recht haben.

Er blickte lange Zeit wie starr vor sich hin, bis er schließlich sagte: „Aldwin, Sie sind zwar ein Eingeweihter, aber Sie wissen doch nicht alles. Daß Sie als Mediziner bei Global Mind sind, wird in Zukunft von größter Bedeutung sein, und vielleicht werden Sie noch an ganz anderen Dingen arbeiten, als Sie glauben. Sie haben von der Bedeutung unserer Innenwelt gehört, ganz nach dem Motto – alles spielt sich nur im Kopf ab. Von der Außenwelt hat man Ihnen bisher noch nicht soviel erzählt.“

Was er damit sagen wollte, blieb für mich zunächst völlig im Dunkeln. Ich fragte nach: „Friedrich, ich verstehe Sie jetzt leider überhaupt nicht mehr, helfen Sie mir bitte auf die Sprünge!“ Er atmete mehrmals in kurzen kräftigen Stößen und sagte dann: „Was würden Sie tun, wenn Sie eine ganz normale Arztpraxis hätten, und ein Patient käme zu Ihnen, Sie untersuchen ihn und stellen fest, daß er Krebs hat?“ Ich wußte genau, worauf er hinaus wollte, antwortete ihm aber ehrlich: „Das kann ich so nicht beantworten, kommt ganz auf den Fall an, aber es gibt mittlerweile viele Behandlunsgmöglichkeiten, mit denen wir den Menschen gut helfen können.“ Fornsbach legte nach und sagte: „Was würden Sie sagen, wenn in Zukunft ein Patient zu Ihnen kommt, Sie diagnostizieren Krebs, ganz gleich welcher Art und Problematik, Sie behandeln ihn kurz, und der Patient verläßt anschließend Ihre Praxis, ganz ohne an Krebs zu leiden?“ „Ein schöner Traum“, entgegnete ich ihm vorsichtig.

Sein Gesicht nahm wieder strengere Züge an, und er antwortete mir in sehr ernstem Ton: „Das ist kein Traum, es ist die Realität, nur wissen Sie noch nicht, ob das wirklich funktioniert, habe ich recht?“ Ich nickte neugierig. „Sie wissen genau, daß die Nanoteilchen ganz gezielt jede einzelne Zelle im Körper ausfindig machen können, und dort genau das machen können, was wir wollen. Also auch eine Krebszelle ausschalten, und ich kann Ihnen versichern – das funktioniert bestens,“ erklärte er mir und weckte damit mein Interesse. Ich ahnte in dem Moment, daß die Möglichkeiten der Nanotechnologie noch viele weiter gingen, als ich es bisher angenommen hatte. Fornsbach wirkte dann wieder etwas gelöster und sprach weiter: „Nie zuvor in der Geschichte der Menschheit wurde soviel Geld in eine Technik investiert, nie zuvor mit soviel Material und menschlichen Know-how gearbeitet als in der Nanotechnologie. Die Aussicht, mit dem Spiel der Atome zum Herrscher der Welt zu werden, rechtfertigte jeden Aufwand. Durch die Möglichkeit, in alle Zellen der Menschen zu gelangen, fühlte sich Frank Miller schon bald inspiriert, es der Natur gleichzutun. Und wie wollte er wohl die Natur imitieren? Indem er Leben erschafft! Also warum nicht auch Marionetten?“

Ich konnte nicht glauben, was ich soeben gehört hatte, es klang mehr nach Horrorfilm als nach technischer Weiterentwicklung. Auch wenn mich Global Mind bisher mit ungeahnten Möglichkeiten überrascht hatte, das menschliche Leben erschien mir doch als zu komplex, als daß kleine Maschinchen in der Lage wären, den Part der Natur zu übernehmen. Wie ein trotziges kleines Kind schüttelte ich den Kopf. Fornsbach ließ sich davon in keinster Weise aus dem Konzept bringen und setzte seine Ausführungen fort: „Wissen Sie, die Nanoteilchen sind nicht nur in unseren Köpfen, Sie finden sie auch an allen möglichen Stellen außerhalb unserer Körper! Ganz egal, ob in Kosmetik, Kleidung, Lebensmittel, Autos, Schmuck – einfach überall." Er verunsicherte mich völlig, und ich fürchtete mich davor, weitere Details zu hören. Er mußte das bemerkt haben und ersparte mir weitere Ausführungen.

Wissend, daß wir schon bald wieder ein freundliches Gesicht bei den Seminarteilnehmern machen müssten, konzentrierten wir uns auf den folgenden Unterricht. Nach einer Weile absoluter Stille war für den Bruchteil einer Sekunde ein leises Zischen in der Luft zu hören. Ich spürte, wie Fornsbach in diesem Moment neben mir zusammen zuckte. Dem folgte ein leises Stöhnen, das auf mich wie ein Zeichen der Entspannung wirkte. Dann lehnte sich Fornsbach an mich an und wurde immer schwerer und schwerer. Ich hielt das zunächst für einen Scherz. Als ich mich dann etwas von ihm weg bewegte, stürzte er aber von der Bank auf den Boden. Da war plötzlich klar, daß es sich nicht um einen Spaß handelte, denn ich konnte deutlich sehen, was wirklich geschehen war. In seinem Hals steckte ein kleiner Pfeil, und es blutete ein wenig. Hatte sich seine Tochter einen Scherz erlaubt? Aber das konnte es nicht sein, denn er war nicht einfach nur verletzt, sondern vollkommen bewußtlos. Mehr als ein unangenehmes Ziehen am Hals hätte dieser kleine Pfeil eigentlich gar nicht bei ihm auslösen dürfen. Ich riß mich zusammen und besann mich darauf, daß ich schließlich Arzt bin und es meine Pflicht ist, ihm zu helfen. Meine Diagnose war alles andere als erfreulich. Fornsbach lebte noch wenige Minuten, dann hörte sein Herz auf zu schlagen, ich konnte ihm nicht mehr helfen. Was um alles in der Welt war hier geschehen? Ich stand auf und blickte hilflos um mich. Nichts war zu hören und nichts zu sehen. Ganz im Gegenteil, es herrschte ein friedliche Idylle in dem wunderschönen Garten. Mein Blick führte mich in die Richtung, aus der der Pfeil gekommen sein muß. Im Rasen lag etwas, das wie ein Stück Holz aussah, vermutlich ein Spielzeug für den Hund. Trotzdem ging ich hin und wunderte mich was da tatsächlich lag. Es war zweifelsohne die Tatwaffe. Es handelte sich um ein Blasrohr, wie es früher einmal bei den Naturvölkern Afrikas benutzt wurde. Am Mundstück war eine merkwürdige Vorrichtung angebracht, die einen furchtbaren Verdacht in mir aufkommen ließ. Ich erinnerte mich nämlich, vor längerer Zeit einmal darüber gelesen zu haben, daß diese Völker giftige Frösche an diesem Mundstück anbrachten und dadurch die Pfeilspitzen mit dem Gift in Berührung kamen. Das Resultat dieses heimtückischen Verfahrens war, daß die Opfer durch einen winzigen Pfeil vergiftet wurden, ohne eine Chance zu überleben. Das war auch die einzig plausible Erklärung für Fornsbachs schnellen Tod. Allerdings ein Spielzeug seiner Tochter konnte das nie und nimmer gewesen sein! Wie war es nur möglich, daß auf diesem streng bewachten und allzeit kontrollierten Gelände ein Mörder eine solche Tat vollbringen konnte? Und dazu noch mit einer solch primitiven Waffe. Frank Miller hätte nur einmal kurz einen Befehl an seine Server geben müssen und Fornsbach wäre ohne jede Probleme und völlig unauffällig eines „natürlichen“ Todes gestorben. – Warum also diese Inszenierung?

Und was konnte ich jetzt noch tun? Ich blickte auf den Pfeil, und mir blieb nur noch eines zu tun – dem Täter auf die Spur zu kommen! Ich war so schrecklich durcheinander, daß ich einfach nur los rannte, hinein in die freie Natur. Durch meine starke Verwirrung war ich nicht mehr imstande, irgendwelche technischen Geräte zu benutzen, mit Frank Miller zu kommunizieren oder per Gedankenkraft mit dem Server in Kontakt zu treten. Ich rannte also einfach weiter, obwohl mir insgeheim klar war, wie sinnlos es war. Mein Atem wurde immer schwerer, und mein Kreislauf machte mir bald schon Probleme. Schon nach etwa 200 Meter konnte ich nicht mehr laufen und blieb stehen. Wie ein Polizist, der einen Mörder verfolgt, blickte ich um mich herum, in der Hoffnung irgendeine Spur zu entdecken, irgendein kleines Detail, was erklären könnte, wie es zu diesem furchtbaren Mord gekommen ist.

Mein Gefühl sagte mir, daß hier überhaupt nichts zu finden sei, und ich wunderte mich, wieso ich mir da so sicher war. Da stand ich also, hilflos, wie gelähmt. Plötzlich wurde dieser Moment der Stille auf seltsame Weise beendet. Rechts von mir, etwa zwanzig Meter entfernt, leuchtete nämlich völlig überraschen etwas auf. Ich drehte meinen Kopf in diese Richtung und... – ZACK – es war, als ob mich ein Pfeil getroffen hatte. Mein Herz raste, ich dachte mir, daß nun mein Ende gekommen sei. Mich traf aber gar kein Pfeil, sondern einfach nur der Schrecken. So ganz normal ist es schließlich auch nicht, daß in freier Natur plötzlich etwas aufleuchtet. Ich traute der Situation nicht. Bekam ich vom Server ein Bild in mein Gehirn projiziert? Ein ganz übles Spiel mit meinen Spiegelneuronen? Oder war es einfach mein Unterbewußtsein, das mit dem Erlebten nicht fertig wurde und jetzt Bilder in meiner vermeintlichen Realität erscheinen läßt? Egal, was es war, ich wäre ohnehin nicht in der Lage gewesen, festzustellen was wirklich geschieht.

Also sah ich hin, um zu erkennen, welch eigenartige Erscheinung da neben mir zu leuchten begann. Es war ein Bild, das aussah wie eine Projektion, die frei im Raum stand, durchsichtig und doch genau erkennbar. Das Bild bestand aus einem runden Kreis, der in seinem Inneren hellblau erleuchtet war. In der Mitte des Kreises stand ein Mann – ein sehr alter Mann. Er trug ein langes Gewand und hielt seine Arme gekreuzt vor seiner Brust. Seine seltsame Haartracht und sein ebenso eigenartiger Bart ließen erkennen, daß er aus einer fremden Kultur stammt. Dem Gesicht nach war dieser Mann ein Chinese.

Obwohl sein Blick direkt auf mich gerichtet war, erschien es mir doch so, als ob er mich gar nicht wirklich sehen könnte. Er war in seinem Kreis gefangen, und machte dabei einen durchaus zufriedenen Eindruck.

Nachdem ich diese Erscheinung eingehend betrachtet hatte, suchte ich nach einem Projektor oder irgendetwas anderem, was diese seltsame Lichtgestalt inmitten der Natur erzeugt. Es war rein gar nichts zu entdecken. Der Lichtmann aus China war einfach nur da, ohne jede technische Erklärung. Vorsichtig bewegte ich mich etwas, um zu sehen, was hinter dieser Erscheinung war. Doch es gab nichts zu sehen, das Lichtbild hatte praktisch keinerlei Tiefe, war von der Seite her gesehen nur ein heller Strich in der Landschaft. Als ich mich wieder zurück bewegte, ertönte plötzlich eine Stimme aus Richtung des Lichtbildes. Ich sah, wie der Mann in dem Kreis seine Lippen bewegte und hörte seine Stimme. Er sprach mit einem deutlichen Akzent, genauso wie man es von einem Chinesen erwarten würde: „Offenbare Dich Deinem Freund! Offenbare Dich gepanzert vor den Freundlichen!“ Kaum hatte er diesen Satz beendet, so verschwand er auch wieder, und zwar in einer unbeschreiblichen Geschwindigkeit, es können nur Bruchteile von Sekunden gewesen sein. Zum ersten Mal in meinem Leben zweifelte ich an meinem eigenen Verstand. Doch dann fragte ich mich, was das Sprichwort dieses Chinesen bedeuten könnte. War Friedrich Fornsbach nur ein Freundlicher und kein Freund gewesen? Oder galt dies eher für Frank Miller? Wurde ich vielleicht von meinem Unterbewußtsein gewarnt oder einfach nur vom Server?

Aber wie hätte ich mich vor jemandem offenbaren können, der nicht vertrauenswürdig war? Die Nanoteile in meinem Kopf hätten sofort dafür gesorgt, daß kein Wort aus meinem Munde herauskommen würde. Das Sprichwort des Chinesen sollte ein Rätsel für mich bleiben.

Meine Verbrecherjagd schien vollkommen lächerlich und absurd zu sein. Also gab ich mich geschlagen und begab mich zurück zum Haus der Fornsbachs.

Als ich die Terrasse des Hauses erreicht hatte, bot sich mir ein Bild voller Dramatik. Gabrielle Fornsbach lag weinend auf dem Boden und hielt die Hand ihres toten Ehemanns. Ich wagte es nicht, Sie anzusprechen und stand eine ganze Weile still und schweigend neben ihr. Dann sagte ich leise: „ Es tut mir sehr leid, ich wollte Ihrem Mann noch helfen, ich konnte aber nichts mehr für ihn tun". Sie hörte mich gar nicht. Erst jetzt bemerkte ich, daß sie vollkommen apathisch war und in keinster Weise ansprechbar. Sie war vollkommen auf ihren verstorbenen Mann konzentriert, ihre Umwelt nahm sie nicht mehr wahr. Das entsprach genau dem Programm, das der Server für Sie bereitstellte. Aber offensichtlich waren nun auch die Server ratlos. Der Mastermind Friedrich Fornsbach, dessen geistige und körperliche Gesundheit eigentlich unter permanenter Kontrolle war, der in einem strengstens bewachten Gelände lebte, war plötzlich tot. Einfach so. Dieser Fall war sicher nicht in seinem Programm vorgesehen.

Auch das Programm von Gabrielle schien plötzlich sinnlos geworden zu sein, denn jetzt konnte sie nicht mehr für ihren Mann da sein. Das Programm war beendet, genau wie das Leben ihres Mannes. Als Mediziner fragte ich mich ernsthaft, ob sie überhaupt eine Chance hatte, wieder zu sich zu kommen, so lange die Server kein neues Programm für sie übermittelten.

Ich wandte mich von dieser Szenerie ab und starrte wie gebannt in die Gartenanlage. Obwohl das gerade Erlebte nicht verrückter hätte sein können, so schaltete sich langsam doch mein Verstand ein, um nach Erklärungen zu suchen. Es gab für mich nur eine sinnvolle Erklärung. Der Super-Gau war eingetreten, der schlimmste Alptraum des Frank Miller mußte wahr geworden sein. Ein Unfall bei Global Mind! Irgendeine andere Macht mußte Zugriff auf das System bekommen haben. Mir war zwar nicht klar, wie das geschehen konnte, denn die Sicherheitssysteme von Global Mind sind eigentlich unüberwindbar, doch es gab einfach keine andere plausible Erklärung. Da dieser Fall nie bei Frank Miller angesprochen wurde, gab es auch für mich kein Notprogramm, das ich jetzt hätte ausführen können. Ich wollte deshalb zunächst einmal Gabrielle meine Hilfe anbieten. Der Versuch, den Toten von der Terrasse ins Haus zu bringen, scheiterte allerdings, Gabrielle ließ es nicht zu. Also begab ich mich stattdessen ins Baumhaus, um die Seminarteilnehmer zu beschwichtigen. Ich kletterte den Baum hoch und wunderte mich, warum absolut gar nichts von der Unterrichtsgruppe zu hören war. Oben erwarteten mich schweigende Teilnehmer, die mit leeren Augen auf mich blickten. Mit Schrecken erinnerte ich mich an Friedrich Fornsbachs letzte Worte und bekam davon eine Gänsehaut. Hatte er doch angedeutet, daß seine Schüler nicht nur aussahen wie Marionetten, sondern auch tatsächlich Marionetten seien. Und genau den Eindruck machten diese Menschen jetzt auf mich. Um möglichst unauffällig zu wirken, zwang ich mich, ein Lächeln aufzusetzen und sprach die Gruppe an: „Meine Damen und Herren, leider zwingen geschäftliche Gründe Herrn Fornsbach das Seminar heute ausfallen zu lassen. Ich bitte Sie, hier zu warten, es kann einige Zeit dauern, bis Sie wieder abgeholt werden. Ich werde in der Zwischenzeit versuchen, Fr..." Ich beendete mit zugeschnürter Kehle meine Rede – der Versuch, „Frank Miller" auszusprechen, scheiterte. Also funktionierte der Geheimhaltungsmechanismus von Global Mind immer noch! Die „Marionetten", die vor mir saßen, hatten von alldem nichts mitbekommen, und so ließ ich sie einfach da sitzen, ohne mich weiter um sie zu kümmern.

Ich hatte nur noch einen Wunsch – ich mußte Frank Miller erreichen und ihn um Hilfe und Aufklärung bitten! Um ganz sicher zu sein, nicht gestört zu werden, lief ich ein ganzes Stück in den angrenzenden Wald hinein. An einer Lichtung angekommen, setzte ich mich auf eine abgesägten Baumstamm, schloß die Augen und versuchte, für wenigstens ein paar Minuten Ruhe zu finden. Zu meiner Überraschung funktionierte das auch sehr gut. Schließlich war ich bereit, mit dem Global Mind-System in Verbindung zu treten. Genau wie ich es gelernt hatte, bemühte ich mich per Gedankenkraft, Kontakt zu Frank Miller zu bekommen. Ganz plötzlich hörte ich dann Stimmen im Kopf, Tom Francisco und Frank Miller redeten wild und zusammenhanglos durcheinander, ich spürte, wie dabei meine eigenen Gedanken durcheinander gerieten, alles in meinem Kopf drehte sich wie ein Karussell. Liebend gerne hätte ich den Kontakt einfach wieder abgeschaltet, das Schlimme war aber – es ging nicht mehr! Die Nanoteile in meinem Gehirn übernahmen das alleinige Kommando über mich. Genau wie bei einem Computer, der mit fehlerhaften Programmen versehen ist und deshalb nur noch sinnloses Durcheinander hervorbringt, so geschah es auch in meinem Kopf. Es war unglaublich schwer, neben diesem wirren Gedankenchaos wenigstens noch ein paar klare Gedanken zu fassen. Als Mediziner wußte ich, daß ein Gehirn in der Lage ist, sich teilweise selbst zu blockieren. Und leider geschah genau das jetzt bei mir. Die Fähigkeit, normal zu denken, wurde mir genommen. Trotz offener Augen und vorhandener Wahrnehmung war ich bewußtlos. Fühlen, sehen, atmen – das konnte ich, aber sonst nicht mehr viel. Es war, als ob ich zu einem Tier geworden wäre. Leider blieb mir eine Fähigkeit, auf die ich sehr gerne verzichtet hätte – Angst; Angst, die Kontrolle über Körper und Geist zu verlieren, Angst davor, selber zur Marionette zu werden. Das Schlimmste aber war die entsetzliche Todesangst, die Angst den Tod zu erleben, ohne auch nur die kleinste Chance zu haben, irgendetwas dagegen tun zu können. Mein ganzes Wissen über Medizin – nutzlos! Es war die Kapitulation meines eigenen Ichs vor der Nanotechnologie. Mein Wille war gebrochen, und meine Freiheit war nur noch äußerer Anschein. Wie ein Tier, das von einem unsichtbaren Jäger erlegt wurde, sank ich zu Boden und gab mich selbst auf. Ich wußte in dem Moment, daß, selbst wenn ich diese Situation irgendwie überstehen würde, so würden dennoch meine Nerven und meine Psyche bis ans Ende meines Lebens von diesem Erlebnis geprägt sein. Das Gefühl, nicht mehr zu können, am Ende der Kräfte zu sein, keine Chance mehr gegen die fremden Stimmen und Gefühle in meinem Kopf zu haben, ließen mich bitterlich weinen. Aufzugeben hieß in diesem Moment, nichts mehr zu wollen, auf nichts mehr zu hoffen und vor allem – nicht mehr zu denken. In dieser Gleichgültigkeit erschien in meinem Kopf noch einmal das Bild des Chinesen, und wieder befand er sich in einem großen blauen Kreis. Er sprach in dieser Vision von der „Wohltat des Nicht-Handelns", und diesmal wußte ich genau, das dieser Satz tatsächlich von einer alten chinesischen Weisheit stammte. Auch verstand ich sehr genau, was er damit meinte, und endlich auch, was dieser Kreis zu bedeuten hatte. Das Nicht-Handeln symbolisierte, daß ich mich gerade in diesem Moment selbst aufgegeben hatte, nichts mehr wollte und erwartete, innerlich leer geworden bin. Es war der einzige Weg, ein bißchen Ruhe zu bekommen, eben die „Wohltat", von der hier die Rede war. Auch der blaue Kreis war ein Symbol. Es umgab diesen Mann wie ein Schutzschild, das ihm half, gegen den Einfluß der äußeren Welt gewappnet zu sein. Es war sozusagen die Garantie, sich selbst treu zu bleiben. In diesem Kreis wurde „nicht gehandelt", sicher ein Grund für die blaue, kühle Farbe. Kein überhitztes Gemüt. Mit Handeln meinte der Mann aus China sicherlich so etwas wie „reagieren" oder „zulassen". Wer keinen solchen Kreis um sich hat der muß mit allerhand Problemen leben: Propaganda, Angstmacherei, Minderwertigkeitsgefühle, verdrehte Weltanschauungen und vieles mehr. Wer auf diese Einflüsse nicht „handelt", bildet tatsächlich einen Kreis des Friedens und der Ruhe um sich. Diese bildliche Botschaft konnte nur eine Projektion meines Unterbewußtseins sein. Mit den Methoden und Denkweisen von Global Mind hatte sie rein gar nichts zu tun. Obwohl der Rat des Nicht-Handelns sicher richtig war, so war meine Situation doch eine ganz andere. Der Einfluß von außerhalb brauchte erst gar nicht in meinen „Kreis" einzudringen, denn er war schon da – in mir drin –, in meinem Gehirn.

Und mein Bewußtsein schaffte es nicht, den Einfluß zu ignorieren, zu sehr wurden meine Gedanken und meine Körperfunktionen von diesem Einfluß bestimmt. Immer noch auf dem Boden liegend, raffte ich mich auf und verharrte in einer Art Schneidersitz. Was also war geschehen? Ein toter Mastermind, der auf altertümliche Art ums Leben gekommen ist, eine willenlose, lebensunfähige Ehefrau, Chaos in meinem Gehirn, seltsame Halluzinationen und eine Gruppe von Marionettenmenschen, die in einem Baumhaus warteten. Wahnsinniger ging es wohl kaum noch. Jedenfalls dachte ich mir das so.

Die vielen Stimmen in meinem Kopf und das totale emotionale Chaos hatten bei mir katastrophale Kopfschmerzen ausgelöst. Ich empfand das als kleinen Trost, denn immerhin war mein Körper doch noch in der Lage, zu zeigen, daß er mit dem Wirken der Nanotechnologie nicht so ganz einverstanden war.

Nun war es für mich wichtig, irgendeinen klaren Gedanken zu finden, um mich aus dieser mißlichen Lage zu befreien. Ich brauchte Hilfe, soviel stand fest. Und wenn die Gedankenübertragung nicht mehr funktionierte, dann mußte ich es eben auf die herkömmliche Art und Weise probieren – per Kommunikationsterminal. Eilig rannte ich zurück ins Haus der Fornsbachs. Dort herrschte völlige Ruhe, keine menschliche Stimme war zu hören, nur die fremden Stimmen in meinem Kopf durchbrachen ständig die Stille. Als ich die Terrasse betrat, um Gabrielle Fornsbach zu bitten, mich an den Computer setzen zu dürfen, gab es eine Überraschung. Niemand war mehr da, keine Spur von der Leiche Friedrich Fornsbachs, auch seine Frau war verschwunden. Eilig rannte ich zum Baumhaus, vielleicht konnte mir die Seminargruppe mitteilen, was geschehen war. Ich kletterte ohne jede Probleme den Baum hoch, doch auch hier – keine Menschenseele mehr da! Ich war also allein, mehr allein, als mir in diesem Moment bewußt war. Glücklicherweise stand das Haus offen, und ich konnte in alle Räume hineingehen. Schnell suchte ich Friedrich

Fornsbachs kleines Arbeitszimmer auf, setzte mich ans Terminal und besann mich an die Zeit vor Global Mind, als ich ohne den Einsatz von Gedanken mit anderen Leuten elektronisch kommunizierte. Ich forderte die Verbindung ins Hauptquartier von Global Mind an. Nach einer merkwürdig langen Zeit des Wartens erschien ein Text auf dem Bildschirm: „Verbindung gescheitert". Nach und nach versuchte ich, alle mir bekannten Stellen von Global Mind zu kontaktieren, doch jedesmal scheiterte die Verbindung. Es war beängstigend. Hatte es bei Global Mind doch einen Unfall gegeben? Wie ein Detektiv entschloß ich mich, der Sache auf den Grund zu gehen. Ich forderte die Unterhaltungskanäle von Global Mind an, zu meiner Überraschung liefen sämtlich Programme ohne jedes erkennbare Problem. Auch alle anderen mir bekannten Global Mind-Firmen waren problemlos erreichbar. Was sollte das alles? Ich lehnte mich in dem bequemen Arbeitssessel zurück und stellte mit Freude fest, daß Ruhe in meinem Kopf und in meinem Körper eingetreten war. Beim Nachdenken über diese Situation fiel mir Tom Franciscos Abteilung ein – das Mäuselabor. War ich etwa nun die Maus, an der man seine Tests ausprobiert und zusieht, wie sie reagiert? Wollte man etwa wissen, wie viel ein junger Arzt wie ich selber ertragen kann, ohne verrückt zu werden? War das alles um mich herum eigentlich echt, gab es dieses Haus und die Familie Fornsbach wirklich, oder war das alles nur eine Illusion? Saß Francisco mit seinen Mitarbeitern nun vor den Bildschirmen und schaute mir zu, kontrollierte meine Körperfunktionen und meine Reaktionen? War ich wirklich die Maus in einem Labor, das so groß ist wie die ganze Welt?

Ich überlegte, wem ich nun wohl noch vertrauen könnte. Ich gab die Verbindungsdaten zu meiner Frau ein und hoffte inständig, daß ich sie erreichen werde. Mir wurde ganz warm ums Herz, als ich merkte, daß die Verbindung völlig normal zustande kam und meine Frau Franka mich mit einem freudigen Lächeln am Monitor begrüßte: „Hallo Schatz, na wie läuft es so bei Dir!" sagte sie in einem Ton der Leichtigkeit, der mich gleich besser fühlen ließ. „Gut“, antwortete ich mehr aus Verlegenheit, denn die Wahrheit war zu kompliziert, und das Sicherheitssystem hätte mich womöglich daran gehindert, sie auszusprechen. Ich führte ein wenig Smalltalk und kam mir dabei unglaublich schäbig vor. Global Mind und der ganze technische Apparat zwangen mich, meine Frau anzulügen. Vorsichtig versuchte ich dann aber doch meine Frau auszufragen: „Und, läuft alles gut zu Hause, heute noch nichts schief gegangen?“ Sie lachte mich mit einem strahlenden Gesicht an und bestätigte, daß alles in Ordnung sei. Sie schüttelte mit dem Kopf und sagte dann: „Sag mal, was ist denn heute los mit Dir, Du hättest doch allen Grund zur Freude an so einem Tag?“ Mein Herz begann zu rasen. Was war los? Was wußte Sie? Mit dünner Stimme fragte ich nach: „Was genau meinst Du damit?“

Sie zwinkerte mir zu. Eigentlich eine sehr charmante Geste. Nur in diesem Moment traf es mich wie der Blitz. Plötzlich rasten die Gedanken wie wild in meinem Kopf. Konnte Sie etwa meine Gedanken lesen, wußte sie was passiert war, und beobachte sie mich wie Francisco im Mäuselabor? Sie mußte wohl gemerkt haben, daß ich entsetzt reagiert hatte und sagte: „Na ja, ich habe es mitbekommen!“ „Mitbekommen“ – das konnte keine Bezeichnung dafür sein, um zu beschreiben, was mir widerfahren war. Also fragte ich sie ganz geschickt: „Ich würde es aber gerne nochmal aus Deinem Munde hören, was hast Du mitbekommen?“ Sie versuchte, ein wenig auf seriös zu machen und sagte: „Also gut, wenn es Dir soviel bedeutet, ich habe selbstverständlich die Nachrichten gesehen und mitbekommen, das ihr, ich meine... Global Mind, heute morgen euren größten Konkurrenten übernommen habt. Tja, der gute Frank war schon immer der Größte, jetzt ist er aber der Allergrößte!“ Das war genau das Gegenteil von dem, was ich erwartete hatte, von ihr zu hören. Ich hätte schwören können, daß es negative Meldungen über Global Mind gegeben hätte. Und nun dies. Wie ein Schachspieler versuchte ich, meine nächste Frage an sie wie einnen taktischen Zug anzusetzen: „Weißt Du, wir sind hier sehr beschäftigt und haben nur kurz davon gehört. Ist das schon sicher, daß diese Übernahme erfolgt ist?“

Sie antwortete kurz: „Ganz sicher“. Ich bohrte weiter: „Na ja, manchmal streut die Presse bewußt ein paar Falschmeldungen, und die Dinge sind in Wirklichkeit doch etwas anders.“ Sie antwortete wieder ganz kurz und bestimmt: „Nein, keine Falschmeldung.“

Mit einem Lächeln im Gesicht versuchte ich meine nächste Frage besonders kess und unverfänglich zu halten: „Ach, meine Süße, wie kannst Du Dir da nur so sicher sein?“

Ihr Gesicht wurde todernst. Mein Blickfeld links und rechts von ihr war plötzlich wie abgeschnitten, also ob unsichtbare Mauern meinen Blick zwanghaft auf ihr Gesicht zentrierten. Dann spürte ich, wie zwei Hände aus Richtung des Monitors kommend meinen Hals packten und mich direkt auf das Gesicht meiner Frau auf den Bildschirm zogen. Ich verdrehte meine Augen, um unter mir nachzusehen woher diese Hände kamen. Doch es war absolut nichts zu sehen. Es waren Hände, die man nur spüren, aber nicht sehen konnte. Und noch merkwürdiger war, daß diese Hände direkt aus Richtung des Bildschirms kommen mußten. Meine Nase und mein Gesicht schmerzten, weil sie so stark auf den Monitor gedrückt wurde. Franka erschien mir auf dem Monitor riesengroß, Ihr Gesicht verfärbte sich zu einem dunklen Rosa, als ob die Farben des Monitors verrückt spielen würden. Doch nicht nur die Farbe änderte sich. Ihr Gesicht verzog sich nach vorne und sie bildete eine Art Rüssel, der ihr Gesicht in die Länge zog. Meine Augen erblickten ein Monster. Und das Monster beantwortete meine zuletzt gestellte Frage – mit der Stimme von Frank Miller: „Weil ich alles weiß!“

Die Hände stießen mich weg vom Monitor, mit gewaltiger Wucht flog ich regelrecht durch den Raum, bis ich zu Boden fiel. Entsetzt starrte ich auf den Bildschirm, doch das Bild wurde immer unschärfer und schwächer, bis der Monitor schließlich vollkommen schwarz war. Es war mir nicht mehr möglich, über irgendetwas nachzudenken, ich war nur froh, daß der Spuk vorbei war. – Vorbei war?

Mit prüfendem Blick sah ich auf den Monitor, um ganz sicher zu sein, daß dort nichts mehr geschah. Ich fixierte das pechschwarze Bild für mehrere Sekunden, ohne daß auch nur das Geringste passierte. Fast wäre ich von diesem Anblick regelrecht in Trance gefallen, als ich doch noch bemerkte, das ganz langsam etwas aufzuleuchten begann. Es blendete sich ein weißer Rahmen in dem schwarzen Nichts auf. Danach erschien in der linken oberen Ecke ein Kreuz. In der rechten Ecke bildete sich langsam das Logo von Global Mind. Als dann in ganz großen Buchstaben der Name meiner Frau und meiner Tochter erschienen, erfaßte mich große Angst. Es war so schrecklich, daß ich erstmal gar nichts mit den Jahreszahlen, die dann unter ihren Namen erschienen, anfangen konnte. Schließlich blendete sich nach und nach ein Haupttext ein und ich konzentrierte mich darauf, diesen genau zu lesen: „Mit großer Anteilnahme bedauern wir den Tod von Ehefrau und Tochter unseres geschätzten Mitarbeiters..."

Mein ganzer Körper zitterte. Ich konnte nichts mehr aufnehmen, nichts mehr lesen. Es war nur klar, daß vor mir in einem weißen Kasten auf pechschwarzem Grund die Todesanzeige meiner Frau und meiner Tochter zu sehen war. Es war das letzte, woran ich mich erinnern konnte, denn danach verlor ich das Bewußtsein.

Meine Nerven, meine Seele und mein Körper hatten ein Überdosis an Belastung erhalten. Sollte ich tatsächlich Teil eines Experimentes in Franciscos Mäuselabor sein, dann hatte man in diesem Moment die Belastungsgrenze bei mir erreicht. Der Zusammenbruch hatte einen langen tiefen Schlaf zur Folge.

Die Sonnenstrahlen der aufgehenden Sonne blinzelten mir ins Gesicht und waren das erste, was ich wieder bewußt wahrnehmen konnte. Den Rest des letzten Tages mußte ich komplett verschlafen haben. Die ganze Zeit hatte ich auf dem Boden des Büros gelegen und war deshalb völlig verspannt, hatte Muskelschmerzen und mein Kopf fühlte sich an, als hätte ich eine Nacht mit Unmengen von Alkohol hinter mir. Mit Grauen dachte ich an das, was hinter mir lag. Ich versuchte, mich selbst zu trösten, indem ich anzweifelte, ob das alles die Wirklichkeit war, oder ob ich einfach irgendwann vor einem lachenden Frank Miller aufwachen würde, der mich dann scherzhaft fragt, ob es denn sehr schlimm gewesen sei. Verhielt es sich am Ende so wie mit den drückenden Händen, die ich mehr als deutlich fühlen konnte, die aber in Wirklichkeit gar nicht existierten? Wie eine Filmkamera drehte ich meinen Kopf langsam von rechts nach links und musterte ausführlich alles, was dabei in mein Blickfeld kam. Es gab nichts Besonderes zu sehen. Alles war ganz normal in dem Büro des vermeintlich verstorbenen Friedrich Fornsbach. Erschreckend war nur die Ruhe, nicht der leiseste Ton war zu hören. Man hätte es auch als Totenstille bezeichnen können, denn ich fragte mich, ob um mich herum überhaupt noch irgendetwas am Leben sei. War ich gar selber nicht mehr am Leben?

Normalerweise liebte ich die Ruhe über alles, aber in diesem Augenblick sehnte ich mich nach Geräuschen, lachende, weinende oder schreiende Menschen! Irgendein Geräusch, das mir ein Zeichen von Lebendigkeit gibt. War das nun die von allen Menschen gefürchtete „ewige Ruhe"? Es gab nichts um mich herum, was mir hätte Antworten auf diese Fragen geben können. Also beschloß ich erst einmal, etwas für mein körperliches Wohlbefinden zu tun. Nachdem ich mich nochmals vergewissert hatte, daß wirklich niemand mehr im Hause ist, nahm ich ein heißes Bad, entspannte mich dabei und freute mich über nachlassende Muskelschmerzen. Meine Psyche hatte anscheinend eine innere Blockade errichtet, die mich daran hinderte, an die

Erlebnisse des vorigen Tages zu denken, ein wunderbarer Selbstschutz und irgendwie auch Ausdruck des Zweifelns, ob die Dinge wirklich so passiert sind. In einer solchen Situation hätte man normalerweise alles in Bewegung gesetzt, um mit irgendjemandem zu sprechen, Verwandten, Freunden, wem auch immer. Aber ich traute den elektronischen Kommunikationsmitteln nicht mehr, ich hatte Angst, noch mal einen solchen Horrortrip erleben zu müssen. Kontakt zu anderen Menschen gab es hier nicht mehr, ich war allein in einem riesigen abgeriegelten Waldgrundstück. Es war in diesem Moment tatsächlich das Beste, einfach ruhig im warmen Wasser zu liegen und alle Gedanken von sich zu streifen. Nach dem Bad gönnte ich mir ein großzügiges Frühstück, und weigerte mich innerlich, an negative Dinge zu denken. Erst jetzt fiel mir auf, daß das Eßzimmer der Fornsbachs der mit Abstand größte Raum im ganzen Haus war. Eigentlich war es ein angebauter Wintergarten mit vielen Pflanzen darin. Am Boden lag noch Spielzeug der kleinen Tochter. Wo war sie nur, wo war ihre Mutter, wo war der gefährliche Hund und wo die Leiche des Vaters? Ich zwang mich, an etwas anderes zu denken, zu viel „Tod“ hatte ich am Vortag erlebt.

Ich saß in diesem wunderschönen Wintergarten, trank Kaffee und aß langsam und gemütlich. Die Sonne schien herein, alles war friedlich, und nichts Böses geschah. Keine Stimmen in meinem Kopf, keine Halluzinationen und keine Todesängste. Ich war froh. In meiner Entspanntheit lehnte ich mich zurück und legte meine Füße auf den Eßtisch. Endlich war ich wieder in der Lage, klar zu denken und das Geschehene zu reflektieren. Ich dachte zurück an meine erste Begegnung mit Frank Miller und die darauf folgenden Erlebnissen. Wo war sie nun geblieben, die schöne heile Welt von Global Mind? Die Welt, in der alle glücklich sein sollten, es keine Krankheiten mehr gibt, keine Ängste, keine Kriege, nur Wohlstand, Freude und Glück. Wo waren die Server, die mich rund um die Uhr betreuen sollten, mir jede Angst und Sorge nehmen, meine Gesundheit überwachen und stets auf das

Wohl meiner Familie achten? Wo war die Freiheit, die man mir lassen wollte, um mir die Möglichkeit zu geben, mich weiter zu entwickeln? Hat man sie ersetzt durch inneres Chaos, Todesangst und nervliche Schädigungen, die womöglich ein Leben lang ihre Wirkung zeigen werden? Wo war die wunderbare universelle Kommunikation geblieben, die mir stets und überall Verbindungen zu allen Menschen und technischen Systemen bieten sollte? Hat man daraus ein Verwirrspiel gemacht, das einen Menschen bis an die Grenzen der Belastbarkeit terrorisieren sollte?

Frank Millers wunderbare Welt schien auf einmal wie eine Seifenblase zu zerplatzen. Ein Gebilde von Lügen und Propaganda. Ich und alle anderen Menschen waren doch nichts anderes als der Spielball eines mächtigen Systems. Wir merkten all die Jahre nichts davon, weil wir in einer friedlichen Welt des Konsums eingeschläfert wurden. Aber wehe dem, dem das System nicht mehr so gut gesonnen ist!

Eigentlich unterschied sich das System nicht so sehr von früheren diktatorischen Systemen. Die Systemkritiker wurden auch in diesem System verfolgt und ausgeschaltet, und ansonsten herrschte auch dort die totale Gleichschaltung. Die damaligen Menschen wußten aber, daß sie in einer Diktatur lebten, wir heute aber sind Marionetten, die nach der Pfeife des Diktators tanzen und fest daran glauben, es wäre unser eigener, ganz individueller Tanz.

Ich fühlte mich merkwürdigerweise sehr gut in diesem Moment. Global Mind mußte mir tatsächlich Freiheit gewähren, um solche Gedanken überhaupt zulassen zu können. Die Kommunikationssysteme wollte ich nicht mehr benutzen, schon gar nicht per Gedankenkraft. Und so sprach ich innerlich zu Frank Miller, gerade so, wie ich als kleines Kind zum lieben Gott gebetet hatte: „Lieber Frank, welch ein Glück, das Du nach dem Anschlag auf meine Seele und meine Würde und vielleicht sogar auf meine Familie mir diese Gnade der vollkommenen Gedankenfreiheit gewährst! Was für einen großzügige Geste des Beherrschers der Menschheit!" Genau wie beim Gebet zu Gott antwortete auch diesmal niemand. Aber man freute sich ja schon, wenn auch sonst nichts geschah, und darin lag wohl der Unterschied zum Gebet.

Wenn man die Gefühle beiseite ließ und rein nach der Logik ging, machte meine Situation überhaupt keinen Sinn. Frank Miller hatte keinen Grund, gegen mich und Fornsbach vorzugehen. Und wenn, so hätte er es sicher kurz und mehr oder weniger schmerzlos bewerkstelligen können. Das, was hier geschehen ist, hätte nicht seinem Sinn für Effizienz entsprochen. Was um alles in der Welt steckt tatsächlich hinter all dem? Es war zwecklos, weiter nach Gründen zu forschen.

Stattdessen wunderte ich mich mehr und mehr über meine friedliche Gemütsverfassung. Mein Zustand erinnerte mich ganz intensiv an die Zeit meiner unbeschwerten und glücklichen Kindheit. War das etwa nichts anderes als eine neue Strategie, die mir ein wenig Erholung und angenehme Gefühle verschaffen sollte, um mir dann anschließend umso heftigere Schocks zu verpassen? Das wäre ein logischer Gedanke! Seltsam dabei war nur, daß ich ein so starkes Gefühl hatte, das mir etwas völlig anderes vermittelte. Konnte ich meiner Intuition vertrauen, oder war es nichts anderes als ein gutes Serverprogramm, welches die entsprechenden Hirnbereiche aktiviert hatte? Ich beschloß, meiner Intuition eine Chance zu geben. Mein Gefühl sagte mir nämlich etwas Unglaubliches – nämlich daß die Nanotechnologie bei mir gar nicht mehr funktionierte. War ich wieder ein freier Mensch? Obwohl es eine sehr absurde Hypothese war, so mußte ich doch darüber nachdenken, ob so etwas überhaupt möglich sei. Mein Wissen über Nanotechnologie war zu gering, um für die Möglichkeit der Abschaltung von Nanoteilchen eine technische Erklärung zu finden. Von der Medizin her wußte ich zu wenig über das Zusammenwirken von Körper und Technik. Auch wenn es wissenschaftlich gar nicht möglich sein sollte, aber ich war mir absolut sicher, daß mein Körper die Nanoteile als Auslöser der Probleme erkannt und diese ausgeschaltet hat. Es kam mir vor, wie es sonst auch auf der Welt ist, ein paar wenige bestimmen alles, also die Nanoteilchen, obwohl die eigentliche Macht bei vielen liegen würde. Mein Organismus mitsamt seinem Immunsystem ist eigentlich auch viel größer und mächtiger als die paar kleinen Nanokameraden.

In der Art eines Träumers malte ich mir aus, was dies für mich bedeuten könnte. Es würde nämlich heißen, daß ich aus dem Global Mind-System herausgefallen wäre. Im Sinne von Global Mind wäre ich tot, in meinem eigenen Sinne aber neugeboren. Meine Gedanken und meine Gefühle wären frei. So faszinierend diese Überlegungen auch waren, meine Angst warnte mich vor allzu großer Euphorie.

Was könnte ich jetzt tun? Entschlossen stand ich auf und schaute nach, ob vor dem Haus noch Fahrzeuge geparkt waren. Tatsächlich waren zwei Autos vor der Tür. Kaum hatte ich mich entschlossen, nach den Fahrzeugschlüsseln im Haus zu suchen, spürte ich ein beklemmendes Gefühl und hielt für einen Moment inne. Wenn ich nun in eines der beiden Autos steige und damit losfahre, so würde das Fahrzeug sofort vom Satellitensystem erfaßt und alle Kommunikationseinrichtungen gestartet. Und wieder wäre ich unter totaler Kontrolle und dem Terror des Kommunikationssystems ausgeliefert. Also war Autofahren nicht angesagt. Es blieb nur eine Möglichkeit, ich mußte mich wie ein Wandersmann zu Fuß auf den Weg machen, mich irgendwie unter Menschen mischen und herauszufinden, was los ist.

Das Haus der Fornsbachs wurde von mir auf den Kopf gestellt. Ich suchte nach Essen sowie nach allen möglichen Utensilien, um einigermaßen für meine Wanderung gerüstet zu sein. In der Garage entdeckte ich einen großen Rucksack, mit dem ich alles transportieren konnte. Lange stand ich vor der Haueinfahrt und sah traurig zurück auf das Anwesen. Warum mußte Friedrich Fornsbach, dieser liebenswürdige Spinner, der keiner Fliege etwas antun konnte, sterben? Ich war außerdem sehr verunsichert und fragte mich unzählige Male, ob ich noch irgendetwas für meine Wanderung vergessen habe. Doch der Rucksack war voll gepackt. Noch einmal blickte ich zurück auf das wunderschöne Haus und die herrliche Natur, die es umgab. So schön hatte doch alles begonnen, und so schrecklich endete es nun. Dann drehte ich mich um und marschierte los. Ich lief auf die Straße, ging den Berg hinunter und war irgendwie auch froh, dem Ganzen entkommen zu sein. Während ich die gute Waldluft einatmete und mich entspannte, riß mich ein Gedanke aus meiner Ruhe. Mir war gar nicht klar gewesen, daß ich mich direkten Weges auf den „Feind" zu bewege. Das ganze Gelände war abgeriegelt und heraus ging es nur über den Kontrollposten.

Es gab nur noch zwei Möglichkeiten – entweder das Wachpersonal hatte mich ohnehin schon entdeckt, oder es bleibt mir eine kleine Chance zu entkommen. Es gab keine anderen Möglichkeiten als den Fluchtversuch! Ich verließ die Straße, marschierte durch das holprige Waldgelände, bis ich schließlich den Wachposten erblickte. Irgendwie war es ja lächerlich, was ich da tat. Ich, ein kleiner Wandersmann, der versucht, einer übermächtigen Truppe ein Schnippchen zu schlagen. Vielleicht waren die Wachposten ja unaufmerksam, und der Wald bot mir etwas Schutz – so dachte ich es mir. Als ich mich immer mehr dem Wachgebäude näherte, begann mein Herz, wie wild zu rasen. Innerlich hörte ich schon, wie eine Gewehrkugel mich traf, aber in Wirklichkeit blieb alles ruhig. Gespenstisch war die Tatsache, das absolut nichts zu sehen oder zu hören war, kein Wachmann stand auf der Straße, und auch sonst war niemand zu sehen.

Es fiel mir immer schwerer weiterzugehen, mein ganzer Körper zitterte, meine Knie wurden weich. War dies der Gang zu meiner eigenen Hinrichtung und die Ruhe ein Zeichen dafür, daß man gerade die Waffen auf mich anvisierte? Hilflos weinte ich wie ein kleiner Junge. Irgendeine seltsame Kraft ließ mich aber immer weiter voran gehen, bis ich schließlich direkt vor dem Gebäude stand. Dort vermied ich jede Bewegung und stand da wie fest zementiert. Es geschah absolut nichts. Mit dem letzten Mut der Verzweiflung ging ich vor das einzige Fenster des Gebäudes, um einen vorsichtigen Blick hinein zu werfen. Es war dunkel, kein Mensch zu sehen, keine laufenden Computer oder Bildschirme. Wie konnte das nur möglich sein? Es war niemand da!

Genauso tot wie das Anwesen der Fornsbachs war auch dieser Wachposten. Eigentlich aber kein Wunder, denn es gab keinen Mastermind und keine Familie mehr, die man hätte bewachen müssen. Die Wachleute waren überflüssig geworden. Mir fiel ein riesiger Stein vom Herzen, ich verließ das Gelände und rannte, so schnell ich konnte, einfach nur weg von diesem Ort des Grauens. Natürlich stellte sich bald die Frage, wohin ich überhaupt gehen könnte. Zwar hatte ich das Waldgelände nun verlassen, doch nun stand ich in einer Landschaft, die nur aus riesigen landwirtschaftlich genutzten Feldern bestand. Nachdem ich eine Stunde einfach nur gelaufen war, erschien endlich ein altes verrostetes Verkehrsschild, wie man es früher einst gebrauchte. Darauf war ein Richtungspfeil, der gleich auf mehrere Orte verwies. Mir blieb keine andere Wahl, ich mußte einfach diese Richtung einschlagen.

Der Anblick dieser endlosen Felder erinnerte mich ein wenig an das gewaltige Grundstück von Frank Miller, die gleiche Ruhe und dieselbe Weite. Der Rucksack auf meinem Rücken wurde immer schwerer, und die Beine taten mir weh, ich war diese Art der Beanspruchung nicht mehr gewöhnt. Immer wieder setzte ich mich an den Wegrand, ruhte mich aus und ließ voller Sorge den Blick um mich schweifen. Es könnte sich ja wieder etwas Unvorhergesehenes ereignen. Aber da war einfach nichts. Ich widerstand auch der Verlockung, eine Kommunikation per Gedankenkraft aufzubauen, zu sehr genoß ich den Frieden in meinem Kopf. Nach einer langen Wanderung erschienen endlich vereinzelte Häuser und kurz darauf erreichte ich eine kleine Stadt. Es war sehr ländlich, Fachwerkhäuser prägten das Stadtbild. Die Leute dort grüßten mich freundlich, nahmen aber ansonsten keinerlei Notiz von mir. Ich war froh, wieder unter Menschen zu sein. Hier schien die Welt völlig in Ordnung zu sein, jedenfalls war nichts Außergewöhnliches zu erkennen.

Ich spazierte einfach durch den Ort, vielleicht würde ich etwas sehen, was mir weiterhelfen könnte.

Bald schon erreichte ich das Ende des schönen Altstadtviertels, und ein reines Neubaugebiet lag vor mir. Wie in allen anderen Städten auch, so lagen auch hier alle größeren Geschäfte außerhalb des Stadtzentrums. Menschen wie mich, die zu Fuß gingen, gab es hier nicht. Die riesigen Parkplätze, die jeweils vor den Einkaufszentren lagen, boten jedermann die Möglichkeit, direkt vor den Geschäften ihre Fahrzeuge zu parken. Für einen Moment stellte ich meinen Rucksack ab und blickte auf die großen Leuchttafeln und Firmenschilder, die hier zu sehen waren. Alle Unternehmen präsentierten sich in schillernden Farben und gehörten direkt oder indirekt – zu Global Mind.

Mit großen Augen betrat ich das Geschäftsgelände dieser Stadt, und obwohl ich diese Art von Geschäften schon unzählige Male gesehen hatte, so kam es mir vor, als wäre es das erste Mal. Da war das Familienrestaurant, Teil einer weltweiten Restaurantkette, hinter der Frank Miller steckte. Durch die Glasfassade konnte ich gut in das Restaurant hineinsehen. Es war brechend voll, die Leute standen Schlange, warteten darauf, das Sitzplätze frei werden. Auf mehreren Bildschirmen liefen Unterhaltungsprogramme, die allesamt von Global Mind produziert werden. Die zu den Filmen passenden Merchandisingprodukte wurden auch direkt im Restaurant angeboten. Es war eine schöne heile Familienwelt, Lachen und Freude auf allen Gesichtern. Die Eltern gingen hier her, um ihre Kinder für irgendetwas zu belohnen oder um ihnen eine Freude zu bereiten. Ich kannte aber die Hintergründe dieses Geschäfts, denn die Entwicklungsabteilung für Ernährung von Global Mind hatte hier ganze Arbeit geleistet. Das Essen und die Getränke, die hier angeboten werden, sind reine Designprodukte. Sie wurden entworfen, um mit Hilfe von Geschmacksstoffen und Nanotechnologie eine Abhängigkeit zu erreichen. Dieser Ort hatte also eher etwas mit einem Drogenumschlagsplatz als mit Ernährung zu tun. So glücklich die Menschen hier auch waren, die meisten von ihnen waren stark übergewichtig. Das was sie hier konsumierten, hatte kaum Nährwert, es machte einfach nur dick. Ausnahmslos alle Menschen in diesem Lokal, und ganz besonders die Kinder, trugen teure Designerkleidung. Als ich das so sah, erwachte der Mediziner in mir. Ich dachte mir, daß diese Menschen für ihr Äußeres nur das Beste und Teuerste kaufen, aber ihr eigener Körper mußte sich mit niedrigster Qualität zufrieden geben. Das Innere konnte man ja auch nicht vorzeigen, es hatte in dieser Traumwelt keinen Wert. Und wenn ihr Körper einmal überraschenderweise zum Problem wird und die Leute zum Arzt müssen, dann kann man ohnehin nichts mehr daran ändern. Das richtige Markenlogo auf dem Pullover war viel wichtiger als das gesunde Herz im eigenen Körper. Mir taten die Menschen leid, denn schließlich hatten sie gar keine andere Wahl. Sie arbeiten jeden Tag hart für ihr Geld, hielten sich an Recht und Ordnung und bemühten sich, ihren Kindern etwas Ordentliches bieten zu können. Keine schlechten Menschen. Und dann kommt ein Mann in einem riesigen Büro, entwickelt eine Technik und vergiftet damit die Körper und Gedanken dieser Familien. Natürlich – Frank Miller würde auch diesen Vorwurf schnell von sich weisen. Global Mind hat ja schließlich auch eine medizinische Abteilung, die wunderbare Produkte hat, mit denen das Leid, das durch diese Ernährung entstanden ist, gelindert wird. Und ganz nebenbei kann man damit noch mehr Geld verdienen. Werden die Menschen dann alt und krank, entsprechen sie leider nicht mehr den Anforderungen von Global Mind. Für den Fall gibt es ja noch ein paar nette Serverprogramme, die alles halb so schlimm machen, und überhaupt – ich hatte ja das Angebot, am Todesprogramm von Global Mind mitzuarbeiten...

Ich stand vor dem Restaurant und dachte zurück an meine eigene Kindheit. Auch ich hatte keine Lust, gesunde Naturprodukte zu essen. Mir waren stets Süßigkeiten und Teigwaren lieber. Ich hielt es als Kind eine Merkwürdigkeit der Natur, das man nie so viel Lust auf die gesunden Dinge hatte. Radieschen, Karotten oder Tomaten aß ich nur, wenn ich wirklich Hunger hatte, und sonst nicht. Und eigentlich sollte es genau so sein.

Traurig starrte ich auf die Menschen im Lokal und hoffte, daß sie eines Tages aus diesem Teufelskreis herauskommen können.

Aber was war mit mir los? Wie konnte es nur zu solchen „freien" Gedanken kommen? Seit Jahren empfand ich nicht mehr so wie in diesem Moment. Der innere Druck, Karriere zu machen, viel Geld zu verdienen, besser zu sein als andere und den Anforderungen dieser Welt gerecht zu werden, hatten mich um das Gefühl der Demut und Trauer gebracht.

Mit einem Gefühl großer Betroffenheit ging ich weiter, entlang durch das Geschäftsviertel. Nie zuvor hatte ich die Unfreiheit und totale Abhängigkeit der Menschen so intensiv wahrgenommen. Gebe es keine Infrastruktur aus Straßen, Häuser, Strom und Wasserleitungen – Global Mind würde die Menschen dann wahrscheinlich alle in riesige Lager zusammenferchen und ihnen den letzten kleinen Rest an Freiheit auch noch nehmen. Aber selbst die Freiheit, ein Familienrestaurant aufzusuchen, ist nur Schein. Die Cerebral-Server hatten die Menschen dorthin dirigiert, wahrscheinlich sogar streng zeitlich eingeteilt, um eine optimale Auslastung des Lokals zu gewährleisten.

Das nächste Geschäftsgebäude lag vor mir. Es war ein riesiges Zentrum für Unterhaltung, Kommunikation und Elektronik. Natürlich gehörte es Global Mind, und es trug sogar deren Namen. Ich beschloß hineinzugehen. Kein Kunde in diesem Geschäft würde je mit einem Rucksack dort einkaufen gehen, ja nicht einmal gewöhnliche Taschen hatten die Leute bei sich. Durch die Fahrzeuge, die bequem direkt vor der Tür parkten, war dies auch nicht nötig. Meinen Rucksack deponierte ich in einem Sicherheitsspind am Eingang.

Vorsichtig betrat ich den heiligen Tempel des Konsums. Und dann geschah etwas, was mir nie zuvor passiert ist – ich hatte nämlich nicht die geringste Idee, was ich hier hätte kaufen sollen. Nie zuvor hatte ich ein solches Geschäft, ohne etwas gekauft zu haben, verlassen. Ich blickte zurück auf den Eingang und dachte dabei sofort an die Büros von Global Mind. Mit Sicherheit waren dort Scanner angebracht, die jeden Besucher erfaßten und sofort dort hinführten, wo der Kunde kaufen soll. Ein Einkaufsserver unterstützte also die Arbeit der Cerebral-Server und deshalb konnte man auch nicht anders, als hier einzukaufen. Das System hatte mich mit Sicherheit nicht erfaßt, denn mir war überhaupt nicht nach Konsum zumute. Im Sinne von Global Mind war ich hier also gar nicht existent. Das war ein sehr beruhigender Gedanke!

Langsam schritt ich die Gänge des Geschäftes entlang und erfaßte zum ersten Mal, was hier wirklich vor sich ging. Alles war miteinander vernetzt, die Einkaufswägen, die Regale, die Preisschilder und vor allem die Kunden. Hier wurde nicht eingekauft, sonder nur der Einkaufsplan erfüllt, den ein Algorithmus im Programm der Cerebral-Server für jeden einzelnen Menschen erstellt hat. Wenn man den Kunden ins Gesicht sah, so stellte man fest, daß sie es kaum erwarten konnten, die diversen Produkte in die Finger zu bekommen. Ich wußte – das war keine Freude, sondern wieder nur eine Droge, die kurzfristig für Entspannung sorgte.

Den größten Andrang gab es in der Abteilung für Bildschirme. Dieses visuelle Übertragungsmedium war für viele der Schlüssel zur Welt. In vielen einzelnen Boxen war jeweils ein Monitor angebracht und ein Bedienungsfeld davor, mit dem man alle möglichen TV- und Kommunikationsbilder abrufen konnte. Obwohl meine eigene Lage fatal war, und ich eigentlich nach Lösungen für mich selbst hätte suchen müssen, war ich doch von dieser neuen Sicht der Dinge so fasziniert, daß ich einfach nur alles beobachten wollte. Neugierig lief ich also an den Testboxen für Monitore vorbei und blickte den Leuten über die Schulter.

Da war ein älteres Ehepaar, das sich aus dem TV-Menü ein Kirchenprogramm ausgewählt hatte. Noch in meiner Jugendzeit gab es Gotteshäuser, die man sonntags besuchte, aber die elektronischen Medien haben diese Einrichtungen im Laufe der Zeit völlig abgelöst. Kein Wunder, wenn man bedenkt, welchen Zweck die Religion bei Frank Miller hat. Und so sitzen viele Menschen zu Hause und lassen sich per Bildschirm den Sinn des Lebens erklären, ihr Gewissen erleichtern und sich von den religiösen Führern den Weg ihres Lebens aufzeigen. Während die Kirchen früher ihren Gläubigen noch mit erhobenem Zeigefinger gegenüberstanden und davor warnte, keine Sünden zu begehen, so verfolgt die elektronische Kirche ganz andere Strategien. Ich konnte am Monitor verfolgen, wie der Pfarrer den Menschen verkündete, daß Gott ihnen das Recht auf Vergebung aller Sünden gibt – wenn sie nur regelmäßig dieses Fernsehprogramm verfolgen und nach dessen Vorgaben leben. Dies war keine Kirche mehr, die die Menschen herausforderte, im Gegenteil, es war eine Kirche der Faulheit, deren oberstes Gebot der Kommerz war. Und so bestellen die Menschen die zahlreichen Produkte, die dort angeboten wurden, zahlten Mitgliedsbeiträge und spendeten, soviel sie konnten – besser gesagt – soviel das Serverprogramm abverlangte. Ein nettes kleines Tochterunternehmen von Global Mind produzierte das Fernsehprogramm und kassierte auch für alles andere ab. Das Ehepaar an dem

Bildschirm machte einen glückseligen Eindruck, und ich konnte mir schon vorstellen, daß mit dieser Tatsache Frank Miller alles rechtfertigen würde.

Direkt neben ihnen standen einige Kinder und sahen sich die Programme an, die der Cerebral-Server ihnen gestattete. Sie betrachteten auf einem neuen schönen Monitor ihr Schulprogramm. Mit Entsetzen im Gesicht betrachtete ich die Kinder, denn mir wurde schlagartig bewußt, wie deren Schulbildung tatsächlich aussieht. Sie brauchen keine Prüfungen und Arbeiten mehr in der Schule zu schreiben, die Server messen ihre Leistung ganz automatisch. Aus Sicht der Nanotechnologie waren diese Kinder eher so etwas wie ein Computer, den man mit entsprechenden Daten füttert. Auch mir kam die Schule früher so vor, im Gegensatz zu den heutigen Kindern konnte ich mich aber dieser Programmierung entziehen und meine eigenen Gedanken entwickeln. Die eigenen Gedanken sind ein entscheidender Faktor für wirkliche Fortentwicklung in der Welt, nur wenigen wird dieses Privileg unter Global Mind noch zuteil.

Die anderen Leute in dieser Verkaufsabteilung sahen alle Programme aus dem Global Mind-Unterhaltungsangebot – Comedy, Talkshows, Berichte über das Leben von Stars, alles, nur keine ernsthaften Themen. Die Frage, welcher Star gerade welche Kleidung trägt, schien wesentlich wichtiger zu sein, als die Frage, wie unsere Welt eigentlich funktioniert und was die Menschen für ihr eigenes Leben tun könnten. Ihr Lebensinhalt bestand aus Seifenblasen, die irgendwann zerplatzen, ohne auch nur das Geringste zu hinterlassen. Das ganze Leben in ein viereckiges Gebilde namens Bildschirm gepreßt, ohne Wahrheit, ohne wirkliches Leben. Diese Unterhaltungsprogramme richteten sich an die primitiveren Triebe und Instinkte der Menschen – Neid, Haß, Gewalt, Schadensfreude, plumper Spaß und vieles mehr. Worte wie Persönlichkeitsentwicklung, Ernsthaftigkeit, Moral oder geistige Weiterentwicklung kamen in diesen Programmen schon lange nicht mehr vor.

Vor mir stand ein junges Paar, das darauf wartete, das eine Testbox für Monitore frei wird. Mich packte die Neugier, zu erfahren, wie diese Leute auf meine Gedanken reagieren. Also sprach ich sie an: „Schon schlimm, immer nur diese blöden und primitiven Programme, da möchte man doch gerne mal wieder etwas Vernünftiges sehen!" Die beiden sahen mich daraufhin mit einem bösen, ja geradezu vernichtenden Blick an und symbolisierten mir damit, daß sie mich als Belästigung empfinden. Auf so einen Typen wie mich reagierten sie erst gar nicht und gaben mir damit das Gefühl, irgendwie abnormal zu sein. Ich war ja jetzt ein Außenseiter, einer, der nicht zur sogenannten „normalen" Gesellschaft gehört. Der Gedanke war schön und traurig zugleich. Etwas deprimiert von dieser unschönen Erfahrung, schlenderte ich weiter an den Testboxen entlang. Der Mut hatte mich nicht ganz verlassen und so ging ich direkt auf zwei Damen zu, die ebenfalls auf eine freiwerdende Testbox warteten. Nachdem ich ein Weilchen unauffällig neben ihnen stand und überlegte, was ich jetzt noch sagen könnte, versuchte ich es mit einer kessen Lüge: „Haben Sie schon gehört, es gibt ein neues Geschäft mitten im Ort gelegen, die bieten diese Produkte wesentlich billiger an als hier." Fragend schauten mich die beiden Damen an und antworteten zunächst nicht. Eine der beiden faßte sich dann doch den Mut und sagte: „Vielen Dank, junger Mann, für den netten Hinweis, aber wissen Sie, wir kaufen immer hier, der tolle Service, das großartige Angebot – darauf wollen wir nicht verzichten!" Ich ersparte mir jede weitere Bemerkung. Man konnte die Fixierung der beiden Damen durch die Cerebral-Server regelrecht spüren, es war zwecklos, sie von etwas anderem überzeugen zu wollen. Mit einer für die Damen nicht erkennbaren Ironie sagte ich abschließend zu ihnen: „Da haben Sie natürlich vollkommen recht, wir sollten alle nur hier kaufen, es gibt ja gar keine Alternative!" Freudig lächelnd bestätigten sie meine Aussage. Ich verabschiedete mich von ihnen und ging weiter. Mit einer merkwürdigen inneren Ruhe durchlief ich alle Verkaufsräume und dachte nach. Was haben diese Menschen in Zukunft noch alles zu erwarten? Werden sie bald nur noch in gewinnbringend und nicht gewinnbringend eingeteilt? Oder aber wird dieses Problem überhaupt nicht auftreten, weil sowieso alle Menschen körperlich und geistig so ausgestattet sein werden, wie der große Mastermind-Konzern es gerne hätte? Wird die Nanotechnologie irgendwann soweit sein, daß man den Menschen gar keine Produkte und gar keine Unterhaltung mehr anbieten muß, weil sie sowieso funktionieren wie ein Roboter? Werden sie dann zu Global Mind-Tiere, die einfach nur funktionieren und arbeiten sollen? Und was wird mit mir passieren? Wie lange wird es dauern, bis Frank Miller mitbekommen hat, daß meine Nanoteilchen ihren Dienst verweigern, um mich dann mit Bioscannern zu jagen? Wird man mir weitere Schocks verpassen, bis der Tod meine letzte Hoffnung ist?

Langsam schreitend, mit Beklemmung in der Brust, verließ ich das Geschäft. Einsam durchwanderte ich die graue Betonlandschaft dieses Geschäftsgebietes, in dem nur die Leuchtreklame ein paar Farbtupfer warf. Ich wollte nichts mehr sehen, denn es war klar, was hier geschieht, und ich könnte doch nichts daran ändern.

Am Ende der Straße angekommen, sah ich ein Gebäude, in dem das sogenannte „Gesundheitszentrum" von Global Mind untergebracht war. Dieses Zentrum war eine neuartige Geschäftsidee von Frank Miller, bei der Krankenhaus und Arztpraxis zusammengefaßt wurde. Die Menschen strömten massenhaft in das Gebäude, das Geschäftskonzept war offenbar ein großer Erfolg. Die Reklameschilder leuchteten auch hier bunt und schrill, innen drin wurde Spaß und Unterhaltung geboten, eben ganz anders, als man es sonst von medizinischen Einrichtungen her kennt. Doch in Wirklichkeit war dieses Zentrum nur eine Werkstatt, in der man den Kundendienst an den Nanoteilchen erledigte. Für mich gab es nicht den geringsten Zweifel, daß die Krankheiten, die hier behandelt werden, auch ihren Ursprung in diesem Zentrum hatten. Durch Chemie und Elektronik werden die Menschen krank gemacht, um dann mit sündhaft teuren Therapien viel Geld zu verdienen. Gleichzeitig kann man sie hier mit neuen, effizienteren Nanoteilchen impfen, um die Leute noch besser und umfassender kontrollieren zu können.

Mit Wehmut dachte ich zurück an meine Medizinerausbildung. Ich hätte keiner Mutter kranke oder behinderte Kinder gewünscht und doch – da war etwas wonach ich mich zurücksehnte. Es waren die kranken, behinderten oder schwachen Menschen, die eine Vielfalt in mein Leben brachten, mich damit herausforderten und mein Leben bunter machten. Wie oft sind es doch gerade die Schwächen, die die Menschen so liebenswert machen. Vor der Herrschaft von Global Mind waren ich und viele meiner Freunde stets auf der Seite der Schwachen und drückte ihnen die Daumen. Wie groß war dann die Freude, wenn die „kleinen Leute" es schafften, sich gegen die übermächtigen „Großen" durchzusetzen. Wie oft versuchte man vergeblich, „perfekt" zu sein und freute sich dann umso mehr, wenn man feststellte, daß man gemeinsam mit allen anderen Menschen eben nicht „perfekt" war.

Früher sprach man in der Medizin auch von der Selbstheilungskraft der Natur.

Und nun? Die Natur hat keine Chance mehr zu heilen, denn sie ist nicht mehr alleine im Körper der Menschen. Die Technik kämpft nun um die Vorherrschaft im Organismus und ist damit der übermächtige Gegner der Natur.

Da stand ich mit großen Augen, sah die vielen Menschen in das Gesundheitszentrum und in die Einkaufspaläste gehen, fühlte meine innere Freiheit und gleichzeitig die totale Hilflosigkeit. Ich mußte raus aus dieser Gegend! In direkter Nähe erblickte ich einen Berg, auf dem es nichts als Waldgelände zu sehen gab. Dort wollte ich hingehen, in der Hoffnung Ruhe zu finden. Meine Schultern schmerzten von dem schweren Rucksack und dennoch war ich froh, Proviant und allerlei hilfreichen Dinge darin eingepackt zu haben. Ich wanderte los. Ziemlich müde und erschöpft erreichte ich das Waldgelände. Dort war es sehr ruhig und friedlich, und ich war froh eine uralte Sitzbank, die wohl einst für Wanderer gedacht war, vorzufinden. Ich legte meinen Rucksack ab, setzte mich hin und blickte einfach nur in die Natur. Dann aß und trank ich etwas, zog meine Schuhe und Strümpfe aus, und ließ meine schmerzenden Füße von der angenehmen Waldluft kühlen. Ich sah um mich und stellte fest, daß dies auch einer dieser Orte war, von dem eine eigentümliche Magie ausging. Hier konnte ich ein wenig von der Kraft zurückerhalten, die man mir zuvor so grausam abverlangt hatte. Die schicken Büropaläste, das viel Geld und die absolute Macht von Global Mind – war das alles nur ein Traum, ein Alptraum?

Ich betrachtete lange Zeit die Natur und gestattete mir, einfach nur Mensch zu sein, nichts zu wollen und nach nichts zu suchen. Das Gefühl, den inneren Druck loszuwerden, war ein wunderbares Erlebnis. Vielleicht scheute ich mich auch einfach nur, mich der kaum lösbaren Frage zu stellen, ob es für mich überhaupt noch eine Zukunft gibt. Aber schließlich brach die quälendste aller Fragen doch in mir durch. Was ist wirklich geschehen mit meiner Frau und meinem Kind? Leben sie noch, und wenn, wie sieht ihr Leben jetzt aus?

In Gedanken stellte ich mir vor, daß meine Frau und meine Tochter noch leben und vollkommen unversehrt sind. Wie würde es sein, wenn ich jetzt bei ihnen vor der Tür stehen würde? Eigentlich wurde meine Frau von den Cerebral-Servern völlig auf mich fixiert. Hatte sich das jetzt vielleicht ins absolute Gegenteil verdreht? Würden mich meine Frau und meine Tochter verabscheuen und sich von mir distanzieren, ja mich womöglich sogar an Frank Miller verraten? Und vielleicht wäre das bei meinen Eltern und Freunden genauso, vielleicht würde überhaupt kein Mensch mehr irgendetwas mit mir zu tun haben wollen?

Immer deutlicher zeichnete sich meine hoffnungslose Lage ab. Niemand würde mir irgendetwas glauben, niemand würde mir helfen, und mit allergrößter Sicherheit würde ich schon beim kleinsten Versuch, etwas gegen Global Mind zu tun, von den technischen Systemen aus dem Weg geräumt werden. Wie konnte das nur geschehen, daß ich vom Mastermind zum Todfeind wurde, ohne daß mich irgendeine Schuld trifft? Viele Fragen und keine Antworten.

Ganz abrupt wurde das sich ständig drehende Rad meiner Gedanke angehalten.

Ein kleiner Vogel hatte nämlich neben mir auf der Sitzbank Platz genommen. Unbekümmert und fröhlich zwitscherte er ein paar Töne. Ich blickte ihn an und sprach zu dem Vogel: „Mit Dir und Deinen Artgenossen hat das ganze Drama angefangen!“ Er senkte seinen Kopf, blickte mich kurz an und flog dann weg. Ich sah ihm hinterher und bewunderte die tollkühnen Flugmanöver, die der kleine Kerl am Himmel demonstrierte. Dann flog er den Berg hinauf und verschwand aus meinem Blickfeld.

Wenn ich ihm nur folgen könnte! – Aber was würde ich dann zu sehen bekommen...?

John Coleman
Die Hierarchie der Verschwörer
Das Komitee der 300

Können Sie sich eine allmächtige Gruppe vorstellen, die keine nationalen Grenzen kennt, über dem Gesetz aller Länder steht und die alle Aspekte der Politik, der Religion, des Handels und der Industrie, des Banken- und Versicherungswesens, des Bergbaus, des Drogenhandels und der Erdölindustrie kontrolliert - eine Gruppe, die niemandem als ihren eigenen Mitgliedern gegenüber verantwortlich ist?

Die überwiegende Mehrheit der Menschen hält dies für unmöglich. Wenn Sie auch dieser Meinung sind, dann gehören Sie zur Mehrheit. Die Vorstellung, daß eine geheime Elitegruppe alle Aspekte unseres Leben kontrolliert, geht über deren Verständnis hinaus. Amerikaner neigen dazu, zu sagen: „So etwas kann hier nicht geschehen. Unsere Verfassung verbietet es."

Daß es eine solche Körperschaft gibt - das Komitee der 300 -, wird in diesem Buch anschaulich dargestellt. Viele ehrliche Politiker und Publizisten, die versuchen, unsere Probleme anzugehen, sprechen oder schreiben über „sie". Dieses Buch sagt genau, wer „sie" sind und was „sie" für unsere Zukunft geplant haben. Es zeigt, wie „sie" mit der amerikanischen Nation seit mehr als 50 Jahren im Krieg stehen, einem Krieg, den wir, das Volk, verlieren. Es stellt dar, welche Methoden „sie" benutzen und wie „sie" uns alle gehirngewaschen haben. Ereignisse, die seit der Erstveröffentlichung dieses Buches abgelaufen sind, sprechen Bände über die Richtigkeit der getroffenen Vorhersagen und für die saubere Recherche seines Autors Dr. John Coleman.

Wenn Sie einerseits ratlos und verwirrt sind und sich fragen, wieso ständig Dinge passieren, die wir als Nation eigentlich ablehnen, wenn sie sich andererseits jedoch machtlos fühlen, zu verhindern, daß wir immer auf das falsche Pferd setzen, wieso unsere einstigen sozialen und moralischen Werte verfälscht und untergraben werden; wenn Sie durch die vielen Verschwörungstheorien verwirrt sind, dann wird Ihnen „Die Hierarchie der Verschwörer - Das Komitee der 300" die Sachverhalte kristallklar erklären und zeigen, daß diese Umstände absichtlich geschaffen wurden, um uns als freie Menschen auf die Knie zu zwingen.

Wenn Sie erst einmal die entsetzlichen Wahrheiten, die in diesem Buch stehen, gelesen haben, werden Sie lernen, Vergangenheit und Gegenwart zu verstehen. Dann werden Ihnen soziale, wirtschaftliche, politische und religiöse Phänomene nicht länger schleierhaft vorkommen. Diese hier vorliegende Entlarvung der gegen die Vereinigten Staaten und die ganze Welt gerichteten Mächte kann nicht ignoriert werden. Der Autor vermittelt Ihnen eine ganz neue Wahrnehmung hinsichtlich der Welt, in der wir alle leben.

Klebebroschur, 488 S., € 19,95

ISBN 978-3-941956-10-0

John Coleman
Das Tavistock-Institut -
Auftrag: Manipulation

Entdecken Sie die wahre, bisher verschwiegene Geschichte des 20. Jahrhunderts, gelangen Sie zu einem besseren Verständnis der „Irrationalität moderner Politik“.

Das Tavistock-Institut hatte eine tiefgreifende Wirkung auf die moralische, geistige, kulturelle, politische und wirtschaftliche Politik der USA und Großbritanniens. Keine Institution hat mehr dafür getan, die USA mittels Propaganda in den Ersten Weltkrieg hineinzutricksen. Fast die gleichen Taktiken wurden von den Sozialwissenschaftlern des Tavistock-Instituts angewendet, um die USA in den Zweiten Weltkrieg und die Kriege gegen Korea, Vietnam, Serbien und den Irak zu hetzen. Die Völker waren und sind sich dessen nicht bewußt, daß sie ständig indoktriniert und manipuliert, daß sie „gehirngewaschen“ wurden und werden. Der Ursprung dieser „Gehirnwäsche“, dieser „nach innen gerichteten Konditionierung“, wird im vorliegenden Buch mit zahlreichen Originalzitaten und Quellenbelegen geschildert.

Der Niedergang der europäischen Monarchien, die bolschewistische Revolution, der Erste und Zweite Weltkrieg, die krankhaften Konvulsionen in Religion, Moral und Familienleben, im Wirtschaftsleben und in der politischen Moral; die Dekadenz in Musik und Kunst - all dies kann auf Massenindoktrinierung zurückgeführt werden, geplant und ausgeführt von den Sozialwissenschaftlern des Tavistock-Instituts.

Ein prominenter Mitarbeiter des Institutes war Eduard Bernays, ein Neffe Sigmund Freuds. Dr. Joseph Goebbels und der Kommunist Willy Münzenberg waren seine gelehrigen Schüler.

Das vorliegende Buch ist die weiterführende Ergänzung des Werkes „Das Komitee der 300“ von Dr. John Coleman. Es besticht durch eine Vielzahl von historischen Originalzitaten, seine Aussagen sind durch Quellenangaben belegt.

Klebebroschur, 312 S., € 19,95

ISBN 978-3-941956-11-7

John Coleman
Der Club of Rome

Der Club of Rome (COR) ist die größte „Denkfabrik" der Neuen Weltordnung. In Amerika war sie völlig unbekannt, bis Dr. John Coleman ihre Existenz 1969 zum ersten Mal enthüllte und unter demselben Titel 1970 sein aufsehenerregendes Buch veröffentlichte. Gegründet nach den Anweisungen des Komitees der 300, wurde die Existenz dieses elitären Clubs lange geleugnet, bis die 25-Jahrfeier seiner Gründung in Rom abgehalten wurde. Der Club of Rome spielt eine vitale Rolle in der gesamten externen und internen Planung der US-Regierung. Übrigens: er hat nichts mit Rom, Italien oder der Römisch-Katholischen Kirche zu tun...

Das vorliegende Buch ist das letzte der Coleman-Trilogie (Band I: „Die Hierarchie der Verschwörer - Das Komitee der 300", Band II: „Das Tavistock-Institut - Auftrag: Manipulation") und versteht sich als tiefergreifende Aufarbeitung der für die westliche Welt verheerenden Aktivitäten des Club of Rome.

Klebebroschur, ca. 130 S., € 10,95

ISBN 978-3-941956-12-4

Michael Winkler
Politik am Pranger

Der Pranger war eine Einrichtung der mittelalterlichen Strafjustiz, ein Brett, an das Straftäter in völliger Hilflosigkeit gefesselt wurden, um ihre Schandtaten der Öffentlichkeit preiszugeben...

Ab sofort erhältlich!

Wer am Pranger stand, wurde verspottet. Das war eine vergleichsweise milde Strafe in einer Zeit, in der bedenkenlos geköpft, verbrannt und verstümmelt wurde.

Seit Oktober 2004 erscheinen auf der Internetseite www.MichaelWinkler.de in der Rubrik „Pranger" allwöchentlich Texte zu einer großen Auswahl von Themen. Unter Kennern haben diese Texte längst Kultstatus erlangt. Wirtschaft, Politik, Vorsorge, Philosophie – es gibt in Deutschland keinen zweiten Autor, der in dieser Qualität und mit dieser Ausdauer ein derart breites Themenfeld bearbeitet.

Dieses Buch enthält ausgewählte Texte zum Thema Politik. Es ist in sechs Kapiteln untergliedert und nimmt die Demokratie, die Zerfallserscheinungen in der BRD, die selbstherrlichen Parteien, die offizielle Geschichtsschreibung und die desinteressierten Mitmenschen aufs Korn. Das letzte Kapitel ist der Erneuerung gewidmet, der Hoffnung auf Besserung.

Einige Texte aus der Zeit der Regierung Schröder wurden an den nötigen Stellen aktualisiert, die Sachverhalte jedoch sind leider noch immer erschreckend relevant. Am Pranger steht die Politik der Gegenwart, das Geschehen, mit dem wir Tag für Tag konfrontiert werden. Der mittelalterliche Pranger diente der Belehrung, der Angeprangerte sollte zur Einsicht gebracht werden – und er sollte weiterleben, um sich zu bessern. Genau dies ist die Absicht der Internetseite und dieses Buches.

Festeinband, 304 S., € 21,--

ISBN 978-3-941956-34-6

Gert Steiner
Die Deutsche Dreifaltigkeit

Wir leben heute in einer Zeit, in der die joviale Ehrlosigkeit allgemein geworden und die staatliche Führung zum Lumpenpack verkommen ist.

Richard Wagner, Karl May und Adolf Hitler erfaßten die Ressentiments, Ängste und Sehnsüchte ihrer Umwelt stärker als alle anderen Musiker, Schriftsteller und Staatsmänner der Neuzeit, sie haben latent vorhandene Strömungen zu bündeln gewußt und ihnen damit eine Stoßkraft verliehen, die – je nach betrachtetem Fall – befruchtend oder verheerend wirkte.

Jeder dieser drei Deutschen hat eine Lösung anzubieten, die jubelnd aufgenommen und assimiliert wird, jeder dieser drei erweist sich als ein Magier, der die Zeit wesenlos und eine als bedrückend empfundene Realität vergessen machen kann.

In seiner leidenschaftslos-sachlichen Darstellung wendet sich das Werk an die wenigen geistig und emotionell gesund Gebliebenen unserer Tage. Er versteht sich als Kontrapunkt zu den zahllosen verflachenden Darstellungen hauptamtlich bestallter Geschichtskosmetiker und dem täglichen Geschwätz der Rednertribüne.

Gert Steiner (Pseudonym) ist promovierter Naturwissenschaftler, parallel in Wirtschaft und universitärer Forschung tätig, und hat mehrere Fach- und Sachbücher (unter anderem Namen) bei renommierten Wissenschaftsverlagen publiziert.

Festeinband, 176 S., € 19,95

ISBN 978-3-941956-27-8

Michael Winkler

Das deutsche Jahrhundert – Staatskonzepte der Zukunft

Dies ist ein Buch für die Schublade...

Wir bewegen uns unaufhaltsam auf Veränderungen zu, die so bedeutend sind, wie jene in den Jahren von 1910 bis 1960. Nur wird das, was damals fünfzig Jahre gedauert hat, in gerade einmal fünf Jahren stattfinden.

Wir leben in den letzten Tagen des uns vertrauten Staates, in den letzten Tagen trügerischer Ruhe und Sicherheit. So, wie 1910 bereits der Keim zu zwei Weltkriegen und dem Ende des Kolonialzeitalters gelegt gewesen war, so ist auch heute schon die Zerstörung dessen absehbar, was uns heute noch unerschütterlich stabil erscheint.

Wenn wir nicht aus den Fehlern der Gegenwart lernen, sind wir verdammt, diese Fehler fortzusetzen. Es ist zu spät, die alte Bundesrepublik zu retten. Die Politiker, die diesen Staat an sich gerissen haben, wissen nicht mehr weiter. Es geht ihnen um den Erhalt von Pfründen und Privilegien, nicht um das Wohl unseres Landes.
Das jetzige System läßt uns vor seinem Zusammenbruch noch die Zeit, ein Konzept für eine bessere Zukunft zu entwickeln – ein Konzept, wie Deutschland im Jahr 2020 aussehen soll.
Wenn der Staat sich auflöst, in der kommenden Stunde Null, ist es zu spät, neue Konzepte zu entwickeln. Wenn dann nichts in der Schublade bereit liegt, wird improvisiert, zusammengestückelt und der Not folgend auf die Schnelle organisiert, was wohldurchdacht aufgebaut werden sollte.

Dieses Buch ist eine Anleitung für den Aufbau eines besseren Staates, der die Fehler der Vergangenheit meidet. Deshalb sollte es für den Fall der Fälle griffbereit in der Schublade liegen.

Festeinband, 225 S., € 19,95

ISBN 978-3-940845-22-1

Hermann Sänger
Die Lüge des Systems

Der wahre Grund, dieses Buch zu schreiben –der innere Antrieb war es, als könnt´ ich gar nicht anders.

Es ist die aufrechte Liebe zu meinem Volk, zu meinem Land und die fast verzweifelte Sehnsucht nach Freiheit, Selbstbestimmung und Frieden. Seit gut sechzig Jahren Besatzung kann und will ich nicht glauben, daß man uns Deutschen es gut gemeint hat – warum auch?

Es stellt sich die Frage, was denn an uns Deutschen so gefährlich war und immer noch ist, um diese Maßnahmen anzuwenden, mit letzter Konsequenz. Soll unser Volk mit samt seinen einst vorbildlichen Eigenschaften bewußt seelengemordet werden? Fragen müssen erlaubt sein und objektiv relativiert bzw. richtiggestellt werden.

Die Lüge des Systems wird brechen.

Klebebroschur, 114 S., € 10,49

ISBN 978-3-941956-13-1

Hans-Jörg Müllenmeister
Erlebtes Universum

Darf ich Sie zu einer Reise durch die Welt der Rohstoffe einladen? Oder besuchen Sie lieber eine indische Palmblattbibliothek? Aber ich erkläre Ihnen auch gern den Aufbau des Universums, wenn Sie das mehr interessiert.

Das Universum umgibt uns, zugleich sind wir selbst ebenfalls das Universum. Eisen baut nicht nur mit Tausenden Tonnen den Eiffelturm auf: Ein einzelnes, unbedeutendes Atom davon hält uns am Leben, denn dieses eine Atom färbt unser Blut rot und sorgt dafür, daß der Sauerstoff der Atemluft die letzte Körperzelle erreicht. Tauschen wir dieses winzige Eisenatom im Zentrum dieses Moleküls gegen Kupfer, wird das Ergebnis grün – und aus Hämoglobin ist Chlorophyll geworden, der Blattfarbstoff in der Pflanzenwelt. In diesem Universum hängt alles mit allem zusammen, niemand lebt isoliert für sich allein. Sie leben in diesem Universum, hoffentlich ruhig, unbehelligt und zufrieden. Sie haben die Möglichkeit, dieses Universum zu *ER*-leben, die Zusammenhänge zu erforschen und zu verstehen.

Es geht in diesem Buch um Ihre Gesundheit, um Ihre Ernährung, um das giftigste Tier der Welt, um Dinosaurier und um das, was der Schöpfer vor dem Urknall getan hat. Es sind Partikel der Weisheit, zusammengetragen in einem ganzen Leben.

Dieses Buch schlägt die Brücke zwischen Dingen, die sich scheinbar nicht vereinbaren lassen, denn es geht um ein subjektives, ein erlebtes Universum. Und Sie finden darin exotische Materialien wie Zirkonium, Rhenium und Indium – Substanzen, die kaum im Wirtschaftsteil der Medien auftauchen. Aber weil eben alles mit allem zusammenhängt, bestimmen diese Rohstoffe unsere Zukunft. Leider gehören dazu auch Krisen, Konflikte und Kriege der Zukunft. Kriege um Wasser und Düngemittel, um Erdöl und Metalle, um das Überleben der Industrie – und das Überleben der Menschen. Wenn Sie verstehen wollen, warum das alles so passiert, warum das Universum direkt in Ihr Leben eindringt – hier finden Sie die Erklärungen!

Festeinband, 433 S., € 24,95

ISBN 978-3-940845-41-2

Andrew Carrington
Hitchcock – Satans Banker

Was geschah, als Jesus auf die Geldwechsler im Tempel traf? Er warf sie hinaus und sagte: „Mein Haus soll ein Ort des Gebets sein, aber ihr habt eine Räuberhöhle daraus gemacht!"

Ab sofort erhältlich!

Was geschah, als Jesus auf die Geldwechsler im Tempel traf? Er warf sie hinaus und sagte: „Mein Haus soll ein Ort des Gebets sein, aber ihr habt eine Räuberhöhle daraus gemacht!" Und in der Offenbarung des Johannes steht betreffs des ehrsamen Menschen: „Ich kenne Deine Drangsal und Armut, dennoch bist Du reich. Ich weiß auch, daß Du von jenen geschmäht wirst, welche Juden zu sein behaupten und es doch nicht sind, sondern eine Versammlung Satans." Hier weiß die Apokalypse sehr wohl zwischen gottergebenen Juden und einer bösartigen Clique egomaner Halunken zu unterscheiden. Es ist die uns innewohnende Liebe und die Verantwortung unseren Mitmenschen gegenüber, die uns sagt, daß wir den teuflischen Verlockungen nach Macht, Ruhm und übermäßigem Besitz widerstehen sollen. Aber nicht alle können das. Gar manche haben sich „dem Teufel verschrieben", um das Spiel der irdischen Macht über alle dadurch verursachten Leiden hinweg mit allen Konsequenzen gnadenlos auszukosten. Doch dieses duale Spiel der Gegensätze neigt sich dem Ende zu. Die Lakaien der Macht sind in diesem Endzeit-Szenario derzeit dabei, durch übergroße Gier verursacht, serienweise in ihr eigenes Schwert zu stürzen. Insgeheim ahnen sie es in ihrem letzten Aufbäumen bereits, daß ihr dunkles Spiel bald abgepfiffen wird.
Das Erwachen der Menschheit ist trotz demagogischer Gehirnwäsche und massenmedialer Desinformation nicht mehr aufzuhalten. Die Zeichen der Zeit stehen auf massive Veränderung, und es ist für die darob verzweifelten Strippenzieher zu spät, das Ruder nochmals mit ihren alten Tricks herumzureissen. Untergang oder Seitenwechsel ist nun deren Devise.

Festeinband, 336 S., € 24,95

ISBN 978-3-941956-66-7

Ulrich F. Sackstedt
Browns Gas –
Die unerschöpfliche Energiequelle

Browns Gas – eine unerschöpfliche Energiequelle? Die Frage kann getrost mit „ja“ beantwortet werden. Aber Browns Gas ist nicht nur unerschöpflich, sondern auch weitgehend unerforscht und unbekannt, obwohl es in den Bereich der Wasserstofftechnologien gehört. Gerade deshalb hat es der Autor unternommen, mit dem vorliegenden Werk ein erstes Signal zu setzen, das diesem Umstand abhelfen soll. Nach derzeitiger Information ist über Browns Gas bis jetzt noch nie in dieser Form ein Buch geschrieben worden. Es gibt zwar Berichte, manche auf wenigen Seiten, andere in Broschürenform zusammengefaßt, die sich mit den Eigenschaften, Wirkungsweisen und Einsatzmöglichkeiten von Oxyhydrogen, Hydroxygas, Knallgas, oder wie es auch immer genannt werden mag, beschäftigen, über diese und über Browns Gas wurde aber bisher nicht umfassend in einem populärwissenschaftlichen Werk berichtet.
In diesem Buch wird der energietechnisch interessierte Leser Schritt für Schritt an das Thema dieses immer noch geheimnisvollen Gases herangeführt.
Einige Male wird es richtig spannend, wenn der Leser erfährt, welch mysteriöse Vorgänge sich um diese Energie aus Wasser ranken und welch tragischen Ausgang persönliche Schicksale von Browns-Gas-Forschern nahmen.
Wir gehen in diesem Buch auch der Frage nach, welche Bewandtnis es mit den Entdeckungen des durch die Medien weltweit bekannt gewordenen Wasserauto-Erfinders Daniel Dingel hat.
Besonderer Wert wurde auf die Darstellung moderner technischer Anwendungen gelegt, die durch den Einsatz von Browns Gas und seiner „Verwandten“ sinnvolle Benzinspargeräte ermöglicht haben, in der Schweißtechnik Verwendung finden und sogar in der Dekontamination radioaktiver Stoffe benutzt werden können.
Eine kritische Betrachtung der Kfz-Katalysatortechnik, der Brennstoffzelle und der sogenannten erneuerbaren Energien führt zu dem Ergebnis, daß diese einer technologisch fortentwickelten Browns-Gas-Technik bei weitem unterlegen sind, denn Browns Gas ist Energie aus Wasser, produziert selbst wieder Wasser und erzeugt keinerlei schädliche Nebeneffekte.

Klebebroschur, 255 S., € 17,90

ISBN 978-3-941956-05-6

Ralf U. Hill
Das Deutschland Protokoll

Die Bundesrepublik Deutschland ist ein souveräner Staat, und das Grundgesetz ist unsere Verfassung. So wird es uns seit 1990 hypnotisch eingetrichtert, und beinahe jedermann glaubt es. Aber stimmt das wirklich so? Oder wird im angeblich freiesten Staat deutscher Geschichte nur Augenwischerei betrieben? Wenn Sie an Tatsachen und nicht an Märchen interessiert sind, sollten Sie weiter lesen. Wenn Sie aber weiterhin den gleichgeschalteten Massenmedien unter US-Hoheit Glauben schenken möchten, dann legen Sie es besser wieder weg, denn die Fakten könnten Sie vielleicht überfordern! Dieses Buch offenbart Ihnen erstmals,

- daß die BRD kein souveräner Staat, sondern ein weiterhin fortbestehendes besatzungsrechtliches Mittel der Alliierten ist.
- warum sich die bundesdeutsche Politik weiterhin nach US-Vorgaben auszurichten hat.
- warum seit 1990 keine gesamtdeutschen Wahlen stattfinden.

Sie finden hier erstmals alle Beweise und Fakten, die es Ihnen ermöglichen, die in diesem Buch vorgetragenen Behauptungen selbst zu überprüfen. Das Traurige an diesem Buch ist die Wahrheit darin. Sie sind vielleicht der Meinung, das sei alles weit hergeholt? Wissen Sie, weshalb Sie einen Personalausweis und keinen Personenausweis besitzen? Wessen „Personal" sind Sie? Vielleicht sind Sie sich auch wirklich ganz sicher, daß Deutschland mit dem 2plus4-Vertrag von 1990 einen Friedensvertrag hat. Selbstverständlich ist auch das Grundgesetz für die Bundesrepublik Deutschland unsere Verfassung – das wird sogar in Schulen so gelehrt. Sie können hoffentlich mit diesen und mehr Enttäuschungen umgehen, denn genau dies wird dieses Buch mit Ihnen tun: Es wird Sie „enttäuschen" und Ihnen ungeschminkt die verschwiegenen Fakten präsentieren, vor denen sich die Bundespolitiker aller Fraktionen so sehr fürchten!

Festeinband, 288 S., € 24,95

ISBN 978-3-940845-88-7

Andreas Clauss
Das Deutschland Protokoll II

Das Wissen über die Mechanismen des (globalen) Finanzsystems war zu allen Zeiten nur einer begrenzten, ausgewählten Zahl von Eingeweihten zugänglich, wie einer der ersten Bankiers, Mr. Rothschild, bereits im Jahr 1863 treffend erkannte:
„Die Wenigen, die das System verstehen, werden so sehr an seinen Profiten interessiert oder so abhängig sein von der Gunst des Systems, daß aus deren Reihen nie eine Opposition hervorgehen wird.
Die große Masse der Leute aber, mental unfähig zu begreifen, wird seine Last ohne Murren tragen, vielleicht sogar ohne zu mutmaßen, daß das System ihren Interessen feindlich ist."
Anhand der jüngsten Finanzkrise und der gegenwärtigen Rechtslage und Rechtssprechung in Deutschland zeigt der Autor, daß die Gültigkeit des Zitates aus dem 19. Jahrhundert auch heute noch zutrifft. Doch geht es in unserer globalisierten Welt um ganz andere Dimensionen, die Welt droht in eine Schieflage zu geraten, wie sie nur mit der großen Wirtschaftskrise der 20er Jahre zu vergleichen ist.
Auf unterhaltsame und informative Weise führt Sie der Autor in die Hintergründe der Finanzkrise und deren Auswirkungen auf Ihr Leben ein. Gleichzeitig erhalten Sie Ideen und Anregungen, wie man sich selbst diesem Teufelskreis aus Mißtrauen und verantwortungslosem Kasino-Kapitalismus entziehen kann.
In Fortsetzung des ersten Bandes zeigt der Autor persönliche Wege aus der Geld-, Steuer- und Abhängigkeitsfalle.
Sie bekommen ein paar Ideen, auf welchem Wege es gelingen wird, sich über das Thema Gemeinnützigkeit und Ausland, dem Geld- und (Un-)Rechtssystem der BRD zu entziehen, ohne gleich das Land verlassen zu müssen. Nach den Worten des Autors setzt sich das Wort Wertpapier aus zwei unterschiedlichen Substantiven zusammen. Wert und Papier. Wie Sie mittlerweile selbst den Mainstreammedien entnehmen können, gehen diese jedoch getrennte Wege...

Festeinband, 336 S., € 24,95

ISBN 978-3-941956-42-1

Toni Haberschuss
Das Deutschland Protokoll III

Dieses Buch wird Sie an Ihrem Verstand zweifeln lassen!

Der Autor erzählt in berichtender Romanform Erlebnisse, die rückwärts betrachtet und im Vergleich zu den Geschehnissen der Zeit auf einmal einen Sinn ergeben. Erst jetzt wird die Bedeutung von bestimmten Zeitabläufen in Bezug auf Politik, Wissenschaft (insbesondere der Physik), medizinische Versorgung und Behandlung und Pharmaindustrie deutlich.

Wir werden nicht richtig ernährt. Wir werden medizinisch falsch behandelt. Wir werden mit pharmazeutischen Produkten regelrecht hingemordet. Und das alles mit dem Segen der Politik. Aber es geht noch weiter. Die Politik hält uns in Bezug auf alternative Energien völlig unterbelichtet, erklärt uns aber über die gekauften Medien ständig ihr Bemühen, die Entwicklung von „alternativen" Energien zu fördern. Dabei handelt es sich aber nur um Techniken, die nicht in Konkurrenz zu bestehenden Energieträgern stehen und diese deshalb niemals ersetzen können. Tatsachen, die ein völlig neues Weltbild ergeben, werden zurückgehalten und nur ausgesuchten Eliten zugänglich gemacht. Es ist ein so unglaubliches Komplott, daß das Wissen darum niemals einer großen Öffentlichkeit zugänglich gemacht werden darf. Politiker oder Wissenschaftler können für solche Miß-Handlungen am Volk nicht einfach gekauft werden. Wie die Elite dazu gebracht wird, bei solchen Volksmordungen mitzumachen, ist für den normalen Menschen nicht vorstellbar. Wer ist diese Personengruppe, die eine solche Macht ausübt, reihenweise Staatschefs als Vasallen zu beschäftigen? Dieses Buch ist nichts für schwache Nerven, denn es wird die Vorstellungen – über machbare Perversionen und Verbrechen – von normalen Menschengehirnen weit übersteigen.

Festeinband, 288 S., € 24,95

ISBN 978-3-940845-97-9

Fritz Reinhardt / Ralf Wittrich (Hrsg.)

Die Beseitigung der Arbeitslosigkeit im Dritten Reich

Was ist das Geheimnis des Wirtschaftsaufschwunges im Dritten Reich?

Als am 30. Januar 1933 die Epoche der nationalsozialistischen Herrschaft begann, trat die NS-Regierung ein schweres Erbe an: Über sieben Millionen Menschen waren in einem Land, das von der Weltwirtschaftskrise und von immensen Reparationszahlungen für den verlorenen Ersten Weltkrieg erdrückt wurde, ohne Arbeit und Brot. Kaum ein weltpolitischer Beobachter erwartete, daß die neuen Machthaber des Dritten Reiches dem Massenelend und der Arbeitslosigkeit würden Herr werden können. Doch die Auswirkungen ihrer Arbeitsbeschaffungsprogramme erregten international Aufmerksamkeit: Binnen weniger Jahre gelang es der Regierung Hitler, Vollbeschäftigung herzustellen und dadurch einen kommunistischen Umsturz zu verhindern. Maßgeblich verantwortlich für diesen Erfolg war der Staatssekretär im Reichsfinanzministerium Fritz Reinhardt (1895–1969). Im Oktober 1933 hielt er vor Persönlichkeiten aus Wirtschaft und Industrie eine programmatische Rede, in der er sein „Sofortprogramm" für Arbeitsbeschaffung vorstellte. – Reinhardts um zahlreiche Kommentare und Informationen ergänzte Rede ist hier abgedruckt und wird von Herausgeber Ralf Wittrich unter Nennung von Zahlen und Fakten in den historischen Kontext eingebettet. So wird deutlich, mit welchen Mitteln das „Wunder" der vollständigen Beseitigung der Massenarbeitslosigkeit durch die NS-Regierung bewerkstelligt wurde.

Diese erweiterte Auflage ist durch ein umfangreiches Kapitel über die Frage ergänzt, welche Rolle die Aufrüstung der Wehrmacht bei der Bekämpfung der Arbeitslosigkeit spielte. Ralf Wittrich legt eine kritische Analyse der Maßnahmen der nationalsozialistischen Regierung vor und kommt zu bemerkenswerten Ergebnissen.

160 Seiten, mit vielen s/w-Abbildungen, gebunden, € 16,95

ISBN 978-3-941538-54-2